AU CLAIR DE LUNE
Rouge

AMANDA MEUWISSEN

AU CLAIR DE LUNE
Rouge

AMANDA MEUWISSEN

DREAMSPINNER PRESS

Publié par
DREAMSPINNER PRESS

5032 Capital Circle SW, Suite 2, PMB# 279, Tallahassee, FL 32305-7886 USA
www.dreamspinnerpress.com

Édition e-book en français : 978-1-64405-962-3
Édition imprimée en français : 978-1-64405-963-0
Première édition française : mars 2023
v 1.0

Édité aux États-Unis d'Amérique.

I

La veille de la Toussaint, quand le ciel brille de mille feux
La vie et la mort entre tes mains au clair de lune rouge.
Une décision prise pour affecter tous les autres
Le destin ou le salut de la ville reposera sur tes épaules.

ET DIRE qu'il fut un temps où Bash adorait Halloween.

— Es-tu sûr que tu ne veux pas un verre? demanda Deanna, qui essayait souvent de le distraire à l'approche d'Halloween – le faire boire, le faire se battre dans un bar, le faire s'envoyer en l'air si elle le pouvait.

Cela ne fonctionnait jamais.

Bashir «Bash» était un Voyant, mais ses prophéties étaient rarement aussi précises qu'il l'aurait souhaité. Il ne savait pas à quelle Halloween il aurait cette supposée décision à prendre. Le clair de lune rouge n'était peut-être qu'une métaphore, mais si Bash était anxieux à chaque Halloween depuis qu'il était entré en transe et avait prononcé ces mots – des mots que lui seul avait entendus et dont il se souvenait bien, même s'il ne les comprenait pas – chaque fois que la lune était rouge ou même légèrement orange le soir d'Halloween, comme ce soir, il se demandait si c'était cette année-là.

— Merci quand même. Je préfère continuer à travailler, dit-il en tambourinant ses doigts sur le bord de la portière de la voiture, les lumières défilantes faisant ressortir son reflet dans la vitre et les teintes de sa peau brune et de ses cheveux châtains ondulés, tandis que Deanna, sa Seconde et sœur de substitution, le conduisait à travers la ville.

Une décoration ou un costume original attirait son attention à l'occasion. Centrus City prenait Halloween au sérieux. Même l'hôtel de ville s'en sortait avec de fausses toiles d'araignée aux coins, bien qu'au matin, elles seraient sûrement accompagnées de papier toilette.

— Finissons le ramassage, dit Bash. Puis nous rejoindrons Siobhan en patrouille. Tu sais comment la racaille devient hargneuse à Halloween.

— Nous, les métamorphes, tu veux dire, demanda Deanna à côté de lui. Ou les humains déguisés ?

— Exactement.

Elle rit, secouant ses cheveux noirs bouclés.

Les métamorphes constituaient un petit sous-ensemble de la population, mais ils étaient puissants et influents dans presque toutes les grandes villes. La plupart étaient dirigés par des loups, comme Bash ; d'autres par une des nombreuses meutes de grands félins, comme la lignée de panthères noires de Deanna, originaire d'Asie ; d'autres encore par des métamorphes rats ou à écailles. Bash était l'Alpha de Centrus City, mais son cercle restreint n'était pas composé d'une seule race. Il accueillait tout le monde, loups, chats et écailles confondus.

Les meutes des autres villes n'appréciaient pas que l'on se moque de la tradition, mais Bash s'en moquait. La compagnie mixte était meilleure et rendait sa meute plus forte. Elle permettait également de limiter les querelles intestines, ce qui permettait de s'assurer que le surnaturel restait sous le radar de l'humain moyen qui n'avait aucune idée de ce qui se passait dans la nuit bien plus fréquemment qu'à Halloween.

Outre les métamorphes, les utilisateurs de magie naturelle et les rencontres intermittentes avec des vampires, il existait quelques autres races rares qui pouvaient apparaître parmi les surnaturels ou les humains. Les Voyants étaient une d'entre elles, des personnes ayant le don de voir l'avenir. Certains avaient des visions, d'autres des énigmes, d'autres les deux. Quelques-uns devenaient fous à cause de leurs pouvoirs. La plupart avaient peu de contrôle et ne se souvenaient même pas de ce qu'ils avaient prédit.

C'était le cas de Bash. Il se souvenait rarement de ses prophéties, ne voyait jamais rien clairement, et la plupart des énigmes qu'il prononçait étaient perdues si personne d'autre n'était là pour les entendre. Les Voyants les plus rares avaient le contrôle total de leurs capacités et les exploitaient comme ils le pouvaient, comme la mère de Bash quand elle était en vie, mais elle était morte avant qu'il n'ait dix ans.

Il ne se souvenait parfaitement que de deux prophéties : celle concernant Halloween et la première, lorsqu'il avait treize ans avec son père et son frère jumeau, Bari, qui n'avait pas hérité des mêmes capacités.

La fureur engendre la fureur et le sang coule à flots.
Le fils doit prendre le relais pour plus que lui seul.

Le père est éclipsé par l'ombre qu'il projetait autrefois.
Ton royaume sera plus grand quand ton règne appartiendra au passé.

Tout dans l'attitude de Baraka Bain envers ses enfants avait changé après cela. Il avait toujours été un bâtard rapide avec ses griffes ou un mot dur, même quand leur mère était vivante, mais ses abus étaient devenus insupportables. Baraka supposait que Bari serait celui qui le tuerait, puisque Bash rentrait toujours dans le rang, alors que son frère était celui qui s'opposait ouvertement aux agissements criminels occasionnels de leur meute.

— Pourquoi tant de nos activités doivent-elles être illégales ? disait Bari. Pourquoi devons-nous blesser des gens ? Vivre dans l'ombre ne signifie pas que nous devons être des méchants.

Baraka avait donc envoyé Bari vivre avec la meute d'une ville jumelle. Dommage pour lui, il avait choisi le mauvais jumeau.

Aussi servile que Bash ait toujours été, il avait fini par être poussé à bout sans son frère pour partager la charge, et au lieu d'éviter la prophétie, son père l'avait causée sans le savoir, même si c'était dix ans plus tard.

Bash avait eu la prophétie d'Halloween alors qu'il se trouvait devant le cadavre de son père. Dix ans plus tard, il ne savait toujours pas ce qu'elle signifiait, mais elle le hantait depuis.

— Je vois Siobhan qui nous attend, dit Deanna en arrivant au salon de tatouage Rogues Gallery.

C'était une de leurs nombreuses façades pour blanchir de l'argent et avoir des oreilles sur le terrain, mais Siobhan était une bonne artiste. Deanna aussi, quand elle ne servait pas de conductrice à Bash. Le quartier n'était même pas le plus dangereux, mais il y avait un fleuriste populaire de l'autre côté de la rue et une boulangerie au coin de la rue. Officiellement, Siobhan était la Gardienne de Bash, la gardienne de la paix entre les races, mais tout le monde avait besoin d'un travail de couverture, et tenir la boutique était le sien. Elle gardait le butin de la semaine. Bash n'avait pas l'habitude de participer aux collectes, mais Halloween était une nuit spéciale.

Deanna insistait pour rester aux côtés de Bash, en tant que son exécutrice la plus digne de confiance et Seconde de la meute à la place de Bari, puisque celui-ci ne vivait pas à Centrus. Il était resté à l'écart même après la mort de leur père, préférant ne pas s'impliquer dans des affaires louches. Bash respectait cela et n'insistait jamais. Il n'était pas comme son père : sa meute ne faisait pas de mal aux gens, à moins qu'ils ne le

3

méritent, mais comme la plupart des meutes dans la majorité des villes, le côté criminel de leurs affaires avait été mis en place bien avant que Bash ne devienne Alpha, et était nécessaire dans de nombreux cas pour que tout fonctionne correctement.

Et à vrai dire, il aimait un peu de cape et d'épée.

Bash sortit de la voiture avec une grâce naturelle que l'on pourrait associer au fait qu'il soit un loup, mais les autres métamorphes savaient qu'il fallait se méfier de ce genre de mouvement calculé. Il était un prédateur jusqu'au bout des ongles, pas quelqu'un à chasser, et il gardait un œil vif sur son environnement, ne jetant qu'un bref coup d'œil au ciel de lune rouge.

C'était la lune de sang ce soir, au moment des négociations les plus importantes du règne de Bash : il s'agissait de conclure un accord de mariage avec l'Alpha de Brookdale, Jeffrey «Jay» Russell, afin que Bash et lui réunissent leurs meutes. C'était la seule option restante qui n'impliquait pas d'effusion de sang, étant donné que le père de Bash était en désaccord avec les villes environnantes. Jay était le seul Alpha prêt à croire que Bash pouvait être différent. Centrus et Brookdale seraient trop puissantes pour des prises de contrôle opportunistes.

C'était un bon accord, même si c'était une des rares fois où Bash se pliait à la tradition. Il n'avait eu un congé ce soir que parce qu'il l'avait demandé. Jay était un bon gars, un bon alpha, d'après ce que Bash pouvait dire, mais rien ne pouvait changer le fait que Bash n'avait aucun intérêt dans le mariage, si ce n'était le devoir. Au moins, après le mariage et la consommation, ils pourraient gérer leurs villes séparément, mais il avait du mal à faire passer ce point – ainsi qu'une autorisation pour d'autres hommes et femmes dans son lit – parce que Jay essayait toujours de le courtiser.

— Siobhan, dit-il en hochant la tête quand Deanna et lui entrèrent dans la boutique. Comment s'est passé l'entretien, ce soir ?

La boutique était étroite, mais profonde, avec plusieurs stations pour les journées chargées et des photos le long des murs mettant en valeur leurs œuvres d'art. Ils avaient perdu quelques artistes récemment, et il y avait eu assez de trafic pour qu'ils affichent une proposition d'emploi pour un tatoueur dans la vitrine. Ils ne prendraient qu'un autre métamorphe, mais Bash aimait voir qui d'autre pourrait fréquenter leur porte.

— Une honte, en fait, répondit Siobhan en soulevant le sac d'argent afin que Deanna l'inspecte.

Elle était un lézard femelle, mince et légère par rapport à Deanna, plus grande et plus ronde, avec des cheveux platine en coupe pixie et une

4

collection impressionnante de tatouages, même dans son cou jusqu'à sa mâchoire. Ses yeux couleur miel étaient assez surréalistes pour que certains pensent qu'elle portait des lentilles de contact, tout comme la teinte violette de ceux de Deanna.

— Le meilleur artiste que nous ayons eu, poursuivit-elle. Mignon aussi. Jeune. Roux. Il a même un dossier, il vient de sortir de prison à Glenwood et cherche un nouveau départ. Tout à fait dans nos cordes. Si seulement il n'était pas humain.

— Lambert, c'est ça ? demanda Bash.

— C'est lui.

— C'est le sien ? demanda-t-il en voyant un portfolio sur le comptoir.

— Oui, il a laissé une copie. J'ai dit que je le montrerais au patron. Nous pouvons peut-être lui trouver quelque chose ailleurs. Une bonne action pour un ex-taulard et tout ça.

— Quel altruisme, dit Bash, mais son sourire en coin s'effaça alors qu'il commençait à parcourir le travail.

Ce n'était pas ce à quoi il s'attendait et cela lui semblait... familier.

— Qu'est-ce que je peux dire ? Il avait une personnalité contagieuse, dit Siobhan. Je l'aime bien.

Il y avait peu de tatouages dans le portfolio, ce qui signifiait qu'il s'agissait d'un débutant, d'un artiste qui n'avait que récemment commencé à utiliser la peau comme toile. Mais ce qu'il avait fait était à couper le souffle : des photos réalistes, des dessins fantastiques et des tatouages plus traditionnels. Les croquis qui avaient attiré son attention étaient des collages complexes qui feraient des manches impressionnantes ou de l'art sur tout le corps, la plupart plutôt sinistres et macabres, avec des images d'os tordus et de sang.

Il y a en avait un... Bash aurait juré que c'était la chair cordée de l'une de ses pires cicatrices. Une autre lui rappelait la cage thoracique ouverte de son père après qu'il l'avait tué. Mais c'était la dernière qui le faisait le plus réfléchir : une belle femme avec un troisième œil qui le fixait de façon obsédante.

— Rien de spécial à propos de cet homme, à part ses compétences et son tempérament enjoué, dit Siobhan. Mais je ne pensais pas qu'il serait joyeux, étant donné l'art, n'est-ce pas ? Il a dû garder profil bas en taule.

— A-t-il dit pourquoi il y était ? demanda Deanna, en s'appuyant sur le comptoir.

— Falsification de preuves pour faire enfermer une ordure qui a tué son fils.

— Son fils? demanda Deanna.

— Non, le fils de l'ordure.

— Cette ordure était-elle coupable?

— Lambert le pensait. La femme et la fille de l'enfoiré le pensaient aussi. Elles avaient l'habitude de lui envoyer des colis pour le remercier d'avoir essayé. Donc, comme je l'ai dit, dommage qu'il soit humain. Il pourrait avoir de la magie en lui, mais c'est difficile à dire. Nell pourrait peut-être y jeter un œil.

— Oui…

Bash ferma le livre. Impliquer un humain dans leur travail, à moins qu'il ne connaisse leur monde et soit touché par la magie, serait trop dangereux, mais quelque chose le tiraillait. Il se sentait souvent ainsi à Halloween, mais c'était plus que ça.

— Quelque chose ne va pas ce soir?

— Rien de particulier.

— Mmm.

— Veux-tu que je charge l'argent? demanda Deanna en soulevant le sac sur son épaule. Nous pouvons peut-être finir les autres arrêts plus tôt? Nous aurons encore le temps de prendre un verre, patron. Ou dix.

— Tu as déjà fermé l'arrière-boutique? demanda Bash, en ignorant la suggestion de Deanna et faisant le tour du comptoir.

— Pas encore, dit lentement Siobhan, saisissant son ton. Pourquoi?

— Es-tu passée par là récemment?

— Quelque chose ne va pas? insista Deanna.

— Je ne sais pas. Juste une impression, répondit Bash en se déplaçant à un rythme lent, les yeux sur la porte. Deanna, charge la voiture. Retrouve-moi dans l'allée. Siobhan, ferme la porte derrière moi, puis celle de devant, et va commencer tes patrouilles.

— Tu es sûr? dit cette dernière, l'hésitation claire dans sa voix.

— Tu sais que je n'aime pas «tes impressions», dit Deanna avec un soupçon de grondement dans la voix.

— Fais-le.

Il continua d'avancer à un rythme plus soutenu jusqu'à ce qu'il atteigne l'arrière de la boutique, puis il sortit dans la ruelle, la porte claquant doucement derrière lui.

Du sang. Pas visible, mais il pouvait le sentir. Beaucoup de sang. Impossible à détecter à l'intérieur du salon, car il y avait toujours une légère odeur de sang due au travail des aiguilles, mais à l'extérieur, Bash n'avait aucun doute. Ceux qui savaient qu'il était un Voyant savaient que ses intuitions ne le trompaient jamais.

Un homme se précipita vers lui et s'arrêta net lorsque Bash tendit un bras pour l'attraper à la gorge.

Non, pas un homme.

Un *vampire*.

Le sifflement, le grognement et le claquement des crocs rendaient difficile de tenir la créature à distance, d'autant plus qu'elle était forte, incroyablement forte. Bash pouvait à peine le contenir, ce qui n'aurait pas dû être un challenge en tant qu'Alpha contre un nouveau-né, mais c'était ce que devait être ce vampire, car il le reconnaissait, et il n'était pas un vampire quelques heures plus tôt. Le sire devait être puissant pour créer un jeune vampire aussi fort dès sa première nuit de transformation.

— Dommage que nous n'ayons pas pu vous offrir ce travail, monsieur Lambert, dit Bash d'un ton égal.

Le pauvre homme n'avait même pas réussi à sortir du quartier après l'entretien.

Lambert – *Ethan* Lambert, se rappela-t-il – heurta de nouveau la porte avec un claquement de crocs. C'était vraiment dommage, mais cela ne pouvait être qu'Ethan. Bash aurait reconnu n'importe qui rôdant dans ces rues, métamorphe ou humain, et le jeune vampire avait des cheveux naturellement roux et un beau visage sous l'expression affamée, exactement comme Siobhan l'avait décrit.

Les yeux des métamorphes brillaient de puissance lorsqu'ils s'abandonnaient à leurs véritables formes, mais ceux d'un vampire changeaient complètement. Ils brillaient en jaune lorsqu'ils étaient nourris, couleur ambre lorsqu'ils étaient affamés, et en rouge lorsqu'ils étaient sauvages. Les yeux d'Ethan correspondaient à la lune. Le peu de contrôle qu'il aurait pu avoir, s'il n'était pas un nouveau-né, était enterré au fond de son esprit par le besoin irrépressible de se nourrir.

— C'est quoi ce bordel? hurla Deanna, depuis l'entrée de la ruelle, rejetant ses épaules en arrière et laissant ses crocs et ses griffes s'étendre, sa peau s'assombrissant jusqu'à devenir d'un noir indigo profond, de la fourrure poussant rapidement sur sa peau.

Elle était prête à mettre le vampire en pièces dès que Bash le jetterait sur son chemin, ce que ce dernier avait prévu de faire…

Puis il vit la lueur de la lune écarlate au-dessus de la tête d'Ethan. Quelque part au fond des yeux rouges d'Ethan, il y avait du vert. Bash ne pouvait pas le voir, mais il le savait, comme une vision de l'homme qu'Ethan avait été, beau, souriant et tout à fait charmant.

Il écrasa la tête du vampire sur le trottoir en hurlant, une, deux, trois fois avant qu'il ne s'immobilise.

— Pourquoi as-tu fait ça ? grogna sa Seconde. Arrache-lui la tête !

— Non, dit Bash, les griffes de la main qui avait saisi Ethan sur le trottoir étant la seule partie de lui ayant changé, et redevenue normale elle aussi.

Il se pencha près d'Ethan, dont les crocs étaient toujours visibles avec ses lèvres entrouvertes, mais ses yeux étaient fermés, la poitrine immobile, puisqu'il n'avait plus besoin de respirer.

— Nous le ramenons à la tanière. J'ai des questions.

— Quoi ? hésita Deanna, tout en force, même si elle était redevenue humaine, à part la lueur de ses yeux violets brûlants. C'est un vampire, Bash ! Un parasite !

— Je suis au courant, et nous le ramenons avec nous. Maintenant, ramasse-le.

— Aucune chance !

— Deanna, je suis ton…

— Va te faire voir, gros bonnet d'Alpha ! Quand tu es un idiot, tu es juste Bash, et tu ne peux pas ramener un étranger à la maison alors que les négociations avec Russell s'intensifient. Si tu as toujours pensé qu'Halloween était la bonne nuit, c'est celle-là. Tue le gars et finis-en avec ça.

C'était la réponse facile, mais si c'était facile, pourquoi s'embêter avec une prophétie ? Quand un vampire était-il entré dans sa ville ? Et que voulait-il ? Ce n'était pas une coïncidence si Ethan avait été transformé et laissé sur le pas de la porte de Bash.

Les vampires étaient de la vermine, une infestation dont il fallait se débarrasser si on en découvrait un seul sur le territoire d'une meute. Ils devenaient plus forts que les métamorphes en vieillissant, c'était pour cela qu'il fallait les éradiquer avant qu'ils ne se répandent, sinon ils risquaient de prendre le dessus. Ils étaient désordonnés et stupides et trop facilement rendus sauvages, tout comme leurs nouveau-nés. Il valait toujours mieux les tuer à vue. Il ne se souvenait même pas de la dernière fois où un vampire avait été repéré à Centrus City.

Mais si la prophétie voulait que Bash tue Ethan, pourquoi son art était-il si envoûtant ? Pourquoi ses yeux le transperçaient-ils comme des balles ? Pourquoi tous les instincts de Bash lui criaient-ils que tuer n'était pas la solution ? Il y avait trop de points communs pour qu'il choisisse la voie la plus facile, comme son père l'aurait fait à sa place.

— Relève-le. Si j'ai raison, mon futur fiancé n'aura jamais besoin de savoir cela.

— Oui, se moqua Deanna, même si elle se penchait pour faire ce qu'on lui ordonnait. Et nous sommes tous foutus, si tu as tort.

II

Ils se rendirent avec leur bombe à retardement du salon de tatouage jusqu'au repaire, un entrepôt rénové qui, en apparence, semblait abandonné, mais qui, à l'intérieur, était composé d'appartements haut de gamme et d'espaces communs accueillants pour le cercle intime de Bash. Ce soir, il était tellement recouvert de décorations kitsch qu'il ressemblait à une maison hantée criarde. Bash avait essayé de protester contre le décor, mais il avait été mis en minorité, et il était fier de garder sa meute en démocratie.

Ethan pouvait se réveiller à tout moment, mais Bash comptait sur son statut de nouveau-né pour le garder inconscient assez longtemps pour le sécuriser. Seul Preston, le Magister de la meute qui contrôlait le pouvoir en ville, et Luke, leur Conseiller qui entretenait les relations de la communauté, étaient présents lorsque Bash et Deanna firent entrer Ethan par l'arrière et se dirigèrent vers le sous-sol. Il y avait une vieille cave à vin que Bash avait récemment nettoyée. Pas de fenêtres et une seule sortie.

— Quelqu'un est déjà bourré ? demanda Luke en s'approchant en riant.

Luke était un chat garou, avec de grands yeux bleus et des cheveux roux pâle bien plus clairs que le roux d'Ethan. Il avait une personnalité plus douce que celle de Deanna en tant que panthère, mais était tout aussi capricieux par moments. Son compagnon, Preston, était un Roi des Rats, un type rare de métamorphe rat avec une affinité magique qui lui permettait de contrôler la vermine. Chaque rat ou souris qui franchissait leur porte était ajouté à sa horde. Les rats craignaient la plupart des métamorphes, mais ils semblaient tous adorer Luke.

—As-tu perdu la tête ? dit Preston, lorsqu'il rejoignit Luke et aperçut les crocs d'Ethan.

Ce dernier était physiquement le plus petit membre du cercle de Bash. Il avait des cheveux noirs lisses, longs et attachés en un chignon, et ses yeux noirs en amande étaient plissés derrière ses lunettes – les métamorphes rats étant réputés pour avoir une mauvaise vue.

— S'il te plaît, dis-moi que c'est une piñata et que tu es sur le point de l'éviscérer?

— Il n'y aura pas d'éviscération, dit Bash en notant la peur sur le visage de Luke, lorsque le chat réalisa ce que Preston avait déjà deviné.

— Un vampire! cria Luke.

— Son sire l'a laissé au salon de tatouage. J'ai l'intention de découvrir pourquoi. Continue, ordonna Bash à Deanna lorsqu'elle hésita à l'entrée du sous-sol.

Il se retourna vers les autres une fois qu'elle eut obéi avec un grognement.

— Faites le guet et prévenez-moi dès que quelqu'un d'autre rentre.

— Patron, dit Preston en attrapant son bras.

Être un rat ne signifiait pas qu'il était mièvre ou petit, en dehors de sa stature. Preston était un des membres les plus intelligents et les plus rusés de la meute de Bash.

— Les négociations de mariage, allô? Russell et son Second sont toujours en ville. Tu les rencontres à nouveau demain. S'ils découvrent que tu as gardé un vampire au lieu de le tuer...

— J'aurais l'air imprudent et d'un mauvais jugement au mieux, je sais, dit Bash en regardant la main de Preston sur lui, ce dernier la retirant rapidement.

— Nous avons besoin de cette fusion, patron. Glenwood, Shorehaven, même Metro City sont à quelques mois d'une tentative de prise de contrôle.

— C'est exactement pourquoi je dois découvrir comment un vampire est entré dans ma ville, qui il est, quelle est sa puissance, et pourquoi il m'a laissé un cadeau la nuit de ma prophétie.

Ses proches étaient tous au courant de sa prédiction, mais personne, en dehors de ceux qui vivaient dans cette maison, ne savait même que Bash était un Voyant, et mariage ou pas, Bash n'avait aucune intention de partager cette information avec Jay Russell.

Preston et Luke échangèrent un regard inquiet, mais aucun d'eux ne parla au rappel de l'importance de cette nuit et de ce que cela pouvait signifier.

— Prévenez-moi dès que quelqu'un d'autre rentre à la maison, répéta Bash, et il se retira rapidement dans le sous-sol.

11

Il trouva Deanna qui avait déjà jeté Ethan dans la cave. La porte n'était pas aussi sécurisée que Bash l'aurait souhaité, mais elle devrait tenir si quelque chose arrivait.

— Retourne à la boutique pour nettoyer l'allée, puis reviens directement, ordonna-t-il en tendant la main vers la porte.

— Bash… l'arrêta Deanna… tu ne vas pas y aller seul.

— Je commence à en avoir assez que mes bêtas me défient, dit-il en arrachant son bras de l'emprise de Deanna, qui eut l'intelligence de prendre un air intimidé lorsque les yeux de son Alpha clignotèrent et que ses dents s'aiguisèrent en signe d'avertissement. Fais ce que je te dis. Je ne me laisserai pas vaincre par un nouveau-né, même aussi fort que lui. S'il n'y a rien d'utile à apprendre, je le tuerai. Maintenant, retourne à la boutique pour nettoyer l'allée. Prends aussi le portfolio. Il peut contenir des indices.

Il entra dans la cave sans attendre la réponse de Deanna et laissa la porte se refermer derrière lui. Il avait prévu de remplacer la porte par une en verre et était heureux de ne pas l'avoir encore fait. La pièce était fraîche et spacieuse, avec diverses étagères et supports le long des murs, tous actuellement vides. Le vampire inconscient gisait sur le sol au centre.

Les crocs délicats visibles grâce à sa bouche relâchée étaient presque mignons, compte tenu de la taille à laquelle Bash était habitué de la part des métamorphes. Le visage du jeune homme était vraiment beau, sans aucune rage pour l'entacher. Il devait le nourrir s'il voulait parler. Il devait tout savoir sur le vampire qui avait transformé Ethan.

Jay était-il responsable ? Avait-il engagé un vampire pour perturber les négociations ?

Non. Il n'était pas du genre à poignarder dans le dos.

Le Second de Jay, Maximus, essayant de saper son Alpha ? Aussi peu probable. Il était loyal, même s'il n'aimait pas trop Bash ou Centrus City. Une troisième partie, alors. Mais qui ? Une meute des autres villes ? Cela ne leur ressemblait pas. Mais si un vampire agissait de son propre chef, que voulait-il ?

Il était difficile de dire quand Ethan se réveillerait à cause de l'absence de souffle, alors Bash s'assit à quelques mètres de lui pour attendre. Il aurait pu l'attacher s'il avait eu quelque chose à utiliser, mais il ne s'attendait pas à avoir du mal à maîtriser Ethan. Il le nourrirait avec précaution lorsqu'il se réveillerait, juste assez pour qu'il soit cohérent, et il obtiendrait ce dont il avait besoin. Si Ethan s'avérait décevant, il serait toujours question de le tuer.

Bash sentit son téléphone buzzer, il le sortit de sa poche et grimaça. Jay.

Je sais que les négociations sont en suspens, mais si vous êtes libre plus tard dans la soirée, nous pourrions peut-être apprendre à mieux nous connaître, en laissant nos Seconds derrière nous. Max peut s'amuser tout seul.

Cette histoire de vampire ne pouvait pas être le fait de Jay. Il était un romantique qui espérait trouver l'amour là où Bash ne voyait qu'un arrangement politique.

Désolé, répondit-il. *J'ai besoin de cette soirée pour moi. Mais demain, je serais heureux de discuter d'une manière plus décontractée autour d'un déjeuner sans Deanna ou Maximus avant de reprendre les négociations.*

Il ne voulait pas paraître déraisonnable, et si Jay obtenait quelque chose qu'il voulait, il serait peut-être plus enclin à céder aux demandes de Bash.

Oui ! Absolument. Dites-moi juste où et quand.

Où, en effet ? Ce qui serait approprié pour paraître aimable sans trop nourrir les illusions de Jay à propos…

Bash se figea. Quelque chose n'allait pas. La pièce était calme depuis qu'il était entré, mais elle était soudain étrangement silencieuse, comme le calme qui précède l'attaque d'un prédateur.

Bash sortit ses griffes et il découvrit… rien. Ethan n'était pas là. Il n'était nulle part.

Il se leva d'un bond et tourna sur lui-même, mais une force se précipita sur lui avant qu'il n'ait pu terminer son geste, le projetant sur le mur tandis que deux crocs transperçaient son cou. Il avait été négligent, pensant qu'il saurait qu'Ethan était réveillé, mais le nouveau-né était encore plus redoutable qu'avant.

Peu importe. Bash était plus fort et ne serait pas affecté… par…

Un engourdissement s'emparait de son corps comme s'il somnolait, profitant d'une matinée paresseuse au lit avec des draps doux tout autour et un partenaire agile roulant sur lui.

Il était allongé sur un lit, le poids se déposant sur ses hanches tandis que son partenaire suçait fermement et chaudement son cou, le faisant frissonner. Bash n'avait jamais ressenti un plaisir aussi indescriptible lorsque quelqu'un lui faisait un suçon, mais il bandait déjà, s'efforçant de maintenir ce corps souple en place.

Qui était cet homme mystérieux ? Il ne s'en souvenait pas, mais il ne voulait pas que le ruissellement de contentement s'arrête. Il commença à se bercer dans le corps au-dessus de lui, même s'il se sentait brumeux, comme s'il pouvait s'endormir à tout moment. Il ne voulait vraiment pas dormir alors qu'il se sentait aussi bien.

La bouche sur son cou se resserra, et Bash glissa sa main entre eux deux pour se palper lui-même, très dur maintenant, puis l'homme, qui avait besoin d'aide. Il glissa sa main droite dans le jean de l'autre et commença à le caresser, le sentant s'épaissir et devenir plus chaud à son contact.

Pourquoi portaient-ils encore des pantalons au lit ? Ils étaient dans un lit, n'est-ce pas ? Mais il était trop ferme, comme un plancher. S'étaient-ils évanouis quelque part ?

Où… où se trouvait-il… ?

Il revint à la réalité en un clin d'œil.

Ethan. Bash était captivé par l'esclave d'un vampire ! Cela n'aurait pas dû fonctionner sur lui, et surtout pas avec un nouveau-né. Il devait rester concentré avant de perdre trop de sang.

— Arrête, râla-t-il, déplaçant ses mains vers la poitrine d'Ethan et le poussant.

Il avait l'impression qu'il pesait une tonne, totalement inébranlable, et alors que Bash avait cessé de céder à la passion entre eux, Ethan baissa sa main et commença à le caresser à travers son pantalon, même s'il continuait à le vider.

La combinaison était incroyable.

Et cette euphorie tuerait Bash s'il ne l'arrêtait pas !

— *Ethan,* redit-il, en le poussant à nouveau, se sentant fatigué et faible.

Qui était cet homme pour avoir autant de pouvoir si jeune ?

Les nouveau-nés étaient imprudents, non entraînés et incapables d'utiliser leur salive pour refermer les plaies de leurs victimes, comme le ferait un vampire plus âgé pour éviter de laisser des corps avec des traces de morsures. Bash pouvait guérir là où un humain ne le pouvait pas, mais seulement s'il arrêtait Ethan à temps.

Oh, mais c'était incroyable, la main de l'homme et l'aspiration de sa bouche. Il frissonna à nouveau en tordant ses doigts dans la chemise du vampire nouveau-né.

— Ethan ! grogna-t-il, et il le balança sur le côté jusqu'à ce qu'ils roulent, délogeant enfin les crocs de son cou, Bash se retrouvant sur le dessus.

— *Stop.*

Ethan avait l'air étourdi par l'alimentation, amoureux de Bash et de son goût ; et clairement excité, alors que son grognement ressemblait plus à un ronronnement satisfait et qu'il continuait à caresser le pantalon de Bash.

Celui-ci ne put s'empêcher de gémir, remarquant les yeux jaunes de l'autre homme, finalement rassasiés, mais assombris par la luxure.

Ce n'était pas le moment pour une baise cochonne sur le sol de son sous-sol, mais il avait l'impression que sa tête flottait au-dessus de lui. Même s'il commençait à guérir, la perte de sang, les vertiges, le peu de sang qu'il lui restait se dirigeant rapidement vers le sud, le piégeaient en réponse à cette main, ces yeux – plus que jaunes – et les crocs souillés de son sang, et il était prêt à rejeter toute pensée rationnelle.

Il se baissa dans l'urgence et attrapa le sourire ivre et tordu d'Ethan dans un baiser, ne goûtant que faiblement la saveur de son propre sang, puisque le vampire en avait absorbé chaque goutte. Sa bouche était divine, son corps fantastique, comme s'ils avaient été conçus pour aller ensemble.

Le jean et le pantalon devaient être enlevés.

Bash tâtonna pour le faire tout en gardant leurs lèvres collées. Ses instincts se réveillaient, ses crocs et ses griffes s'allongeant, mais pas plus que cela, juste à la limite du primitif tout en gardant le contrôle. Le claquement de leurs dents chaque fois qu'ils s'y mettaient ne faisait que rendre Bash plus désespéré de baisser leurs pantalons.

Il sentit le frottement de ses propres griffes sur sa peau dans sa hâte, mais pas assez pour faire couler le sang. Il incita Ethan à enrouler ses doigts autour d'eux, les pompant, lisses et chauds, tandis que Bash inclinait ses hanches pour qu'ils se touchent.

Ethan rompit le baiser avec un gémissement et s'élança à nouveau vers le cou de Bash, qui sursauta, prêt à le repousser comme avant, mais Ethan se contenta de lécher la blessure.

Bash se détendit à nouveau et poussa un gémissement désespéré pour attirer l'attention. Ethan retira sa main et commença à pousser avec ses hanches. Bash voulait faire rouler les hanches du jeune vampire en arrière et les connecter plus intensément, mais il était suffisamment content de pousser dans l'humidité entre eux et d'en finir rapidement, sans avoir à se soucier d'être doux comme il le ferait pour un humain.

Si cette rencontre avait eu lieu quand Ethan était humain, un artiste ex-taulard à la recherche d'un emploi, Bash aurait eu du mal à ne pas l'embaucher sur-le-champ. Il le ferait peut-être encore… s'il ne le tuait pas quand tout serait terminé.

Cette pensée le dégrisa juste au moment où il jouit, et Ethan poussa ses hanches plus durement pour le suivre. Ils haletèrent, le contrecoup épuisant Bash au point que le loup en lui se retira alors qu'il se soulevait pour regarder Ethan.

Les yeux normaux de ce dernier étaient verts, tout comme Bash l'avait imaginé, son visage époustouflant avec un sourire hébété, avec ou sans les crocs visibles. Bash se moquait des cris de Deanna ou de ce qui se passerait.

Cela en valait la peine.

III

WAOUH, CET homme était magnifique. Ses yeux semblaient presque briller d'un brun doré, sa forme entière telle une statue de bronze.

Ethan s'était-il saoulé après l'entretien ? C'était Halloween, et il pensait que l'entretien s'était bien passé. Il était peut-être allé boire un verre après. Il n'arrivait pas à se souvenir où et quand il était rentré chez lui avec cet inconnu. Il ne pouvait qu'imaginer une silhouette sombre le tirant dans la ruelle et puis….

Puis il était là, avec un sexe dur dans sa main et un corps chaud sur lui.

Qui saignait ! Pourquoi l'homme saignait-il ?

Il essaya de demander, mais ses mots étaient confus. Il sentit l'homme se déplacer et commencer à s'arranger. Puis il arrangea *Ethan*, ce qui était légèrement inconfortable étant donné le désordre, mais il se sentait tellement hors de lui qu'il attendait que la gueule de bois le frappe.

Comme ce n'était pas le cas, il essaya de se concentrer. Il y avait un goût merveilleux dans sa bouche qu'il ne pouvait pas situer, quelque chose qu'il désirait encore plus alors qu'il léchait les traces sur ses lèvres.

Il regarda l'homme saisir lentement ses poignets et les coincer au-dessus de sa tête. Si l'inconnu n'avait pas saigné, cela aurait été intensément chaud.

— Voulez-vous réessayer, Monsieur Lambert ? demanda l'homme, sa voix basse et mélodieuse, tendue, mais dégageant de l'autorité.

Ethan pensa qu'il voulait parler du sexe brutal et désordonné, ce qu'ils pouvaient faire n'importe quand, puis il réalisa ensuite qu'il voulait probablement parler du charabia.

— Qui… qui êtes-vous… ? bredouilla-t-il, repoussant les sensations inconnues qui le traversaient.

Il n'était pas ivre, alors quel était ce sentiment ? L'homme lui avait-il donné quelque chose ? Était-ce pour cela qu'il se sentait si bizarre ?

Peut-être qu'il n'aimait plus cette position ou le temps perdu.

— Où suis-je ? demanda Ethan. Qu'est-ce qui se passe ? Qu'est-il arrivé à votre cou ?

L'homme se redressa et relâcha ses poignets après l'avoir scruté pendant plusieurs secondes.

— Attendez une minute. Ça va vous revenir.

Ethan ouvrit la bouche afin de contrer cela, mais il se souvint de tout en regardant à nouveau le cou de l'homme et en se rappelant le goût délicieux sur ses lèvres.

— Oh, merde…

Il se débattit pour sortir de dessous l'homme, puis il roula sur le côté et vomit du sang partout sur le sol.

— Oh, *merde…*

— Arrêtez ça. Vous le gaspillez.

— Pourquoi ça n'a pas le goût du sang ?

— Parce que vous n'êtes plus humain.

— Qu…?

La question d'Ethan fut interrompue lorsque des mains fermes saisirent sa veste et le tirèrent en position assise, loin des éclaboussures de sang.

— Vous êtes un vampire. Et je dois savoir qui vous a transformé.

— Qui…? *Quoi ?* C'est de la folie !

— Je n'ai pas de temps pour votre crise existentielle, dit l'homme en relâchant Ethan qui bascula à nouveau sur le sol.

Puis il se leva, commençant à enlever sa veste et son tee-shirt.

— Qu'est-ce que vous faites ? Je…

— Restez assis et soyez attentif. Vous êtes un vampire à présent. Et je suis un métamorphe, comme beaucoup dans cette ville. Un loup-garou, pour être exact. Et avant que vous vous moquiez de ça… regardez.

Il laissa tomber ses vêtements sur le sol, pièce par pièce. Il était encore plus beau qu'Ethan ne l'avait réalisé, à l'exception de la marque de morsure dans son cou. Il avait des cicatrices, une multitude, mais Ethan n'avait jamais trouvé les cicatrices laides.

L'homme parla, une fois qu'il fut nu, sa peau encore tâchée de leur activité sur le sol.

— Stade un, dit-il, et ses yeux brillèrent.

— Stade deux, continua-t-il en faisant un pas vers Ethan, ouvrant sa bouche pour montrer les crocs qui poussaient de ses canines, avec des dents plus courtes le long des autres dents supérieures, et de même le long des dents inférieures.

Des griffes poussaient sur ses ongles, et sa peau prit une teinte grisâtre foncé tandis qu'une fourrure argentée poussait le long de ses pommettes et sur les bords de son corps.

— Stade *trois*, dit-il avec un grondement, paralysant Ethan, car comment pourrait-il y en avoir plus ?

Sa fourrure s'épaissit sur tout son corps et sa forme se modifia, ce qui semblait douloureux, mais il ne fit aucune grimace et ne gémit pas tandis que sa colonne vertébrale, ses jambes et son crâne se fissuraient, se reformant en une grande créature, ressemblant à un loup que les films n'avaient jamais réussi à reproduire. Il était beau, malgré son aspect étrange et mortel.

Il fit un autre pas vers Ethan, juste au moment où sa transformation s'achevait, puis elle recommença, plus rapidement cette fois, le rétrécissant, mais sans qu'il ne perde rien de sa fourrure ou de son visage lupin. Il aurait pu être un loup gris normal dans la nature une fois que ce fut fini, cette fois.

— Stade... quatre ? demanda Ethan docilement.

Le loup se rapprocha de lui, et il osa tendre la main pour caresser la fourrure de la bête. Elle était bien plus douce que celle d'un loup sauvage.

— Waouh, s'exclama Ethan, souriant en caressant la remarquable créature, même s'il savait qu'il devait encore avoir peur.

Le loup recula, et une fois qu'il fut assez loin, il se retransforma en homme aussi facilement que s'il enlevait une autre couche de vêtements. L'homme commença à s'habiller pendant qu'Ethan le regardait bêtement.

— Je suis sûr que vous avez des questions, mais les miennes sont prioritaires. Est-ce que vous me croyez maintenant sur ce que vous êtes ?

La magie du moment disparut. Ethan essaya de concilier son envie d'être malade d'avoir bu le sang de quelqu'un et son incapacité à nier la sensation de bien-être qu'il ressentait et le goût incroyable qu'il avait.

Il hocha la tête.

— Bien. Maintenant, qui vous a transformé ?

— Je... je ne sais pas.

— Un homme ? Une femme ?

— Un homme, je crois ? Non... oui. Définitivement.

Ethan se redressa et commença à se lever, ce qui fit... tressaillir l'autre homme. Mais pourquoi ? Alors qu'il était si impressionnant.

Il finit de s'habiller et se dirigea vers Ethan avec une confiance renouvelée, faisant reculer ce dernier de l'autre côté de...

... Ils étaient dans une cave à vin ?

— À quoi ressemblait-il ?

— Je… je ne sais pas ! Je ne l'ai jamais vu clairement.

— Est-ce qu'il vous a dit quelque chose ?

— Je ne pense pas.

Le regard de l'homme se durcit.

— Non.

— C'est… malheureux.

Il soupira et regarda Ethan pendant un long moment, encore plus difficile à lire qu'auparavant.

— Vous devez comprendre que les gens de votre espèce ne sont pas bien vus dans mon milieu. N'importe qui de ma meute, n'importe quel métamorphe, vous tuerait à vue dans la rue.

— Quoi… ? s'exclama Ethan en essayant de reculer plus loin, mais il se heurta au mur. Pourquoi ? Je ne suis pas dangereux ! C'est juste que… je ne laisserai personne découvrir qui je suis.

— Ce n'est pas si simple. Nous pouvons vous sentir. Vous ne pourrez pas vous cacher. Mais si vous aviez quelque chose à m'offrir, une information vitale, je pourrais peut-être vous protéger.

— Si ? dit Ethan, relevant le choix de mot important. Et si je ne peux pas ?

L'autre homme lui lança un regard dur et froid.

— Vous me tuerez… nous avons eu une relation sexuelle et vous me tueriez juste comme ça ?

— Ce n'était pas exactement un arrangement mutuel. Vous m'avez attaqué.

— Je…

Ethan allait encore être malade, surtout qu'il savait que c'était vrai.

— Je… je…

— Du calme, j'aurais pu vous arrêter. J'ai choisi de ne pas le faire. Finir ce que nous avions commencé était plus attirant.

— Pourtant, vous me tueriez quand même ?

Ethan pensait que l'homme-loup, qui qu'il soit, avait l'air sympathique, comme s'il ne voulait pas le tuer, mais il ne pouvait pas être sûr de ce que sa réponse aurait pu être, parce que la porte explosa.

— Bash ! s'exclama une belle femme asiatique avec des yeux violets en entrant, ses dents découvertes. Je suis partie dix minutes ! Qu'est-ce qui s'est passé, bordel ? Est-ce que tu saignes ?

Elle se précipita aux côtés de l'homme, et des ongles parfaitement peints se posèrent près de la marque de morsure sur son cou.

— Deanna…

— Tu l'as nourri ? Es-tu fou ? Et quelle est cette odeur ? s'exclama-t-elle en se cabrant, reniflant l'air comme si elle avait senti une odeur désagréable. Tu l'as baisé ? Sérieusement ? Alors que Jay est en ville en ce moment, et qu'il en a pratiquement envie avant chaque négociation ? Bash !

Elle tapa son bras.

Bash ? Comme dans *Bashir Bain*, le patron du salon de tatouage auquel Siobhan avait promis de montrer le portfolio d'Ethan ?

— Ne fais pas référence à l'Alpha de notre ville voisine en disant qu'il en a envie, s'il te plaît, protesta celui-ci.

— Eh bien, c'est le cas, répliqua la femme en le claquant à nouveau fermement. Techniquement, il est aussi ton fiancé.

— Vous êtes fiancé ? bafouilla Ethan, se sentant comme une puce indésirable sur le mur, surtout lorsque Deanna tourna son regard dans sa direction.

— C'est politique, dit Bash, comme si le fait d'être fiancé n'avait aucune importance alors qu'ils venaient d'avoir une relation sexuelle, « pas romantique », avant de se tourner vers Deanna. Et pourquoi es-tu revenue ici ?

— J'ai appelé Siobhan pour qu'elle nettoie la boutique et que ses adjoints finissent de patrouiller. Comme si j'allais te laisser seul avec *lui*. Dès que je suis revenue ici, j'ai senti du sang.

Bash lui jeta un regard furieux. Son exaspération était un peu adorable alors qu'il avait affaire à quelqu'un comme une sœur autoritaire au lieu de menacer la vie d'Ethan.

D'accord… la vie d'Ethan. Parce qu'il était un vampire maintenant, et que ces « métamorphes » voulaient le tuer s'il n'était pas utile. Il se demanda s'il était possible de faire un pas vers la porte, puisque Deanna l'avait laissée ouverte…

— N'y pensez même pas, grogna-t-elle, lui barrant la route avec ses yeux clignotants comme ceux d'un animal pris dans la lumière.

— Je… je…

— *Vous* êtes une menace pour tout le monde ici, pour tout ce quartier et pour la ville. Il y a des familles de métamorphes qui dépendent de nous, et Bash est assez stupide…

— *Deanna*, dit Bash plus brusquement, se déplaçant pour l'intercepter alors qu'elle commençait à acculer Ethan dans un coin.

Familles ? Ethan était terrifié pour lui-même, mais il était difficile de ne pas se sentir comme le méchant alors qu'ils défendaient des familles et craignaient pour leur bien-être avec lui dans les parages.

— Calme-toi et écoute-moi, dit Bash, mais elle se retourna dès qu'il eut tendu la main vers elle et… elle se figea.

Parce que *Bash* s'était figé, le visage détendu, les yeux écarquillés, le brun devenant bleu et flamboyant tandis que le blanc de ses yeux virait au noir et qu'un troisième œil similaire clignotait sur son front.

— Qu'est-ce que…

— Chut ! siffla Deanna, et avant qu'Ethan puisse comprendre ce qui se passait, Bash parla, sa voix étant un écho résonnant comme si elle était prise dans un tunnel de vent.

Des mères qui ont vu et des pères qui ont renforcé
Trois ont le pouvoir, mais un n'est pas éclairé.
Tous souffriront si deux ne peuvent triompher
Ensemble, contre lui, pouvez-vous être défiant.

— Il va bien ? s'inquiéta Ethan en s'approchant pour aider à stabiliser Bash, puisque Deanna semblait aussi figée, mais elle lui cria d'arrêter…

— Ne faites pas ça !

… trop tard, car quand il saisit le bras de Bash, tout devint blanc.

Puis explosa en technicolor.

Il vit Centrus City, mais plus sombre et différente, les rues trempées dans le sang et la peur, comme dans un film d'horreur, seulement pour changer en un clin d'œil comme si elles étaient recouvertes d'un brouillard de fausse félicité.

Les gens marchaient dans les rues avec des sourires étranges à la place de leur récente terreur, et au centre, une silhouette solitaire dont Ethan ne pouvait pas voir le visage. Mais Ethan était aussi présent, au pied de l'homme, le regardant avec adoration.

Avec Bash à ses côtés.

Il sursauta, et la cave à vin se reforma avec une secousse. Il retira sa main de Bash, et le vit revenir à lui avec un sursaut similaire, les yeux redevenant normaux.

— Qui êtes-vous ? demanda Bash à Ethan, comme si c'était lui qui était le clou du spectacle. Qu'est-ce que vous êtes ?

— Moi ? Vous êtes un loup-garou ! s'écria Ethan, s'éloignant de lui en trébuchant. Et peu importe ce que c'était !

— Une vision, dit Bash calmement, calculateur et immobile. Une prophétie. Oui, je suis un loup-garou. Je suis aussi un Voyant, mais je n'ai jamais vécu quelque chose comme ça, peu importe le nombre de visions que j'ai eues. Il n'y a jamais eu de *visions* avant, pas vraiment, seulement des mots, et généralement des mots dont je ne me souviens pas. Mais vous avez vu ce que j'ai vu, n'est-ce pas ?

Ethan s'agita, mal à l'aise. Il ne voulait pas mentir, mais il ne savait pas comment répondre.

— J'ai vu des humains et des métamorphes, comme des suiveurs sans cervelle servant un vampire au visage caché, dit Bash.

Un vampire ? Bien sûr. Ethan le savait, même s'il n'avait pas de crocs.

— Et nous aussi, admit-il à voix basse. À ses côtés, tout aussi captivés, comme des zombies.

— Je n'étais pas captivé par lui, dit Bash avec une curieuse inclinaison de la tête, observant Ethan comme s'il pouvait voir en lui jusqu'aux os. J'étais captivé par vous.

— Mais de quoi parlez-vous, tous les deux ? beugla Deanna, leur rappelant sa présence. Vous avez vu une prophétie ?

Des prophéties ? Des voyants ? Cette soirée devenait de plus en plus étrange, mais Ethan essayait de se concentrer sur ce qu'il pouvait saisir et de se souvenir de ce que Bash avait dit pendant sa transe. C'était lié à ce qu'ils avaient vu, c'était évident, mais qu'est-ce que cela signifiait ?

— Ethan a été capable de me captiver lorsqu'il s'est nourri de moi, dit Bash. Qu'est-ce que cela veut dire ?

— C'est impossible, objecta Deanna. Les vampires n'ont pas ce pouvoir sur les métamorphes, surtout sur un Alpha.

— J'ai réussi à me libérer, mais c'est quand même arrivé. Pendant quelques minutes, j'étais entièrement soumis.

— Est-ce pour ça que tu l'as baisé ?

— En partie, répondit-il en grimaçant.

— Je vous ai... captivé pour le sexe ? dit Ethan, son estomac se retournant avec la menace d'un autre vomissement de sang.

— Comme je l'ai dit, j'aurais pu vous arrêter une fois que je me suis réveillé. J'ai choisi de ne pas le faire.

— Attends, dit Deanna, aussi nauséeuse qu'Ethan. Il peut captiver les métamorphes ? Et son sire sera capable de le contrôler. Putain !

— Quoi ? dit Ethan en la regardant.

— C'est comme ça que les sires fonctionnent, cracha-t-elle, comme si c'était sa faute s'il ne savait pas ces choses. Votre sire, le vampire qui vous a transformé, s'il vous ordonne de faire quelque chose, il vous sera impossible de refuser. Vous êtes lié à son sang.

Bash était arrivé à la même conclusion, mais ça ne faisait que renforcer l'impression qu'Ethan pourrait se mettre à hyperventiler – bien qu'il ne semblât plus avoir besoin de respirer, ce qui était… bizarre.

— Est-ce comme ça que les métamorphes fonctionnent aussi ? demanda-t-il. Quand vous transformez les gens ?

Bash et Deanna brisèrent la tension en riant, bien qu'Ethan eût du mal à voir ce qui était drôle.

— Nous ne sommes pas dans un film, déclara Bash. Nous sommes une race, pas une infection. Ceci est réservé à votre espèce maintenant. Nous ne pouvons pas transformer les autres. Nous sommes simplement comme nous sommes nés.

— Oh.

Tout commençait à avoir un sens, mais cela ne rassurait pas Ethan sur ses chances de survie.

— Alors, je suis un parasite qui a été mis ici pour vous contrôler, parce qu'alors mon sire peut nous contrôler tous les deux, et peut-être, d'une manière ou d'une autre, contrôler tout le monde dans la ville.

— C'est ce qu'il semblerait, dit le loup-garou, son rire s'estompant pour laisser place à une considération avisée. Bien que je n'aie jamais entendu dire qu'une telle chose serait possible. Même ainsi, il serait insensé pour votre sire d'essayer. Il saurait à quel point nous voudrions vous tuer pour empêcher cela. Même si vous réussissiez à me captiver, les autres membres de ma meute suffiraient amplement à éliminer deux vampires, et moi aussi si nécessaire.

Deanna tourna ses yeux brûlants dans la direction d'Ethan.

— Alors, qu'est-ce qu'il veut ? demanda-t-il. Pourquoi m'a-t-il fait ça ?

— Oh, il veut ma ville, déclara Bash. J'en suis sûr. Peut-être même plus qu'une seule ville. C'est la façon dont il compte y parvenir qui m'inquiète.

— Nous connaissons la solution pour résoudre ce problème, grogna Deanna – grogna vraiment cette fois – et merde, il y eut le stade deux comme Bash l'avait montré à Ethan, avec des crocs et des griffes et une fourrure noire qui poussait.

— S'il vous plaît… réussit-il à dire, alors qu'il heurtait encore le mur.

— Nous ne le tuons pas, affirma Bash en se glissant entre eux pour retenir la femme.

— Bash…

— Nous ne le tuons pas.

Les coups de marteau du cœur d'Ethan se calmèrent face à l'autorité de l'autre homme. Au moins, son cœur pompait toujours, même si cela ne semblait pas naturel à présent, et beaucoup trop rapide.

— Merci, marmonna-t-il faiblement alors que Bash se tournait vers lui.

— Ne me remerciez pas encore. Votre liberté a un prix. J'attends de la loyauté. Je m'attends à ce que vous fassiez absolument tout ce que je vous demande. Et en retour, je serais clément avec vous pour découvrir ce qui se passe. Mais si vous sortez de la ligne…

Il se rapprocha, gardant Ethan cloué sur place.

Il y avait quelque chose dans son odeur, pas seulement l'odeur persistante du sexe, mais quelque chose d'indescriptible, qui le maintenait paralysé. Il aurait pu mettre cela sur le compte de la beauté de l'homme, de son magnétisme animal, mais c'était plus que cela.

— Si vous devenez une menace plus importante, si je crains que votre sire ait une chance de prendre pied dans cette ville comme dans cette vision, je n'hésiterais pas à vous tuer, prévint Bash. Est-ce que vous comprenez ?

Ethan comprenait pourquoi cet homme était Alpha. La puissance rayonnait de lui.

— Je comprends. Je suis toujours reconnaissant. Je comprends que c'est plus grand que moi…

— Vous comprenez ? le coupa Deanna, les bras serrés sur sa poitrine. C'est de la folie.

— Ethan n'est pas conscient de ce qui se passe, intervint son Alpha. Il est utilisé comme son sire pense pouvoir m'utiliser.

— Et comment as-tu eu cette idée ? Parce que tu as fourré ton sexe dans une folle ce soir ?

— Nous n'avons pas…

Bash leva une main afin de faire taire Ethan avant qu'il ne puisse terminer cette défense, et il se tut sagement.

— Qu'est-ce qui va empêcher cet ennemi inconnu d'engendrer quelqu'un d'autre si nous tuons Ethan? Nous ne savons toujours pas comment il est aussi puissant qu'il l'est. Son sire pourrait avoir des moyens de rendre n'importe quel jeune comme lui. Ce dont nous avons besoin, c'est d'informations. Garder Ethan en vie est la bonne décision, mais j'ai besoin de ton soutien si quelqu'un me questionne.

Deanna le fixa comme si une autre tête venait de pousser à Bash, ce qui n'aurait pas surpris Ethan.

— Comment savons-nous qu'il ne joue pas juste Bambi?

— Bambi? Ce type m'a tué! s'exclama Ethan. J'avais une chance de recommencer à zéro, et il a ruiné ma vie. Ses yeux…

Il s'interrompit alors que l'image lui revenait.

— Ses yeux quoi? insista Bash. De quelle couleur étaient-ils?

— Jaunes. Je peux les imaginer maintenant.

— Pas sauvages ou même affamés, souffla Bash, comme s'il n'était pas surpris. Vous souvenez-vous d'autre chose?

— Non. Je suis désolé, je…

Le téléphone d'Ethan sonna dans sa poche, les prenant tous par surprise.

— Euh…

— Qui est-ce? demanda Bash en se rapprochant encore, dégageant cette odeur qui donnait presque le vertige à Ethan.

La pièce était grande, mais avec deux métamorphes se pressant autour de lui, il avait plutôt l'impression d'être de retour dans sa cellule de cinq par cinq au pénitencier de Glenwood.

Il vérifia le nom après avoir sorti lentement le téléphone de sa poche. Leo.

— C'est mon oncle.

— Alors, répondez. Nous ne voulons pas qu'il pense que quelque chose ne va pas.

— *C'est* ce qui serait bizarre, rétorqua Ethan. Cela fait longtemps que je ne lui ai pas parlé. Croyez-moi, il ne sera pas surpris si je ne réponds pas.

— Une famille de merde aussi, hein? demanda Deanna, sarcastique.

L'estomac d'Ethan gargouillait de culpabilité parce qu'il devait à Leo une explication sur la raison pour laquelle il s'était enfui à Centrus

City au lieu de retourner à Glenwood après la prison, mais il ne savait pas quoi dire.

Il ne savait définitivement pas quoi dire maintenant.

— C'est un homme bon. C'est juste compliqué. Ce n'est pas vraiment mon oncle, mais il m'a élevé après que mes parents ont été tués.

— Tués, répéta Bash, alors que la sonnerie du téléphone s'arrêtait brusquement.

C'était si courant que le sujet revienne quand Ethan rencontrait une nouvelle personne qu'il ne bégaya même pas.

— Abattus plutôt. J'y étais, mais je ne me souviens de rien. J'ai tout bloqué. Pourquoi? dit-il lorsque les autres se regardèrent longuement. Vous ne pensez pas que c'est lié?

— Des parents assassinés, c'est suspect, déclara Bash. Cause du décès?

— Un couteau? Personne n'en a jamais été sûr, mais il y avait beaucoup de… sang.

Ses yeux se posèrent sur les éclaboussures sur le sol.

— Pourquoi ne voulez-vous pas parler à votre oncle?

— Je ne lui ai pas parlé depuis que je suis allé en prison. J'ai l'impression de l'avoir laissé tomber.

Comment pouvait-il affronter Leo après s'être abaissé au niveau d'un criminel, peu importe ce que ses efforts avaient signifié pour cette famille?

— Falsifier des preuves pour faire enfermer un tueur d'enfants n'est pas la plus mauvaise des actions, déclara Bash, et l'attention d'Ethan se retourna vers lui.

— Vous avez entendu parler de ça? Attendez, ça veut dire que Siobhan est aussi un loup-garou, dit-il en écarquillant les yeux.

— Lézard. Tous les métamorphes ne sont pas des loups. Deanna est une panthère.

Ethan la regarda avec une nouvelle admiration.

— C'est l'artiste que Siobhan a interviewé? demanda celle-ci avec un rire un peu hystérique. C'est pour ça que tu voulais le portfolio? Mais revenons en arrière une seconde. Vous êtes flic?

— Expert de police scientifique. Et au passé. Je ne pouvais pas retourner à mon travail à Glenwood, après ce qui s'était passé. Ils m'ont tous traité d'escroc, se demandant qui m'avait payé. Seule la famille a cru que je l'avais fait parce que…

Il s'arrêta. Cela n'avait plus d'importance.

— Les meurtriers de mes parents n'ont jamais été attrapés. Je ne voulais pas que quelqu'un d'autre s'en tire avec un meurtre, alors que je pouvais faire quelque chose à ce sujet. Mais j'avais encore tort.

— Je dois encore poser la question – est-ce mieux qu'un tueur d'enfants soit libéré ?

Bash semblait intrigué par son histoire, étant donné la lueur dans ses yeux.

— Je ne sais pas. Je pensais que Centrus pourrait être un nouveau départ. Que je pourrais réparer tout le mal que j'avais fait en créant un jour un cabinet de détective privé. L'art n'est qu'un passe-temps, quelque chose que j'aime, mais le boulot de tatoueur aurait été temporaire. J'ai toujours voulu que ma vie consiste à aider les gens.

— Oh, gémit Deanna. Eh bien, il chante certainement une jolie chanson, mais pour info, je n'aime toujours pas ça.

Bash se tourna vers elle et la poussa vers la porte.

— Laisse-moi une minute seul avec lui. Puis je monterai.

Une douzaine de dissensions dansaient dans ses yeux violets, mais elle n'en exprima aucune et fronça simplement les sourcils vers Ethan.

— Je vais vous surveiller, dit-elle, avant de secouer ses cheveux avec une sortie théâtrale.

Ethan ressentit à nouveau à quel point il était suffocant d'être mis en cage lorsqu'elle ferma la porte.

Bash continua à dégager du pouvoir et du contrôle alors qu'il retournait dans l'espace d'Ethan.

— Voilà ce qui va se passer. Vous ne quittez pas cette pièce jusqu'à ce que je sois sûr que vous êtes digne de confiance.

— Quoi ?

C'était une cellule, et pire que celle dont Ethan venait d'être libéré.

— S'il vous plaît, l'isolement cellulaire est une torture.

— Ça ne sera pas solitaire. Vous ne serez pas seul longtemps, et j'équiperai correctement cette pièce pour qu'elle soit habitable. Vous avez ma parole.

— Et des toilettes ?

— Votre corps gère les déchets différemment maintenant, répondit Bash avec un sourire narquois. Ça ne sera pas nécessaire.

— Vraiment ?

Ce serait difficile de s'y habituer, bien que pratique.

— En ce qui concerne une douche et d'autres nécessités, je vous accompagnerai chaque fois que vous sortirez d'ici. Restez ici pour l'instant.

Il se retourna aussi théâtralement que Deanna l'avait fait.

— Attendez! Pouvez-vous au moins répondre à quelques questions supplémentaires sur ce que je suis?

— Comme…? dit l'homme en se retournant avec une certaine impatience.

— Comme… qu'est-ce qui peut me tuer? Un pieu? De l'argent? Des croix?

Ce sourire en coin apparut encore une fois.

— Aucune de ces choses ne fera une grande différence. Un bon coup net dans le cœur, et vous vous viderez de votre sang comme n'importe qui. À d'autres endroits, vous guérirez mieux que n'importe quel humain ou métamorphe ne le pourra jamais.

— Et si je suis décapité?

— Essayez de ne pas faire ça non plus.

— La lumière du soleil?

— C'est un problème si vous ne vous nourrissez pas, donc vous devez faire attention. Restez nourri et vous pourrez toujours vous promener dans la journée, mais le soleil ne sera plus jamais votre ami. Les lunettes de soleil seront indispensables à partir de maintenant, et vous ne profiterez probablement plus jamais d'une autre journée à la plage.

— Je ne l'ai jamais fait avant, de toute façon, marmonna Ethan.

Il était plutôt du genre nocturne et casanier, mais cela ne voulait pas dire qu'il voulait vivre dans le sous-sol d'un loup-garou.

— À quelle fréquence dois-je me nourrir?

— Au moins, une fois par semaine pour commencer. Éventuellement, cela passera jusqu'à une fois par mois ou même plus.

— Comment…

— Nous y viendrons. Pour l'instant, je vais m'occuper de vous.

Ethan le croyait. Il semblait être un bon leader, protecteur et compréhensif avec sa meute.

Les sourcils de Bash se levèrent dans l'attente d'en savoir plus, mais quand Ethan ne dit rien, il repartit vers la porte.

— Et si je tue quelqu'un? lâcha-t-il.

Bash marqua une pause, mais il ne se retourna pas cette fois.

— Alors, vous tuerez quelqu'un, et nous nous en occuperons.

Le bruit de la porte sembla lourd lorsqu'il partit, et même si Ethan faisait confiance à Bash, il ne s'était jamais senti aussi isolé de sa vie, pas même en prison.

Il était sorti plus tôt du pénitencier de Glenwood grâce à son bon comportement et aux relations de Leo. Ethan avait été condamné à cinq ans, il pensait en faire au moins deux, mais il était sorti au bout de six mois. Il savait que son oncle était plus responsable que le fait qu'il ait gardé la tête baissée ou qu'il ait réussi à être assigné à un compagnon de cellule plutôt gentil, bien que grand et menaçant.

Après cela, comment pouvait-il rentrer chez lui, sachant que son oncle avait tant fait pour lui, alors que tout ce qu'il avait fait était de tout gâcher, de poursuivre des rêves uniquement centrés sur ses parents, et ensuite falsifier des preuves pour faire condamner un supposé coupable ?

Il savait que l'homme était coupable, mais est-ce que cela rendait la chose juste ? Il avait l'habitude de croire qu'un homme seul mis en prison pour un crime qu'il n'avait pas commis était pire que n'importe quel méchant s'en tirant avec un meurtre. C'était facile de penser ainsi jusqu'à ce qu'il se retrouve au milieu de tout cela.

Maintenant, il était un vampire, avec la menace de tuer quelqu'un lui-même un jour, dans l'ombre.

Comment était-il passé d'un super entretien d'embauche à une relation sexuelle sous influence avec un loup-garou et à un vampirisme soudain ?

Cette pensée attira son attention sur la flaque de sang. L'odeur était forte comme si elle était juste à côté de lui, même si elle se trouvait à l'autre bout de la pièce. Il pouvait aussi sentir l'odeur de sexe que Deanna avait remarqué – très puissante.

Si c'était une nuit normale et que Bash n'était qu'un attrape-nigaud qu'Ethan avait ramassé dans un bar, même si c'était un coup d'un soir, cela aurait été incroyable. Bash était magnifique, sexy et sentait tout ce qu'Ethan avait jamais désiré. Si cela s'était passé ainsi, cela aurait pu être une super rencontre – pas qu'il ait eu des amis avec qui en partager une.

Les gens avaient tendance à l'éviter, et oncle Leo avait toujours été méfiant envers les autres, ce qui avait rendu Ethan méfiant aussi. Même s'il avait eu un super coup d'un soir ou une super rencontre à raconter, il n'y avait personne à qui le dire.

Au lieu de cela, Ethan était coincé avec la nuit éternelle, une cellule vide avec une éclaboussure de sang, et un geôlier loup-garou. Sans compter que son portfolio, le vrai qu'il gardait sur lui, pas la copie qu'il avait donnée, n'était pas là. Il avait dû le perdre dans la ruelle.

Il appuya son dos contre le mur, et glissa sur le sol, essayant de toutes ses forces de ne pas pleurer.

IV

DEANNA ÉTAIT debout et se plaignait à Luke et Preston, lorsque Bash atteignit le rez-de-chaussée.

— Dis-moi que tu leur as au moins raconté les parties importantes de la situation ? dit-il.

— Que tu as perdu la tête ? répliqua-t-elle. Oui.

— Nous avons compris, intervint Preston, avant que Bash ne puisse laisser échapper un long soupir de souffrance. Le vampire est lié à un plus grand complot, et nous ne pouvons pas le tuer.

— Je n'avais pas encore mentionné que tu l'avais aussi baisé, cracha Deanna, parce que, bien sûr, elle le faisait.

— Quoi ? glapit Preston.

— Beurk ! ajouta Luke.

Se redressant de toute sa hauteur, Bash s'avança, sans faire de quartier ni de pause, avant de leur jeter un regard d'avertissement.

— En tant que votre Alpha, je m'attends à plus de discrétion avec le reste du cercle. Nous leur parlerons d'Ethan — et c'est Ethan, pas un vampire — de son sire et de ma prophétie, mais le reste est confidentiel, ce qui signifie qu'ils n'ont pas besoin de savoir.

Deanna souffla, mais Preston et Luke acquiescèrent tous les deux.

— Il restera dans la cave, à moins d'être accompagné par moi. Nous n'avons pas besoin que monsieur Russell ou son Second découvre tout ça. Si Ethan se montre digne de confiance, il peut être plus utile qu'un simple outil contre le complot de son sire, mais nous devons jouer prudemment.

— Et s'il s'échappe la nuit ? demanda Luke avec un frisson.

— Je resterai avec lui pour m'assurer que ce n'est pas un problème.

— Excuse-moi ? intervint Deanna, reprenant la confrontation. Ça a dû être une baise incroyable, ou peut-être que tu es encore sous le charme.

Il ne pouvait pas la blâmer pour sa colère. Elle était toujours sur les nerfs après une de ses prophéties, étant son amie la plus proche et pratiquement sa famille. De plus, les métamorphes apprenaient dès la naissance à douter de la loyauté de tous ceux qu'ils rencontraient jusqu'à preuve du contraire, et les vampires ne devraient même pas avoir cette possibilité.

Ethan était différent, cependant. Tout était différent. Bash ne pouvait pas l'expliquer, mais il savait qu'il suivait la bonne voie pour garantir la sécurité de la ville plutôt que sa perte.

— Je suis tout à fait sain d'esprit, affirma-t-il à Deanna, en relâchant sa position, mais en parlant clairement. C'est pour ça que je ne le laisserai pas se débrouiller tout seul.

— Tu vas avoir un colocataire vampire en pleine négociation de mariage ?

— Tu préfères que je lui donne sa propre chambre ici, que je le laisse se déchaîner pour que les meutes des autres villes puissent dire que je suis encore plus déséquilibré qu'elles ne le pensent déjà ?

— Parce que tu accueilles un vampire dont le maître veut te renverser ! éclata Deanna. Les vampires sont dangereux et incontrôlables, et celui-ci va finir par te mordre comme les autres.

— Il m'a mordu, dit Bash, sans essayer de cacher les marques sur lesquelles il pouvait sentir les regards de Preston et Luke. Et je suis toujours là. Nous devons savoir pourquoi Ethan est si puissant. Si nous le tuons simplement et que cet autre vampire peut en engendrer un autre comme lui, nous serons de retour au point de départ. Et il y a quelque chose d'autre à propos de lui.

— Évidemment, vu que tu l'as baisé au sous-sol, souffla sa Seconde.

— Tu quoi ? beugla Siobhan, annonçant sa présence avec un boom en entrant.

Elle avait dû nettoyer la ruelle, mais Deanna n'avait pas manqué de transmettre l'autre demande de Bash – il y avait deux portfolios dans les mains de la nouvelle arrivante, ce qui atténuait le fait qu'un autre membre du cercle savait qu'il avait couché avec Ethan.

Attendez, deux ?

— Pourquoi deux ? demanda-t-il, ignorant la question de Siobhan.

Elle se renfrogna, mais répondit :

— Une copie que Lambert m'a donnée et un original que j'ai trouvé dans la ruelle.

Il arracha l'original des mains de Siobhan avec plus de force que prévu, mais l'idée qu'il puisse y avoir quelque chose dans cette version qu'il n'avait pas vue auparavant était trop attirante. Les dessins qui avaient attiré l'attention de Bash auparavant étaient presque aussi fascinants que l'homme lui-même, et pouvaient révéler davantage de ce mystère.

— Bon travail, dit Bash. Je vous en dirai plus au fur et à mesure que nous travaillerons. Pour l'instant, tout le monde va m'aider à rendre le sous-sol habitable. Nous ne sommes pas des monstres, et nous ne traiterons pas Ethan comme tel, à moins qu'il ne nous donne une raison. Mais personne d'autre que moi n'entre dans cette cave à vin. Vous m'aidez simplement à installer les commodités.

— Tu agis comme si tu avais un nouvel animal de compagnie, dit Deanna.

— La carotte, Deanna, pas le bâton, si nous voulons qu'il nous fasse confiance et nous soit utile. C'est ce que dit la prophétie. Vous verrez, mais j'ai besoin que vous me fassiez confiance.

Il pensait que ces mots étaient destinés à tous, même s'il se concentra sur Deanna en les prononçant.

Avoir la réputation d'avoir toujours raison sur ses intuitions était un de ses meilleurs atouts, assurant une loyauté là où un autre Alpha aurait pu faillir. Luke et Preston n'exprimèrent pas de dissensions, aussi sceptiques qu'ils aient pu être à l'idée d'avoir un vampire sous leur toit. Siobhan ne s'exprima pas non plus.

Deanna semblait vouloir argumenter davantage, mais Bash vit dans ses yeux une lueur d'indécision qui montrait à quel point elle était inquiète.

— Bien. Je suppose que nous ferions mieux de trouver un lit errant à traîner là-bas et des fournitures pour nettoyer ce sang.

Elle tourna sur ses talons, et Luke et Preston se précipitèrent pour la suivre. Bash tenait le vrai portfolio sur sa poitrine, mais il faillit trébucher lorsque Siobhan poussa la version copiée dans ses bras.

— *Une autre prophétie ?* dit-elle, avant de suivre Deanna. Je déteste Halloween.

BASH ÉTAIT sérieux ; il ne voulait pas que les autres entrent dans la cave et rencontrent Ethan avant qu'il n'ait fini de l'examiner et qu'il soit sûr à cent pour cent de sa foi en lui. Il était presque certain, mais presque n'était pas suffisant.

Alors, pendant que les autres aidaient à descendre tout ce qu'il avait demandé pour la chambre d'Ethan, il nettoya seul le sang, apporta le lit et installa les autres objets qu'il pensait que l'homme pourrait vouloir.

Un petit bureau et des outils pour dessiner. Des livres pour les étagères, mais pas d'internet, ce qui signifiait qu'il devait également confisquer le téléphone d'Ethan. Celui-ci se raidit et soupira, mais la joie sur son visage lorsque Bash lui tendit ses portfolios compensait cela, répandant une chaleur rare dans la poitrine de celui-ci à cette vue.

Ethan semblait toujours incrédule quand Bash finit de faire le lit.

— Vous pensez vraiment que je suis si dangereux que je dois dormir ici?

— Tous les vampires sont dangereux. Je garderai un œil sur vous jusqu'à ce que je sois sûr que vous vous maîtrisez, ce qui signifie que je vais rester avec vous.

Ethan serra ses portfolios contre lui de la même manière que Bash comme s'ils étaient une base, même s'il ne pouvait pas voir les photos.

Bash avait regardé l'original, mais seul un dessin était nouveau par rapport à la copie. Il était plus surréaliste que les autres œuvres d'Ethan, comme une peinture impressionniste, mais Bash aurait juré qu'il pouvait voir quelque chose de reconnaissable dans les sombres tourbillons de noir, de rouge et d'or.

Comme une figure avec des yeux jaunes.

— Vous dormez ici aussi? demanda Ethan. Dans le même lit?

— Si vous vous inquiétez pour votre innocence, vous pouvez vous détendre, dit Bash en souriant. Je n'ai pas l'intention de répéter les performances d'avant. Je vais simplement dormir à côté de vous pour m'assurer que vous ne faites rien de stupide.

Ethan se détendit, même si Bash pouvait voir une pointe de déception dans son expression. Il la ressentait aussi, car il y avait une attraction indescriptible envers Ethan qu'il n'avait jamais ressentie avec personne d'autre. Il s'inquiétait de savoir si c'était à cause du charme ou des plans du sire d'Ethan, mais il ne ressentait pas même la chose, pas exactement.

Sous le contrôle d'Ethan, il avait eu l'impression de flotter, de rêver, d'être clairement sous influence et d'être anormalement étourdi.

Maintenant, c'étaient les choses qu'il aurait normalement désirées chez un homme qui attirait son attention. La belle longueur de son cou et de ses jambes. L'étincelle dans ses yeux et la douceur de sa bouche. Le corps svelte avec des muscles subtils, mais puissants sous la peau.

Bash aurait désiré Ethan physiquement, quelles que soient les circonstances atténuantes, mais il était aussi attiré par l'art et l'esprit qui se cachaient derrière le visage et la silhouette de cet homme.

— Combien de temps vais-je devoir vivre comme ça? demanda ce dernier.

— Seulement jusqu'à ce que je sache que nous pouvons vous faire confiance.

— Je ne peux pas croire que c'est mon retour à la maison, dit Ethan en s'affalant sur la chaise du bureau, avant de poser ses portfolios dessus, non pas comme s'il voulait combattre Bash, mais acceptant sa situation. J'ai grandi ici, avant qu'oncle Leo nous fasse déménager à Glenwood. Je veux juste aider les gens, mais tout ce que je fais ne fait qu'empirer les choses.

— Vous n'avez pas choisi d'être un vampire. On vous l'a imposé. C'est donc la faute de votre sire, pas de la vôtre.

Il n'était pas tard, selon les normes habituelles, peut-être pour un humain, mais pas pour Halloween. Pourtant, Bash se sentait fatigué et voyait le même épuisement chez Ethan. Il s'assit sur le bord du lit.

— Concentrez-vous sur vos objectifs, pas sur ce que vous ne pouvez pas changer. Si vous pensez vraiment ce que vous dites, que vous voulez aider les gens, alors vous pouvez être utile ici même.

— Comment? dit Ethan en clignant des yeux sur lui. Sans vouloir vous offenser, on dirait que vous êtes une sorte de… patron du crime.

— Plus ou moins, répondit Bash en riant. Mais ce n'est pas tout noir ou tout blanc. J'ai une obligation envers mon peuple, tout comme le maire de n'importe quelle ville. Pensez à moi comme à un Alpha. En fait, le maire de Centrus City et moi sommes des compagnons d'armes pour faire fonctionner cette ville. Il est humain et pas aussi véreux que la plupart. Vous pouvez aider beaucoup de gens en m'aidant à m'assurer que votre sire ne trouve pas le moyen d'obtenir ce qu'il veut.

Le vampire sembla réfléchir à tout cela. Il débordait probablement d'autres questions, mais il ne les exprima pas.

— OK.

— En attendant, si vous voulez ce travail au salon de tatouage, il est à vous. C'est plus que de l'art. Nous utilisons cet endroit pour des informations. Cela me donnera l'occasion de vous présenter aux métamorphes de cette ville dans des circonstances contrôlées. Vous y serez utile, surtout si vous avez l'intention de devenir un jour un détective privé.

Une étincelle d'espoir illumina les yeux d'Ethan, le faisant paraître entièrement humain.

— Vous pensez que je peux avoir ça ? demanda-t-il.

— Nous verrons, n'est-ce pas ? Maintenant, même si vous n'avez plus besoin d'autant de sommeil, il vous en faut toujours. Reposez-vous, laissez votre corps s'adapter. J'aurais quelques courses à faire dans la matinée, mais si vous êtes gentil, vous n'aurez pas à rester ici longtemps. Je suppose que vous avez un appartement en ville ou un hôtel ?

— Un hôtel, oui. J'aurais cherché un appartement après avoir trouvé un travail.

— N'avez-vous pas de la chance, alors, de ne plus avoir à payer de loyer ? Si nous avons le temps demain, nous pourrons y aller pour prendre vos affaires. En attendant, vous pouvez utiliser mes vêtements, dit Bash avec un geste vers le sac de voyage dans lequel il avait empaqueté l'essentiel – pantalons de pyjama, tee-shirts, jeans, sous-vêtements.

Bash ne perdit pas de temps pour se lever du lit, se déshabiller et enfiler ses propres vêtements de nuit. Ethan s'était nourri très récemment, mais cela amusait toujours Bash de voir le sang affluer sur ses joues, le rendant écarlate.

Ils avaient couché ensemble, et Ethan l'avait vu nu lorsqu'il lui avait montré ses différentes formes, mais il avait quand même poliment tourné la tête en fouillant dans le sac pour trouver ses propres vêtements de rechange.

Peu de temps après, Bash ne put s'empêcher de jeter un coup d'œil par-dessus son épaule pour voir Ethan à moitié habillé, torse nu et humant l'odeur d'un de ses tee-shirts à manches longues comme si c'était de l'herbe à chat pour vampires. Ses yeux papillonnèrent même, et Bash dut sourire, surtout quand Ethan remarqua qu'il le regardait et qu'il se dépêcha d'enfiler le vêtement.

La lumière était près de la porte, mais ils pouvaient bien voir dans le noir tous les deux, même dans le noir complet, comme ce fut le cas lorsque Bash eut éteint. Il entendit Ethan sur le point de protester, puisqu'il ne s'était pas encore mis au lit, mais il retint sa langue lorsqu'il regarda autour de lui et réalisa à quel point il pouvait facilement trouver son chemin.

Ils se glissèrent sous les couvertures, et Bash se demanda s'il avait perdu la tête.

— Pourquoi me faites-vous confiance ? demanda Ethan, comme s'il voulait insister sur le problème. Si tout ce que vous savez, c'est que les vampires sont horribles, pourquoi me donner le bénéfice du doute ?

— Je suis toujours prudent, lui rappela Bash, même si le fait d'être au lit avec un vampire pourrait dire le contraire.

— Dans n'importe quelle autre situation, vous auriez tué un vampire comme moi.

— C'est vrai. Il y a des années, j'ai eu une prophétie m'avertissant d'une importante nuit d'Halloween où je devrais prendre une décision. Je pense que c'était ce soir. Vous tuer ou vous épargner conduira à la ruine ou au salut de cette ville.

Ethan resta silencieux pendant un moment.

— Comment savez-vous lequel est lequel ? demanda-t-il finalement, la même question que la meute de Bash avait posée tout le temps qu'ils traînaient des choses dans le sous-sol. Comment savez-vous que m'épargner était la bonne décision ?

— Je ne le sais pas. C'est juste un sentiment. Mais mes sentiments ne sont jamais faux.

Le lit grinça quand Ethan se mit sur le côté pour faire face à Bash, et celui-ci tourna la tête pour le regarder. Il était beau dans l'obscurité, le visage ivoire et les yeux verts brillants, regardant Bash avec une confiance curieuse.

— Moi aussi. Je veux dire, avant maintenant, une des raisons pour lesquelles j'ai toujours été bon en tant qu'expert scientifique, c'est que même si j'avais un pressentiment fou que personne d'autre ne croyait, j'avais toujours raison une fois que les preuves étaient là. Toujours. L'affaire Decker est la seule fois où il n'y avait pas assez de preuves.

— Votre tueur d'enfants, conclut Bash. C'est pour ça que vous avez falsifié des preuves, parce que vous pensiez que vous deviez avoir raison cette fois aussi.

— Oui.

— Vous êtes peut-être un Voyant. Nous pouvons le vérifier.

— Je ne pense pas, dit-il en souriant doucement, les yeux baissés sur les draps. Rien de ce qui s'est passé avec vous ne m'est jamais arrivé. Ce ne sont que des sentiments, des pressentiments, et peut-être un rêve bizarre ou deux qui inspirent mes dessins.

— Oh ?

Bash était pareil, même s'il ne créait pas d'art à partir de cela. Les idées restaient dans son esprit grâce à sa mémoire eidétique, comme une image parfaite. Il y avait peut-être du sang de sorcier dans la famille d'Ethan, comme pour lui.

— Quelles que soient les réponses, même si je ne crois pas que le destin choisit pour nous, je crois qu'il existe. Il y a un but derrière notre rencontre, et quelque chose de valable à sauver en vous.

Ethan leva les yeux, qui luisaient en jaune – envahis par une émotion qu'il ne pouvait pas contrôler, mais cela n'inquiéta pas Bash, parce qu'il ressentait une émotion aussi.

Il était peut-être fou, mais il ne pensait pas avoir tort à propos d'Ethan, pas plus qu'il n'avait eu tort à propos d'autre chose.

— Merci encore, pour, hum… ne pas m'avoir tué, dit Ethan, très sérieusement.

— Je pourrais encore le faire, vous vous en rendez compte, dit le loup-garou, puisqu'il ne croyait pas qu'il fallait édulcorer la vérité.

Ethan acquiesça sans protester et se remit sur le dos. Ils restèrent allongés là, côte à côte, jusqu'à ce qu'il grogne soudainement.

— Quelque chose de drôle ?

— Euh… vous connaissez *Princess Bride* ? Je pensais à la partie du Dread Pirate Roberts. Bonne nuit. Bon travail. Dors bien. Je te tuerai probablement dans la matinée.

Il rit comme s'il ne pouvait pas trouver de meilleure réponse à l'absurdité de ce soir.

Bash rit aussi. Ethan était vraiment quelque chose. Quelque chose de spécial.

— Je vous promets que nous n'en arriverons jamais là tant que je ne trouve pas de raison de faire autrement.

V

ETHAN N'ÉTAIT pas du genre à avoir le sommeil facile. Son esprit travaillait trop frénétiquement et tout le temps. Ses parents disaient que c'était comme s'il devait entrer dans chaque pièce individuelle dans son cerveau, éteindre toutes les lampes une par une avant de pouvoir dormir, au lieu de certaines personnes qui pouvaient s'endormir en actionnant un interrupteur principal.

C'était le cas de Bash, apparemment, car il s'était endormi quelques instants après la fin de leur conversation. Ethan fut surtout surpris de voir qu'il ne lui fallut pas beaucoup plus de temps pour s'endormir aussi.

IL FAISAIT froid ce soir, pensa-t-il en resserrant sa veste autour de lui. Il ne reconnaissait pas les rues dans lesquelles il marchait, mais il savait qu'il était toujours à Centrus.

Il tourna au coin de la rue, dans une rue sombre et vide, avec l'impression que chaque ombre était sur le point de l'attraper et de le manger.

— Ethan, appela une voix derrière lui, et il se retourna pour voir... rien.

— H... hello ? bégaya-t-il, tournant lentement en rond afin de déterminer d'où venait la voix.

— Ne t'inquiète pas, Ethan. Tu es sur la bonne voie. Juste là où tu devrais être.

— Pardon ? dit-il en se retournant à nouveau, car il ne voyait personne, mais la voix lui était familière, même s'il ne pouvait pas la placer.

— Aie confiance en Bashir, Ethan. Tu sais que tu peux, et laisse-le avoir confiance en toi. Il est très séduisant, n'est-ce pas ? Tout ce que tu as toujours désiré ?

— Je...

Ethan ressentait une bouffée d'embarras, mais il ne pouvait pas le nier.

— Oui, dit-il dans un murmure silencieux.

— Alors, ne lutte pas contre ça. Continue à faire exactement ce que tu fais.

— D'accord, accepta-t-il, laissant la vérité se coller à lui comme une étreinte réconfortante, ne se souciant plus de l'origine de la voix ou de l'obscurité qui l'entourait.

— Bon garçon, dit la voix, et alors Ethan vit, vit... quelque chose se déplaçant vers lui depuis la ruelle la plus proche dans l'ombre et indistinct, mais avec un flash d'yeux jaune vif. Bienvenue à la maison.

ETHAN ASPIRA l'air dont il n'avait plus besoin pour respirer en se redressant dans son lit, réveillé et toujours dans la cave à vin.

Il se laissa retomber sur le matelas et essaya d'oublier ce terrible rêve. Il ne savait pas pourquoi cela le dérangeait autant, il n'y avait rien de menaçant, mais il se sentait quand même envahi, comme cette sensation de picotement sur votre nuque quand quelqu'un vous observait. Tout cela parce que....

Parce que...

De quoi avait-il rêvé déjà ? Il ne pouvait pas s'en souvenir. Il se souvenait toujours de ses rêves, mais celui-ci lui échappait toujours. Il aurait voulu en parler à Bash.

Bash, pensa-t-il avec un souvenir soudain, et il roula vers l'espace vide à côté de lui. L'homme était parti, mais il y avait un mot sur son oreiller.

J'imagine que je ne vous ai pas tué au matin. Je reviens bientôt. – B

Il sourit. Bash était la seule bonne chose dans cette situation bordélique, et Ethan avait dormi pendant qu'il se levait et partait. Il soupira, retira la note de l'oreiller et roula du côté du lit de Bash afin de respirer son odeur enivrante, bien plus forte là où il avait dormi que dans les vêtements de nuit empruntés et lavés.

Il devrait être effrayé en ce moment, mais même enfermé dans une cave comme le prisonnier qu'il était depuis six longs mois, il se sentait réconforté de pouvoir s'envelopper dans l'odeur de Bash, comme s'il était exactement là où il devait être.

— BASH ? ÊTES-VOUS avec moi ?

Bash sortit de ses pensées en sursaut. Il n'avait pas l'intention de s'égarer, mais aussi attachant que Jay Russell puisse être – c'était vraiment un homme bien, un bon Alpha, beau et compétent – Bash n'avait pas du tout l'esprit à leur rendez-vous du déjeuner.

Il s'était levé tôt afin de limiter les dégâts avec son entourage et s'assurer que personne ne s'inquiète de la nouvelle normalité d'un vampire vivant dans le sous-sol.

Réunir tout le monde dans la même pièce un jour donné était un défi, mais il avait fait passer le mot que c'était obligatoire. Le fait d'avoir une grande cuisine commune faisait partie de l'environnement communautaire qu'il essayait d'entretenir dans son cercle restreint, et ils étaient vraiment une famille lorsqu'ils étaient ensemble.

— Ai-je manqué quelque chose d'important hier soir ? demanda Nell.

Elle avait des cheveux châtain clair jusqu'à la taille, des yeux bleus pâles, et portant toujours des robes colorées avec des ornements pendants. Elle était aussi leur seule humaine, ce qui était inédit dans les cercles intimes des autres villes, mais elle était une sorcière née, douée pour la magie défensive et complémentaire, alors que celle de Preston était plus offensive, ce qui lui valait le rôle de Chamane, dernier membre du cercle de Bash.

Les règles d'un Alpha s'appliquaient à toutes les meutes, à tous les métamorphes de la ville, mais leur cercle intime était une étoile à six branches, avec l'Alpha à la tête, un Second en dessous, et autour d'eux, un Gardien pour maintenir la paix, un Magister pour contrôler la magie, un Conseiller pour inculquer la loyauté et un Chaman pour les protéger et les dissimuler, couvrant tout ce dont les métamorphes de la ville pouvaient avoir besoin, et tout ce qui était nécessaire pour les protéger des humains.

Même si l'un d'entre eux *était* humain.

— Veux-tu que j'aille voir comment il va ? demanda Nell, une fois que Bash eut expliqué la situation, mais il rejeta son offre.

Il aurait probablement besoin d'elle un jour, étant donné qu'ils avaient affaire à un nouveau-né, mais pas encore.

— Bientôt. Je ne veux pas que quelqu'un l'approche avant que je ne donne le feu vert.

— Comment est-il ? demanda Luke, en s'agitant sur son siège.

Il était infiniment curieux comme la plupart des chats, mais pouvait être facilement effrayé.

— Je l'ai apprécié lorsque je l'ai rencontré en tant qu'humain, dit Siobhan. C'est un homme gentil, peut-être un peu excité et idiot, donc vous devriez bien vous entendre, s'il ne te mange pas.

Luke lui tira la langue, mais Bash remarqua que le chat-garou avait frissonné. Luke craignait sincèrement que cela arrive.

S'il était honnête, il le pensait aussi.

Siobhan avait raconté aux autres la partie de l'histoire concernant l'ex-taulard, ainsi que la raison pour laquelle Ethan s'était retrouvé au pénitencier de Glenwood.

— Bon artiste aussi. Bien sûr, c'était avant qu'il ne devienne un suceur de sang.

— Et les négociations avec Russell? intervint Preston, comme il l'avait fait la nuit dernière, toujours aussi analytique.

— Ne t'inquiète pas, assura Bash. J'ai tout sous contrôle.

Ou il l'espérait, du moins.

— Désolé, dit-il à Jay maintenant, en prenant une gorgée d'eau.

Quand Jay avait proposé un endroit touristique, Bash avait poliment suggéré quelque chose de plus intime. Ce bistrot était l'un de ses préférés, petit, mais confortable, avec une nourriture divine, mais il avait à peine touché à son repas. Il faisait une terrible impression en se laissant distraire.

— Longue nuit.

— Oh? Vous avez dit que vous aviez besoin de temps seul. Des rituels d'Halloween à accomplir ou juste une fête de meute? dit Jay en souriant.

Il ne cessait jamais d'essayer de gagner la confiance de Bash. Non qu'il soit mauvais, mais Bash n'avait jamais ressenti cette étincelle insaisissable entre eux.

Cela ne devrait pas être nécessaire, c'était un mariage de convenance et de stabilité politique, pas d'amour. Bash ne s'attendait pas à trouver l'amour, mais Jay le voulait. Il le désirait ouvertement et voulait qu'ils soient plus. L'Alpha de Centrus se sentait blessé de ne pas pouvoir lui donner cela, car s'il pouvait être civilisé et fournir de jolis mensonges, il ne pouvait pas donner son cœur complètement, pas à quelqu'un qui ne faisait pas s'emballer son pouls.

Jay était beau, grand et musclé, avec des yeux bleus qui brillaient, une peau bronze et de séduisantes tempes grises précoces sur ses cheveux blond sable.

Il était solide. Il était agréable.

Bash avait besoin d'un défi.

Ils étaient plus proches en âge, au moins. Ethan était plus jeune, dans les vingt-cinq tout au plus. Non pas qu'il doive penser à Ethan en ce moment.

— Rien de bien excitant, répondit-il avec un sourire. Juste un peu grillé. Je me suis couché tôt.

Ce n'était techniquement pas un mensonge.

— Je voulais être sûr de pouvoir vous accorder toute mon attention, mais voilà que je me laisse distraire et que je gâche notre repas.

— Oh, non, pas du tout. Y a-t-il quelque chose que je puisse faire pour vous soulager ? Ou est-ce moi le problème ? dit Jay en affichant un sourire plus large, doucement taquin et peut-être seulement légèrement sérieux.

— Les négociations sont au premier plan de mes préoccupations, mais vous n'êtes jamais un problème, Jay. Votre Second, cependant…

— Max est un peu surprotecteur, je l'admets, mais c'est son boulot, dit-il en riant. Deanna n'est pas vraiment câline avec moi. Ils veulent juste être sûrs que ça se termine avec un bénéfice mutuel.

— Avec Deanna, oui. Mais je crois que Maximus veut s'assurer que je ne profite pas de votre bonne nature.

Jay avait certaines choses en commun avec Ethan, comme la façon dont il jetait parfois un regard sur le côté avec un léger rougissement.

— Certains types d'avantages sont acceptables.

Jay était doux, ce n'était pas un trait typique chez un Alpha, mais cela ne signifiait en aucun cas qu'il était faible ou qu'il manquait de confiance.

— Pourquoi, Monsieur Russell, dit Bash en appuyant son menton sur ses mains croisées sur la table. Et pendant tout ce temps, j'ai pensé que vous faisiez le difficile.

— Je voulais simplement dire… commença-t-il, ses joues rougissantes. Nous avons le droit d'être un peu égoïstes, même en tant qu'Alphas.

— Ça veut dire que vous avez pris mes demandes en compte ?

— Nous ne sommes pas censés négocier en ce moment, répliqua Jay, esquivant la question. Je voulais en apprendre plus sur vous.

— Comme quoi ?

— Vous savez, passe-temps, rêves, votre parfum de glace préféré.

Un rendez-vous.

Un rendez-vous galant, plutôt.

Bash laissa tomber ses mains et se redressa. Jay avait de beaux yeux bleus, mais il souhaitait qu'ils soient verts alors qu'il les regardait.

— Mes passe-temps sont la lecture, la cuisine et la stratégie, même s'il s'agit d'une simple partie de cartes. Les rêves consistent uniquement à m'assurer que ma vie reste digne d'intérêt, et que ceux qui comptent sur moi soient toujours en sécurité, tandis que ma ville prospère. Et... menthe copeaux de chocolat ou cannelle. Mais jamais ensemble.

Jay rit, et Bash pouvait dire qu'il était assez charmé.

Normalement, cela ne le dérangeait pas de séduire quelqu'un pour son propre bénéfice, car c'était fugace et jamais totalement unilatéral. La séduction avait des avantages pour les deux parties. Cette fois, cependant, sachant que le résultat serait à long terme, il se sentait... coupable, et il ne supportait pas la culpabilité.

Un buzz attira son attention sur son téléphone portable. Normalement, il l'aurait ignoré lorsqu'il était avec Jay, mais les temps changeaient, et il ne pouvait pas risquer d'être pris au dépourvu.

Le message était de Preston.

Luke s'arrache les cheveux. Vu que ton animal de compagnie vampire a été nourri la nuit dernière, pouvons-nous au moins aller le voir ?

Il essaya de ne pas grogner. Luke était au mieux curieux, au pire névrosé, mais Bash n'avait pas besoin qu'il perde son sang-froid avec des étrangers et révèle l'existence d'Ethan avant le bon moment. De plus, ce dernier avait été seul toute la matinée. Il méritait de la compagnie, et Bash devait commencer à repousser les limites quelque part.

Bien. Mais seulement vous deux, et soyez prudents.

— J'aimerais aussi savoir ce qui vous distrait tellement, déclara Jay.

— Désolé, dit Bash en rangeant son téléphone. Affaires de cercle, mais rien d'urgent. Je ne devrais pas...

— C'est bon. J'aime que vous soyez si attentif avec eux. C'est en partie pourquoi j'ai accepté tout cela. Les actions prouvent le genre de personne que quelqu'un est plus que son passé ou sa lignée. Vous êtes un homme bon, Bash. Je veux juste apprendre à connaître les parties que vous avez tendance à cacher.

C'étaient toutes les parties, Jay ne le savait juste pas encore.

— Vous devez comprendre quelque chose si vous voulez vraiment me connaître, dit Bash, puisque le charisme creux ne menait nulle part. Quoique vous puissiez penser, je suis toujours un criminel et un menteur au fond de moi.

Le sourire sur le visage de Jay se crispa.

— Pour le bien de tous, comme tous les Alphas dans les grandes villes. Tout ce dans quoi j'ai les mains n'est pas non plus légal. Vous êtes plus Robin des Bois que méchant, dit-il en essayant d'attraper la main de Bash à travers la table, et ce fut la goutte d'eau qui fit déborder le vase.

— Bien que les objectifs finaux soient toujours pour ma meute, ne vous méprenez pas, je ne suis pas un héros, dit-il en ramenant ses mains sur ses genoux. Je ne me compromets pour personne. Je ne le ferai pas.

— Même pas pour un compagnon ?

— Si cela signifie devenir quelqu'un que je ne suis pas, alors non.

— Je ne vais pas vous faire honte pour des pratiques avec lesquelles je pourrais ne pas être d'accord... dit-il en se tortillant – si c'est ce que...

— Je ne vais pas vous aimer, lâcha Bash, le faisant sursauter.

Il avait essayé de ne pas craquer ou d'être cruel, mais même lui avait des limites.

— Si vous voulez de l'amour, vous devez le trouver ailleurs, tout comme j'attends une compensation dans cette direction.

La culpabilité s'invita de nouveau dans le regard nauséeux de Jay.

— Vous voulez que j'accepte de vous laisser coucher avec qui vous voulez après notre mariage.

— Ce n'est pas comme si nous allions vivre sous le même toit.

— Nous pourrions. Je pensais que nous pourrions alterner entre les villes, et... ce n'est pas ce que vous voulez.

Là, finalement, se posa la réalité de la situation.

— Je veux aider votre meute. Je crois que vous êtes un homme bon. Mais je ne suis pas aussi bon que vous le pensez, parce que je suis égoïste aussi, et je veux quelque chose pour moi. Je veux quelqu'un qui me soit dévoué. Je pensais... peut-être... Nous ne pourrions pas essayer ?

Il s'éclaira avec la dernière lueur d'espoir en lui que Bash était sur le point d'écraser.

— Vous ne feriez que vous préparer à la déception.

Ils avaient presque le même âge, Bash, trente-trois ans et Jay, trente-cinq ans, mais Jay avait une jeunesse que Bash admirait. C'était la joie qu'il prenait dans les choses simples qui lui prouvait que Jay ne le trahirait pas ou n'essayerait pas de prendre le contrôle de sa ville avec la fusion de leurs meutes.

Bash voyait maintenant cet optimiste brillant se fissurer avec l'entaille qui se creusait dans le cœur de Jay.

— Vous savez, je ne comprendrai jamais comment quelqu'un d'aussi beau peut être aussi froid, dit ce dernier, et cette fois, quand il détourna le regard, ce fut parce qu'il ne pouvait pas supporter de regarder Bash. Je dois réfléchir à tout ça. Je vous ferai savoir quand je serai prêt à poursuivre les négociations.

Il commença à repousser sa chaise.

— Au fait, pour moi, c'est jeux de société et photographie. Le seul rêve que j'ai jamais eu se solidifie rapidement en « ça n'arrivera jamais ». Oh, et une tranche napolitaine, mais je laisse toujours un peu de fraise, dit-il en souriant amèrement, alors qu'il levait finalement les yeux afin de rencontrer ceux de Bash. Je ne vous laisserai pas en plan, mais je ne sais pas si je peux vous donner ce que vous voulez que ce soit.

— Vous auriez les mêmes libertés, vous pourriez coucher avec qui vous voulez.

— Je ne suis pas comme ça. Je suis désolé. Je vous contacterai bientôt.

Il se leva cette fois et s'éloigna, non sans laisser des espèces pour le repas, à peu près parfait pour couvrir sa nourriture et la moitié du pourboire, sans tout laisser à Bash ni tout payer, comme une ligne neutre dans le sable.

Merde, Bash craignait que ce ne soit qu'une question de temps avant que cela tombe à l'eau, mais il avait peut-être finalement tout fait foirer pour de bon maintenant.

VI

LA NOTE de Bash était mignonne, mais c'était étrange de pouvoir la lire aussi bien dans le noir. Une fois qu'il eut compris qu'il était seul, il voulut allumer.

Ce fut alors que ses expériences commencèrent.

Il rejeta les couvertures avec la seule pensée de la lumière à l'esprit, et…

La pièce s'illumina parce qu'il était déjà à la porte et avait appuyé sur l'interrupteur ! Comment avait-il fait si vite ?

Il regarda le lit et ne pensa qu'à se remettre sous les couvertures. Une seconde plus tard, il y était, une bouffée d'air et d'exaltation le traversant.

— Bordel.

Le fait d'être un vampire faisait de lui une sorte de bolide.

Après cela, il passa des heures à tester ce qu'il pouvait faire avant même de penser à se rendre présentable pour la journée. Il y avait sa vitesse, il était capable de filer comme l'éclair dans la pièce sans jamais ressentir la moindre fatigue. Il y avait sa force, suffisante pour que, s'il se concentrait, il puisse soulever le lit d'une seule main et pousser un tel cri de joie devant sa réussite qu'il faillit le faire tomber avec fracas.

Il avait déjà reconnu son odorat la nuit dernière, mais c'était puissant de voir comment il pouvait détecter une odeur et à quel point il pouvait se concentrer sur une chose. Bash avait nettoyé le sang la nuit dernière, mais il en restait une légère odeur, et celle du sexe.

Et de Bash dans les draps et les vêtements qu'Ethan portait.

Il pensait que, quelle que soit la qualité de son ouïe, il était au sous-sol, et qu'il ne pourrait pas entendre grand-chose, mais il pouvait. Il pouvait entendre des voix à l'étage. Pas les mots, plutôt des murmures, mais il pouvait quand même les entendre. Quelqu'un écoutait de la musique, et il y avait du trafic à l'extérieur.

Ethan, depuis des années en tant qu'expert scientifique, était positivement étourdi. Ce temps tout seul lui permettait aussi de se réjouir de se sentir bien, revigoré et débordant d'une énergie qui lui donnait envie de quitter sa petite pièce et de courir.

Un jour, une fois qu'il aurait fait ses preuves auprès de Bash, il pourrait le faire à nouveau, même si ce n'était pas en plein soleil.

Finalement, il eut envie de tester sa durabilité, mais il n'avait pas vraiment d'arme pour couper sa paume, et il ne voulait pas pousser sa chance en cassant un de ses os.

Puis il se souvint qu'il était une arme. Il avait des crocs. Il devait simplement apprendre à les libérer et il se concentra sur la façon de le faire. Il leva sa main vers sa bouche une fois qu'il les sentit s'étendre, petits, mais acérés au niveau de ses canines, et il mordit l'extérieur de son pouce et de son poignet. Cela piqua, mais pas autant que cela aurait pu ou aurait dû le faire quand il était humain.

Il baissa sa main pour regarder, mais il n'était pas préparé à la rapidité avec laquelle les blessures avaient guéri. Il n'avait fallu que quelques secondes pour qu'il ne reste plus qu'une tache de sang.

Un coup à la porte le fit sursauter. Bash était de retour ? Mais pourquoi frapperait-il ? Il était peut-être poli, lui donnant un moment pour se préparer au cas où il ne serait pas habillé.

— Je suis décent !

La porte s'ouvrit, et Ethan se prépara à revoir Bash, ce qu'il attendait avec impatience depuis qu'il s'était réveillé dans un lit vide.

Au lieu de cela, un homme asiatique mince avec des lunettes entra, affichant un froncement de sourcils et regardant Ethan comme s'il n'était pas du tout impressionné.

— Décent, ricana-t-il, en laissant la porte ouverte afin qu'un autre homme entre derrière lui, celui-ci, plus mince, avec des cheveux roux, mais aussi courbé, comme s'il s'attendait à se battre et portant une machette ?

Et pourquoi était-elle si *brillante* ?

— Nous jugerons de la décence, mort-vivant ! cria l'homme armé.

Ethan aurait pu craindre que Bash ne les ait envoyés pour le tuer s'il n'avait pas été certain par la position du rouquin que la machette n'était là qu'en protection.

Avaient-ils vraiment si peur de lui ?

— Mort-vivant ? répéta Ethan après avoir réfléchi au mot, tout en gardant ses distances. Est-ce une insulte pour vampire ?

— Votre espèce n'est pas connue pour être cordiale, alors j'ai fait apparaître une arme pour Luke, dit celui qui portait des lunettes.

Ils ne ressemblaient pas à des métamorphes, mais Bash non plus avant de se transformer.

— Je m'appelle Ethan. Ethan Lambert. C'est un plaisir de vous rencontrer, Luke. Et... ?

— Preston, répondit Lunettes.

— Salut, dit bêtement Ethan, notant que la paire ne se rapprochait pas, gardant bien trois mètres entre eux. Je ne suis pas effrayant. Je ne veux pas l'être, je veux dire. Vous voyez.

Il écarta les bras afin d'englober sa personne tout à fait normale, bien qu'habillée avec les vêtements de quelqu'un d'autre.

— Est-ce que j'ai l'air effrayant ?

Luke fixa sa bouche.

Oh, merde !

— Désolé ! s'exclama-t-il en levant ses mains pour couvrir ses crocs. Je testais juste ma capacité de guérison et...

— Basil, Docteur Dawson, revenez ici ! cria Preston, et ce ne fut qu'à ce moment qu'Ethan remarqua deux rats se précipitant vers lui depuis la porte ouverte.

Preston n'avait pas parlé avec autorité, mais plutôt avec panique, bien qu'il ait fait semblant de ne pas avoir l'air aussi effrayé que Luke.

Les rats continuèrent à s'approcher d'Ethan, de charmantes créatures propres et bien soignées, si bien qu'il ne broncha pas lorsqu'ils grimpèrent sur ses jambes et se perchèrent chacun sur une de ses épaules.

— Salut, dit-il prudemment, laissant ses mains tomber de sa bouche. Bash ne m'a pas dit grand-chose sur les autres personnes ici. Êtes-vous une personne rat...

Il jeta un coup d'œil à Preston.

— Et ils vous écoutent ? Attendez, font-ils aussi partie de votre meute ?

Il se demandait brusquement s'il avait deux adultes normaux sur ses épaules qui s'étaient juste transformés en rats.

— Je suis un Roi des rats, dit Preston, fixant Ethan avec un étonnement non dissimulé, tandis que Luke abaissait la machette, qui pétilla comme si elle n'était faite que de lumière. Un métamorphe rat, mais d'une espèce spéciale. Seuls ceux d'entre nous qui possèdent de la magie peuvent communiquer avec les rats et les souris normaux.

— Magie, répéta Ethan. C'est comme ça que vous avez fait apparaître une machette ?

— Nous pouvons très bien nous défendre, mais Luke ne voulait pas s'approcher de vous plus qu'il ne le devait. Mes rats n'écoutent que moi, et en dehors de moi, ils n'aiment que Luke. Et vous, apparemment.

— Oui? dit le jeune homme en se retournant vers les rats.

Ses crocs étaient toujours sortis, il pouvait les sentir, mais il sourit néanmoins.

— J'ai toujours aimé les rats, c'est peut-être pour ça. J'adorais m'occuper de ceux que nous avions à l'école comme animaux de classe. C'est pourquoi je n'ai pas pu faire la dissection au collège. J'ai eu mon premier F pour ça, mais je m'en moquais. J'ai eu affaire à beaucoup de rats dans mes cours à l'université aussi, mais seulement s'ils étaient traités humainement. Alors, vous êtes tous les deux nommés d'après Basil, Détective privé? dit-il en s'adressant directement à ses amis à fourrure.

Ils piaillèrent, reniflèrent autour de sa tête et le laissèrent caresser leurs mentons quand il tendit la main vers eux, ne semblant pas se soucier du fait qu'il était un vampire.

— Est-ce qu'ils me disent quelque chose en retour? Est-ce que vous les comprenez? demanda-t-il à Preston.

— Non, ce sont des rats.

— Oh, je pensais juste… comme une connexion psychique, alors?

— C'est ça, mais je n'entends pas de paroles. C'est un sens, un instinct. Je ne suis pas une princesse Disney.

Ethan renifla avant de pouvoir s'en empêcher.

— J'ai l'impression qu'on va souvent me rappeler que la vie n'est pas un film à partir de maintenant. Je ne sais juste rien de votre monde. Mon monde maintenant.

— Les vampires ne font pas partie de notre monde, dit Preston, mais avec plus d'étonnement que de malice, pensa Ethan.

— D'accord…

— Mais vous semblez être quelque chose d'autre.

— Vous ressemblez à un vampire, mais vous n'agissez pas comme tel, dit Luke prudemment.

— Comment devrais-je agir? Avez-vous rencontré beaucoup de vampires?

— Non. Jamais.

— Alors, comment le savez-vous?

Luke n'avait pas de réponse à cette question, mais il s'avança vers Ethan, juste au moment où les rats s'enfuirent en courant et retournèrent vers leur maître. Ils grimpèrent sur les jambes de Preston et sur ses épaules comme ils l'avaient fait pour Ethan.

— Vos yeux changent de couleur, dit Luke. Les nôtres ne le font pas.

— Jaune, c'est ça ?

Il acquiesça, puis il continua à se rapprocher avec un peu d'hésitation.

— Vos crocs sont si petits, vous voyez.

Il ouvrit la bouche et passa au stade deux aussi facilement qu'un changement d'expression faciale. Ses crocs semblaient plus grands que ceux d'Ethan. Luke avait aussi l'air très différent de Bash, plus comme Deanna peut-être.

— Êtes-vous un chat ? demanda Ethan, reconnaissant la forme féline de son nez et la pousse des moustaches. Un chat et un rat sont amis ?

— Plus que des amis, chéri, dit Preston avec un regard d'avertissement.

Oh. Au moins, Ethan savait que Bash ne l'appréciait pas par hasard au sein de la meute. Ils étaient tolérants envers d'autres types de métamorphes que ceux qui s'opposaient.

— C'est cool, de ne pas avoir à se soucier de la stigmatisation parmi les métamorphes ou autour de votre sexualité.

Luke jeta un coup d'œil à Preston près de la porte alors qu'il se transformait en humain, et Ethan se sentit obligé de reprendre son apparence humaine, se léchant les dents pour s'assurer d'avoir réussi.

— Si vous vous demandez si le fait que je sois gay et que je tombe amoureux d'un chat ne m'a pas valu d'être rejeté par ma famille de rats traditionnels, détrompez-vous, cracha Preston. Gagner une place dans le cercle intime de la meute de Centrus City les a fait implorer un pardon, mais seulement une fois qu'ils pouvaient gagner quelque chose. Je leur ai dit d'aller se faire voir.

Ethan grimaça en réalisant à quel point il avait mis les pieds dans le plat.

— Désolé.

— Ne le soyez pas. Ça n'a plus d'importance.

— Et vous ? demanda Ethan à Luke, qui avait recommencé à se rapprocher.

— Je suis un chat de gouttière. Genre, littéralement. J'ai grandi au Refuge.

— Au Refuge ?

— C'est un peu notre asile pour les gens qui n'ont nulle part où aller, dit Luke, enfin satisfait de voir qu'Ethan ne se jetait pas sur lui. Comme les aînés ou les orphelins qui ne peuvent pas contrôler leurs changements, et pour qui il est risqué de vivre seuls. Les familles qui espèrent déménager dans d'autres villes se retrouvent là aussi, temporairement jusqu'à ce que l'Alpha et son cercle puissent les aider à trouver un endroit. Il ne semble jamais y avoir assez d'aide, cependant, ou de logements ou de travail. Et, eh bien, dites ou faites la mauvaise chose quand vous êtes un métamorphe et tout le monde est en danger.

Les familles, avait dit Deanna. Ethan comprenait à présent.

— Ça fait beaucoup de choses à faire peser sur les épaules de Bash. Les vôtres aussi, si vous êtes son entourage, à prendre soin d'une communauté sous le nez des humains.

— C'est pourquoi nos méthodes doivent rester discrètes parfois, intervint Preston, se déplaçant finalement pour rejoindre Luke. Si vous voyez ce que je veux dire.

— Illégales, oui. Assez facile à comprendre.

— Parfois pour de la nourriture, pour le Refuge, expliqua Luke. Parfois pour de l'argent, parfois juste pour faire sortir quelqu'un qui ne joue pas franc jeu, vous voyez. Mais quoi qu'il en soit, c'est toujours amusant pour nous. Le patron s'en assure.

Ethan sentit un tressaillement sur ses lèvres en pensant à Bash comme à un criminel au cœur d'or.

— Est-ce que tous les Alphas des autres villes sont comme ça ? Et celui qui était avant Bash ?

Les deux hommes échangèrent un regard tendu.

— Les autres villes… bien sûr, dit Preston. Ils essayent. Le type de leader bienveillant est une nouveauté pour Centrus, cependant. Le père du patron était un salaud d'un genre particulier. Les loups ont toujours dirigé cette ville, alors mes parents sont restés en dehors, dans les quartiers des rats, mais Luke…

Il regarda son partenaire avec un mélange de pitié et de colère.

— Baraka Bain aimait utiliser le Refuge comme une ressource, dit doucement celui-ci.

— Ressource ?

— Du sang frais pour les coursiers, les pickpockets, tout ce dont il avait besoin. Personne ne pouvait refuser. On ne dit jamais non à un Alpha.

— Il vous utilisait comme des esclaves ?

— J'étais un bon coursier, même à seulement six ans, quand j'ai commencé, dit Luke avec un sourire en coin.

Ethan se sentit de nouveau nauséeux.

— C'est bon. Ça n'a pas duré longtemps. Le patron a tué son père pour améliorer les choses pour tout le monde. Il a changé les choses. J'ai pu rester au Refuge après ça sans faire quoi que ce soit que je ne voulais pas faire.

Bash a tué son père ? L'ancien Alpha avait l'air d'un enfoiré, mais cela devait quand même peser sur Bash, peu importe le nombre d'années écoulées. Ethan ne pouvait pas imaginer ce qu'il avait dû ressentir.

— Vous aidez toujours Bash dans ses affaires illégales, maintenant ?

— Bien sûr, parce que je le veux, pas parce que le patron me force, répondit Luke. Il y a de grands avantages à faire partie du cercle restreint. Les métamorphes chats comme moi et les rats comme Pres ne sont jamais haut placés dans les meutes de loups. Les villes sont généralement dirigées par un seul type de métamorphe, ceux qui sont puissants ou les plus nombreux, mais le patron traite tout le monde de la même façon, même les humains qui savent pour nous. J'aurais pu vivre une vie normale si je l'avais voulu, avoir un travail normal, mais je ne suis pas normal.

Son sourire restait de travers, les yeux un peu fous de malice.

— Eh bien, vous êtes un métamorphe, dit Ethan.

— Les métamorphes, en général, ne sont pas moins normaux que les humains. Nous avons juste des dents plus aiguisées, dit-il en faisant claquer ses dents ensemble, et même si elles étaient émoussées à leur taille humaine, il réussit à faire passer son message.

— Puis-je vous demander en quoi vous êtes différents de Bash ? insista Ethan. Vous avez tous quatre formes ?

— Oui, dit Luke avec un sourire. Vue, partielle, complète et taille sympa. Vous voulez voir ?

— Luke, dit Preston en fronçant les sourcils par contraste. Tu ne vas pas te déshabiller pour le nouveau. Pas avant que j'approuve, en tout cas.

— Oh, mais Basil et Dawson l'aiment bien, protesta Luke avec un geste de la main vers les rats sur les épaules de son compagnon, avant de pencher la tête vers Ethan. Je vous aime bien aussi.

Ethan sourit à l'accueil qu'il n'avait pas prévu après qu'une machette avait franchi son seuil.

— Vous ne pensez plus que je suis effrayant ?

— Non. C'est bizarre, mais… vous êtes vraiment facile à vivre.

Luke tendit même la main, hésitant un moment avant de finalement décider que cela valait le coup de gifler ludiquement l'épaule d'Ethan.

— Merci, dit-il, notant que l'attitude défensive de Preston continuait à s'effriter aussi. Et vous n'avez pas besoin de me le montrer maintenant, mais je suis assez curieux. En quoi vous transformez-vous quand vous avez une taille sympa ?

Luke rit, et Ethan se dit qu'il pourrait s'habituer à ces gens si on lui en donnait l'occasion.

— Une chose d'abord avant que ça me rende fou. Le patron et vous, dit Luke en donnant un coup de coude à l'épaule d'Ethan avec plus de force. Vous sentez toujours comme lui. Comment est-ce arrivé ?

— Oh, hum…

— Chut ! dit Preston pour les faire taire avant de tourner la tête vers la porte.

Ethan dressa également les oreilles et put capter deux voix en haut de l'escalier.

— Pourquoi es-tu si nerveuse ? demandait un homme bourru et menaçant. Est-ce que ton Alpha cache quelque chose en bas ?

— Seulement un goût terrible pour le vin, répondait une voix féminine.

— Merde, grommela Preston. Allons-y. Nous ferions mieux de sauver Nell avant que Maximus ne la dévore vivante.

Il accrocha son bras à celui de Luke et le tira vers la porte de la cave.

— À plus, Ethan ! dit Luke avec un signe d'adieu peu enthousiaste.

Maximus ? se demanda Ethan. Qui était-ce ? Il ne faisait pas partie de la meute apparemment, mais Ethan pensait pouvoir sentir… euh.

Un loup. L'homme était définitivement un loup, parce qu'il y avait un courant sous-jacent de quelque chose de similaire à Bash – mais rien de comparable à Bash lui-même – et maintenant, il connaissait aussi l'odeur d'un chat et d'un rat, chacun unique d'une manière qu'il ne pouvait pas expliquer.

L'autre personne – Nell, avait dit Preston ? Elle sentait incroyablement bon. Pas comme Bash, plutôt comme…

L'estomac d'Ethan se retourna. Délicieux. Elle sentait bon. Nell était humaine. C'était étrange et terrible que cette nouvelle odeur lui fasse immédiatement penser à se nourrir.

Il n'avait pas son téléphone, mais Bash avait prévu une petite horloge sur le bureau. C'était l'heure du déjeuner, juste après. Plus étrange que toutes les nouvelles capacités d'Ethan, il n'y avait aucun grondement de faim normale dans son estomac.

Les gens l'avaient souvent traité de mince, quand ils étaient gentils. Sinon, c'était Grande Perche ou Asperge, et pourquoi ces surnoms de toute façon ? Il s'était senti gêné par sa minceur en grandissant. La prison l'avait aidé à grossir un peu, mais son corps n'était pas fait pour plus qu'une légère définition.

Malgré cela, il avait toujours eu un appétit vorace. Il ne s'affamait pas comme les conseillers concernés s'en étaient inquiétés lorsqu'il était plus jeune, il mangeait tout le temps. Mais il n'avait plus envie de nourriture, et cela l'effrayait de penser qu'une fois qu'il ressentirait à nouveau une vraie faim, au-delà de l'odeur si alléchante de Nell, son ancien appétit pourrait se transformer en une faim vorace de sang.

Et il n'était pas enfermé à cet instant.

Luke n'avait pas fermé la porte derrière lui ! Il pouvait partir. Il pouvait monter l'escalier et….

Non, il ne voulait pas s'échapper. Il comprenait pourquoi Bash voulait qu'il reste. Il craignait ce qu'il pourrait faire s'il avait un humain dans sa ligne de mire, maintenant qu'il avait senti ce qui était, de toute évidence, du sang humain. Attaquerait-il même s'il n'avait pas faim ?

— Laisse tomber, Max, tu ne trouveras rien de fâcheux sur notre Alpha, dit Preston, sa voix filtrant de l'étage. Pourquoi es-tu si opposé à cette fusion de toute façon ? As-tu un faible pour ce bon vieux Jay ?

— C'est Monsieur Russell pour toi. On ne s'adresse pas à l'Alpha de Brookdale de manière aussi informelle, grogna Maximus. Et je suis son Second. C'est mon travail de le protéger. J'ai le droit de passer à l'improviste et de voir ce que Monsieur Bain pourrait nous cacher. S'il n'a rien à cacher, alors je serai heureux d'approuver le mariage, mais cela reste à prouver.

Monsieur Russell – Jay – était le fiancé de Bash. Et ce Maximus faisait partie de sa meute.

À quoi ressemblait Jay, si son second était aussi inquiétant ? se demanda Ethan. Pourquoi Bash l'épousait-il, de toute façon ? Pour unir les meutes, pour des raisons politiques, avait-il dit, mais il ne l'aimait pas, alors pourquoi ? Cela ne le regardait pas, mais il ne pouvait s'empêcher d'y penser.

Les discussions laconiques se poursuivaient à l'étage, Preston détournant de manière experte tout ce que Maximus lui lançait, mais une nouvelle voix ne tarda pas à entrer dans la conversation.

— Maximus, dit quelqu'un, d'un ton autoritaire, mais sans colère. Pourquoi ton GPS m'a indiqué que tu étais ici? Tu savais que je déjeunais avec Bash. Comment oses-tu profiter de cette occasion pour fourrer ton nez et fouiner à mon insu?

— Pardonne-moi, répondit celui-ci, manifestant un véritable remords, bien qu'il prenne tout de même la parole pour se défendre. Je ne voulais pas saper ton autorité, mais tu accordes trop de confiance…

— Je décide à qui je fais confiance.

— Oui, bien sûr, Alpha.

C'était Jay. Il était là, juste en haut de l'escalier, si facilement accessible qu'ouvrir la porte et faire un tour était tout ce qu'Ethan avait à faire.

Il ne devrait pas, il savait qu'il ne devrait pas, il n'avait pas l'intention de s'enfuir, mais il pouvait jeter un coup d'œil pour comprendre quelque chose de l'homme-loup que Bash allait épouser, cela lui faciliterait peut-être la tâche.

Il glissa sa main dans l'entrebâillement de la porte et la poussa un peu plus.

— Qu'est-ce que tu fais ici? entendit-il Jay demander, alors qu'il jetait un coup d'œil à la porte du dessus qui était pareillement entrebâillée que celle de la cave à vin, laissant juste assez de fente pour laisser passer un rayon de soleil.

— J'ai vu leur Chamane devant cette porte comme si elle gardait quelque chose, dit Maximus.

— Luke et moi allions piquer une bouteille de vin sans le dire au patron, répliqua Preston. Ce n'est pas vraiment honnête, mais ce n'est pas une mutinerie non plus. Puis nous avons entendu la voix hargneuse de Max et nous nous sommes dit que c'était fini.

— Tu vois, Max, juste une innocente guetteuse de vol, dit Jay. Je doute que Bash soit aussi contrarié que ça.

— Mais tu l'es, répliqua Maximus d'un ton presque accusateur. Pourquoi? Où est Bain? Pourquoi n'êtes-vous pas ensemble après votre déjeuner?

Le silence incita Ethan à monter l'escalier. Il pouvait encore sentir Nell. Il pouvait sentir Preston et Luke, et les deux loups. Être un Alpha ne rendait pas l'odeur de Jay différente de celle de Maximus. Il avait sa propre odeur, mais pas plus forte ni plus attirante. Non, ce qui l'attirait vers Bash était toujours unique.

Il était presque à la fente de la porte. Il voulait juste jeter un coup d'œil, un tout petit coup d'œil à ce à quoi ressemblait Jay.

— Stop, dit Maximus en reniflant pendant plusieurs secondes, sa voix plus basse et plus rauque qu'avant. C'est quoi ça?

— Attends, protesta Luke, mais Ethan réalisa trop tard que la porte s'ouvrait et qu'un homme énorme à la peau sombre et aux longs cheveux noirs tressés se profilait au-dessus de lui.

VII

ETHAN POUVAIT filer dans la cave à vin comme un tourbillon, si vite qu'il doutait que la plupart des gens soient capables de le voir, mais à cet instant-là, avec Maximus le fixant avec des yeux aiguisés comme des dagues, réalisant ce qu'il était, Ethan ne pensa pas à réagir jusqu'à ce que des mains fortes s'agrippent à son tee-shirt et le tirent vers la lumière.

Finalement, son réflexe de lutte ou de fuite se déclencha, et il était plus terrifié que furieux. Il donna un coup de pied en avant, se libérant de l'emprise de Maximus et s'éloignant de plusieurs mètres avant de s'arrêter.

Il était au rez-de-chaussée, dans une pièce de vie du bâtiment de la meute, avec la lumière solaire entrant au travers de différents rideaux l'aveuglant dès qu'il regardait autour de lui.

Merde, c'était douloureux.

— Traître, grogna Maximus, fonçant sur lui, bien qu'Ethan puisse à peine le voir, seulement des taches, comme si ses yeux brûlaient. Je savais que Bain était un traître ! Il t'a engagé ? C'est ça ? Est-ce qu'il allait te vomir sur nous comme un foutu assassin si Jay n'acceptait pas ses conditions ou juste nous balancer comme des bouts de viande ?

— Je...

Le Second de Jay le saisit à nouveau par le devant de son tee-shirt.

— Maximus, dit Jay en guise d'avertissement. Je suis sûr qu'il y a une explication à tout ça.

Ethan ne voyait presque rien. Il aurait aimé avoir des lunettes de soleil comme l'avait dit Bash, et il n'était même pas encore dehors. Puis sa vision commença à se concentrer, et il put voir que Maximus s'était transformé en quelque chose entre le stade deux et le stade trois – définitivement un loup.

Son instinct lui disait de combattre – *ennemi* – mais il pouvait aussi sentir l'odeur de Nell – *proie* – ce qui mettait ses sens en émoi alors que la lumière du soleil l'aveuglait. Il sentit ses crocs grandir malgré tout et sa vue s'aiguiser.

— Maximus, criait Jay maintenant, et finalement le loup-garou faiblit, relâchant sa prise, mais maintenant toujours Ethan.

C'était la chance de ce dernier. Il devait le repousser, se déchaîner, faire tout ce qu'il pouvait pour…

— Que signifie ceci ?

La paix s'empara d'Ethan alors que tous les parfums mêlés d'ennemi et de proie s'estompaient au profit de quelque chose de plus fort.

Bash.

Les mains griffues de Maximus se crispèrent sur le tee-shirt abîmé d'Ethan alors qu'il redevenait humain, même s'il refusait de lâcher le jeune homme. Celui-ci se retourna pour voir Bash marcher rapidement vers eux. Il pouvait distinguer la salle commune plus clairement maintenant que ses yeux s'étaient adaptés au soleil, mais ce n'était pas la pièce qui retenait son attention.

Frais, propre et beau, Bash apaisait la poussée d'adrénaline d'Ethan en un instant. Le vampire se détendit et ses crocs se rétractèrent, même s'il s'arracha à l'emprise de Maximus avec une facilité qui sembla surprendre le loup.

Ethan s'éloigna, se sentant un peu étourdi, se demandant où il devrait se réfugier s'il avait assez gâché les choses pour se faire tuer – à la cave ou quelque part plus loin au soleil.

— *Ethan,* dit Bash, arrêtant son train de pensées frénétiques. Ne fais pas ça.

Ethan se détendit encore une fois.

— Je suis désolé. Je sais que je devais rester en bas…

— Arrête. Ça n'a pas d'importance.

— Alors, admettez-le ! grogna Maximus, alors que Bash les rejoignait dans la grande salle commune au plafond haut, avec des meubles opulents et – euh, un assortiment exagéré de décorations d'Halloween.

Ethan aurait trouvé charmant qu'un groupe de créatures-garous ait de fausses toiles d'araignée et des découpes de petites sorcières et de chats noirs partout si la situation n'était pas aussi grave.

— Vous aviez cette chose en réserve, si tout n'allait pas dans votre sens, poursuivit le loup-garou de Brookdale.

— Ce n'est pas le but d'Ethan. Il n'est arrivé qu'hier soir. C'est compliqué, mais pas une trahison, affirma Bash, son regard se tournant vers Jay, qui était injustement beau et bien bâti, maintenant qu'Ethan avait la possibilité de regarder.

Il était plus proche en âge de Bash, avec des cheveux sable tondus, des oreilles proéminentes plutôt adorables, et quelque chose dans son visage disait à Ethan qu'il était habituellement doux avec un sourire aimable – quand il avait de quoi sourire.

Jay se rapprocha afin de se placer entre Bash et Maximus, se retrouvant aussi beaucoup plus proche d'Ethan, et lorsque celui-ci renifla l'air avec une inclination interrogative de la tête, son expression devint froide.

— Nous devons parler seul à seul, dit-il à Bash. Maintenant.

Ethan essaya de reculer vers le sous-sol.

— Je ne laisserai pas ce mort-vivant hors de ma vue, dit Maximus, se déplaçant pour le bloquer, mais le traitant à moitié comme s'il n'était pas là en ne prenant même pas la peine de s'adresser directement à lui. S'il s'est simplement égaré sur votre territoire, il aurait dû être abattu dès que vous l'avez senti.

— Ne bougez pas, ordonna Bash, les mains tendues afin d'indiquer qu'il parlait de tout le monde, avant de se tourner à nouveau vers Maximus. Et vous, ne le touchez plus. Compris ? Nous reviendrons.

Il fit un signe de tête solennel à Jay et laissa l'autre Alpha le guider hors de la pièce.

— Lui ? Vous voulez une clause dans notre mariage pour coucher avec qui vous voulez pour pouvoir *l'*avoir ? Un vampire…

— Ce n'est pas comme ça.

— Je pouvais vous sentir sur lui, Bashir.

Bash savait qu'il aurait dû réveiller Ethan pour qu'il prenne une douche avant de partir, mais il n'avait pas prévu que tant de choses pourraient s'effilocher aussi rapidement.

Ils étaient dans son bureau maintenant, isolés dans une petite pièce, et pourtant, ils auraient pu aussi bien être à des kilomètres l'un de l'autre.

— Je suis surpris de ne pas avoir pu le sentir sur vous, continua Jay, ne faisant qu'à moitié face à Bash, les bras croisés et un rictus marquant son visage.

Il n'y avait pas d'odeur sur lui parce qu'il s'était douché et avait pris soin de mettre des vêtements qui n'avaient pas été dans la cave.

— Ce n'est pas comme ça, répéta-t-il. Je peux expliquer, mais vous devez m'écouter et croire ce que je vous dis.

— Après avoir fait des pieds et des mains pour me rappeler que vous êtes un menteur ?

Naturellement, cela devait lui revenir en pleine figure, mais il essaya encore une fois.

— Ce n'est pas ce que vous pensez.

— Bien, concéda Jay avec un soupir. Alors, dites-moi ce qui se passe, mais dites-moi la vérité.

Il le fit – tout, à part qu'il était le Voyant qui avait fait la prophétie. Cette information était réservée aux membres du cercle et à la famille, et Jay n'avait pas encore gagné ce privilège. Bash expliqua quand même qu'il existait une prophétie, qu'un Voyant était impliqué et qu'Ethan était différent des autres vampires. Il espérait que le fait d'apprendre qu'il avait été captivé, au point de coucher avec Ethan, pourrait faire disparaître l'expression de dégoût sur le visage de l'autre Alpha, mais cela ne tenait pas.

— Une prophétie sur une prise de contrôle de Centrus City par les vampires ? dit Jay avec une certaine compréhension. Je comprends pourquoi vous hésitez à le tuer, mais vous lui faites confiance, juste comme ça ? Comment pouvez-vous être certain qu'il ne fait pas partie du plan, qu'il ne vous utilise pas pour mener les choses exactement là où son maître le souhaite ?

Bash répondit de la même manière qu'il avait répondu à sa meute hier soir et ce matin.

— Je ne sais pas. Je lui fais juste confiance.

Un autre soupir, mais au moins, Jay avait l'air de le croire.

— La notoire intuition de Bain qui fait que toutes les autres meutes pensent que vous êtes fou ? demanda-t-il en laissant finalement tomber ses bras qui protégeaient son corps.

Bien mieux que de savoir qu'il était un Voyant et qu'ils essayent de l'exploiter.

— À vous de me le dire, répliqua-t-il en esquissant un sourire. Vous connaissez toutes les décisions que j'ai prises depuis que je suis devenu Alpha. Suis-je fou ? Les décisions que j'ai prises jusqu'à présent étaient-elles mauvaises, ont-elles fini par nuire à cette ville ou à ma meute, ou nous ont-elles rendus plus forts ?

Jay hésita, car il connaissait la réponse.

— Vous êtes meilleur que les autres meutes, poursuivit Bash avec sérieux. Vous regardez au-delà des préjugés qui aveuglent le reste d'entre eux.

— Sur la présence d'autres types de métamorphes dans vos rangs, oui, même des humains, mais jamais un vampire. Bashir...

Le mur que Jay avait érigé commençait à s'effriter, et il était à nouveau l'homme compréhensif que Bash croyait capable de sauver sa ville.

— Si vous avez raison, alors il n'y a pas que Centrus qui est en danger.

— Je sais. Alors, aidez-moi à garder ça secret pour les autres meutes. Aidez-moi à résoudre ce problème avant qu'il ne devienne celui de tous. S'il vous plaît.

Bash n'avait jamais supplié, mais maintenant que le vampire était sorti du sac, il devait retourner la situation en sa faveur.

Jay avait l'air presque reconnaissant qu'il lui en demande autant, qu'il lui fasse confiance, mais cette lueur d'espoir que Bash savait si bien écraser disparut.

— Vous ne me l'auriez jamais dit si ça n'était pas arrivé, n'est-ce pas ?

— Non, admit-il. Pas si j'avais pu résoudre le problème tout seul.

Bash était le plus froid d'entre eux. Il avait été appelé ainsi par plus que Jay, depuis qu'il avait tué son père sans verser une larme, mais Jay n'était pas une mauviette au grand cœur.

Il s'installa dans l'espace de Bash et laissa ses yeux briller.

— Si vous attendez de moi que je continue les négociations et que je considère encore votre offre de mariage, cela ne se reproduira pas. Vous devez être honnête avec moi. Si quelque chose survient qui peut, d'une manière ou d'une autre, m'affecter moi ou ma meute, vous me le dites. Ce n'est pas négociable.

— Je comprends, dit Bash.

— Je dois encore réfléchir à vos autres stipulations, dit-il en grimaçant. Les négociations sont suspendues jusqu'à ce que nous ayons réglé ça. Maximus sera le seul à qui j'expliquerai tout, pour l'instant. Si tout ce que vous dites est vrai, ce vampire aurait pu s'enfuir à l'instant. Il ne l'a pas fait. Soit vous avez raison de dire qu'il faut lui faire confiance, soit j'ai raison de dire qu'il vous conduit à votre perte.

— Au moins, nous sommes d'accord qu'il n'est pas une peste à écraser sans réfléchir. C'est tout ce que je demande. Il y a une valeur à le garder en vie.

— Oui, dit Jay, malgré la nausée que Bash veuille garder Ethan. Pouvez-vous au moins me faire la courtoisie de ne coucher avec personne d'autre jusqu'à la fin des négociations, quelle que soit ma décision finale ?

— Ce n'était pas intentionnel…

— Je m'en moque.

— Oui. Je peux faire ça, répondit simplement Bash.

— Vous me cachez encore quelque chose, n'est-ce pas?

Jay était observateur et pas facile à escroquer. Bash le saurait à l'avenir au lieu de penser qu'il pouvait lui cacher quelque chose.

— L'identité du Voyant, ?

Bash ne répondit pas.

— Je comprends que vous gardiez ça pour vous, accepta Jay en soupirant. Mais j'espère qu'un jour vous me ferez assez confiance pour tout partager avec moi. J'ai besoin de temps pour réfléchir à ce qui s'est passé. Nous nous réunirons à nouveau demain. Pour l'instant, assurons-nous que Maximus n'a pas déclenché d'autres bagarres.

— Donc, hum… vous êtes de Brookdale? demanda Ethan pour calmer la tension laissée par le départ de Bash et Jay.

Le regard de Maximus aurait pu flétrir un ficus.

— Difficile à dire, vu le temps qu'il passe dans son propre cul, marmonna Preston.

Ethan n'avait pas bougé de sa position précédente, et Maximus était également resté en équilibre devant la porte du sous-sol. Preston et Luke, cependant, s'étaient déplacés pour se tenir à ses côtés, à sa grande surprise – et celle de Maximus, semblait-il, bien qu'il ne cesse de lancer des regards furieux, même s'il avait été choqué qu'un rat et un chat se rangent du côté d'un vampire.

Ethan pourrait jurer avoir entendu Maximus grogner.

— Ethan, c'est ça? demanda Nell, tout près, mais pas aussi près de lui que les autres.

— Oui. Ethan Lambert.

— Nouveau en ville? Es-tu déjà venu à Centrus?

— Je suis né ici, en fait. J'ai déménagé à Glenwood quand j'étais petit.

— Bienvenue à la maison, dit-elle en souriant, et quelque chose dans cette phrase le prit de court, bien qu'il ne sache pas exactement quoi.

— Euh… merci.

Elle hocha la tête. Pour une raison quelconque, elle ne semblait pas du tout effrayée par le fait que ses compagnons acceptent Ethan. Elle s'en accommodait comme si elle était habituée aux événements étranges.

Ethan lui enviait cette capacité d'adaptation.

Son odeur l'attirait toujours, mais pas aussi puissamment qu'avant. C'était comme si la présence de Bash, son odeur, dominait tout le reste et retenait Ethan captif.

Comme maintenant, pensa-t-il en se tournant vers la porte juste avant que les deux Alphas ne la franchissent à nouveau.

— Vous, sous-sol, allez-y, ordonna Bash.

— Bash…

— Maintenant.

— D'accord, mais s'il vous plaît, ne blâmez pas Preston ou Luke, dit quand même avec précipitation Ethan. Tout était confus après l'arrivée de Maximus. Ils n'avaient pas l'intention de laisser la porte de la cave ouverte, et je sais que j'aurais dû rester en bas, mais une fois que j'ai entendu Jay, je…

Le regard méprisant de Bash était presque aussi féroce que celui de Jay, un double coup de deux Alphas énervés qui fit taire Ethan.

— Désolé, je m'en vais. C'était sympa de vous rencontrer, Nell, dit-il en se précipitant vers le sous-sol.

— Pareil, Ethan !

Ce dernier crut pendant un instant que Maximus continuerait à lui bloquer le passage, mais il s'écarta à la dernière seconde.

Ethan était maintenant sûr d'entendre des grognements.

Il s'était aussi fait engueuler par ses nouveaux amis, tout ça parce qu'il n'avait pas été capable de se contrôler. L'odeur délicieuse de Nell mise à part, c'était Jay qui l'avait poussé à monter à l'étage plus que n'importe quelle envie de se nourrir. Il était tellement curieux de connaître l'homme destiné à épouser Bash et à faire de leurs meutes une seule entité.

Non seulement Jay et Maximus le détestaient maintenant, mais peut-être que Bash aussi.

Au moins, ils ne semblaient pas avoir pris la décision de le tuer. Même si Jay le détestait, il écoutait encore Bash, lui accordant le bénéfice du doute. Il devait être un homme bon.

Ce qui empirait les choses.

Ethan ne pouvait pas s'enfermer, mais il s'assura de fermer la porte de la cave à vin une fois qu'il y fut. Il ne pouvait pas comprendre ce que tout le monde disait à l'étage avec la porte fermée, leurs voix étaient trop basses, peut-être étouffées exprès pour lui échapper.

Il gratta les entailles que les griffes de Maximus avaient faites dans son tee-shirt – celui que Bash l'avait autorisé à emprunter – pensant que les restes en lambeaux étaient un microcosme très parfait de sa vie en ce moment.

Il perdit le compte des minutes qui s'écoulèrent alors qu'il était assis sur le bord du lit, mais Bash ne tarda pas à descendre.

— Bash…

— Vous n'auriez pas dû faire ça, dit-il, mais sa brusquerie se dégonfla après une inspiration, et il regarda Ethan avec plus de sympathie que de colère. Ça n'a pas d'importance. C'est peut-être même mieux, honnêtement, parce que maintenant, Jay et Maximus sont avec nous pour nous aider à saper votre maître. Vous avez de la chance que Jay soit raisonnable. Peu d'Alphas d'autres villes seraient aussi cléments après avoir découvert un vampire. Mais si vous dépassez encore les bornes…

— Je ne le ferai pas.

— Pourquoi êtes-vous monté ? À cause de Jay, avez-vous dit ?

— Au début, j'étais curieux à propos des voix, répondit Ethan fixant le sol, en tournant ses pouces. Quand j'ai senti l'odeur de Nell… elle était si appétissante que ça m'a fait peur. Puis j'ai entendu Jay…

— Et ?

— Je voulais voir à quoi ressemblait votre fiancé, admit-il à ses pieds. Je ne voulais pas rendre tout plus compliqué.

Un soupir et le doux crissement de pieds alertèrent Ethan de l'avancée de Bash jusqu'à ce qu'il s'asseye à côté de lui sur le lit. Le loup-garou sentait si bon, tellement meilleur que Nell ou que n'importe quoi d'autre, d'ailleurs. Mais même si une petite partie d'Ethan voulait goûter à nouveau Bash comme il l'avait fait hier soir, il ne s'agissait pas de sang.

— Au moins, nous n'avons plus besoin de vous cacher, dit Bash. Vous avez bien géré la situation, tout bien considéré. Si vous étiez passé à l'offensive avec Maximus, les choses auraient pu se passer différemment. Mais Nell avait l'odeur d'un repas pour vous ?

— Un peu, répondit-il en lui lançant un regard en coin. Je n'avais pas l'intention de faire quoi que ce soit. Ça m'a juste pris par surprise. Je ne me suis pas senti hors de contrôle.

— Bien. Mais je ne veux pas que vous soyez seul avec elle. Les humains sont généralement plus appétissants pour les vampires. Votre prochain défi sera de vous débrouiller dans une foule, mais vous ne pouvez pas aller n'importe où comme ça, dit Bash en tendant la main vers les déchirures du tee-shirt d'Ethan, des doigts frais se glissant dans une des ouvertures afin de toucher la peau nue en dessous.

L'homme était une beauté dangereuse, mortelle comme un loup, mais il traitait Ethan avec gentillesse. Sentir son contact rendait tout clair d'une certaine façon, encore mieux que de simplement sentir son odeur à proximité.

Ethan leva lentement sa main pour la placer sur celle de Bash.

— Choisissez quelque chose de nouveau à porter, dit celui-ci en se levant brusquement, ôtant sa main en même temps. Je vais vous donner accès à une salle de bains avant que nous allions à l'hôtel.

— L'hôtel ? dit Ethan en sentant ses joues rougir avant de remarquer l'air impassible de l'autre homme. Pour mes affaires ! C'est vrai. Oui.

— Vite, dit Bash avec un geste vers le sac rempli de vêtements pour que le jeune vampire choisisse un nouveau tee-shirt.

Il prendrait peut-être une tenue complète puisqu'il détestait mettre des vêtements sales après une douche.

— Si vous n'êtes pas ici, il y aura toujours quelqu'un avec vous, deux plutôt qu'un si possible, et jamais…

— Jamais Nell, j'ai compris, déclara Ethan en fouillant dans le sac pour obéir.

Une fois qu'il eut choisi, il se leva pour suivre Bash jusqu'à la porte.

— Euh, puis-je récupérer mon téléphone ?

Bash se figea, la main tendue vers la poignée.

— Pourquoi ?

— Parce que c'est bien de l'avoir. Je n'ai personne à appeler, et vous pouvez vérifier mon historique tous les jours si vous le voulez, je veux juste… je veux voir si oncle Leo a laissé un message hier soir.

La tension qui s'était emparée des épaules de Bash se relâcha.

— D'accord, mais je vérifierai votre historique à la fin de la journée pour voir si vous passez ou recevez des appels ou des SMS avec lesquels je ne suis pas d'accord. Et n'essayez pas de les supprimer. Je le saurai.

— Merci, dit-il en s'empressant de suivre le loup-garou dans l'escalier, curieux de savoir où tous étaient allés lorsqu'ils atteignirent le sommet et qu'il n'y avait personne. Je suis vraiment désolé pour Jay.

— C'était inévitable, répondit Bash en haussant les épaules, menant Ethan rapidement à travers le rez-de-chaussée du… manoir ?

Complexes d'appartement ? Entrepôt rénové ?

Cela devait être ça, parce que l'endroit était immense. La pièce principale en bas ressemblait presque à un hall d'hôtel, bien que décoré plus simplement – et avec des banderoles de mots disant des choses comme Bouh et Un bonbon ou un Sort.

Il aperçut brièvement une cuisine alors qu'ils s'approchaient d'un escalier en colimaçon ouvert vers le premier étage, mais il était toujours difficile de se concentrer avec la façon dont le soleil le dérangeait. C'était comme la sensation d'une lumière vive lorsqu'on l'allumait pour la première fois après être resté dans le noir toute la nuit, mais il lui fallait beaucoup de temps pour s'adapter.

Concentré comme il l'était à regarder autour de lui, Ethan faillit ne pas réaliser que Bash s'était arrêté à une porte en haut de l'escalier.

Une porte de chambre.

La porte de la chambre de *Bash*, réalisa Ethan, vu la désinvolture avec laquelle l'homme y entra, le sentiment de propriété qu'il dégageait, et la façon dont les couleurs simples et sourdes lui convenaient. Il avait aussi une salle de bains privée, toutes les chambres en avaient peut-être une, et il la lui offrait maintenant, allumant et le faisant entrer. Bash semblait tendu, troublé, malgré ses efforts pour agir comme si tout allait bien et n'était pas aussi mal qu'Ethan le craignait.

— Vous semblez contrarié par autre chose, dit le jeune homme avant de franchir le seuil de la salle de bains.

Il ne s'attendait pas à ce que Bash admette de quoi il s'agissait, mais quand celui-ci le regardait, centré et fort, c'était comme si un voile se levait entre eux.

Ethan *était* peut-être facile à vivre. Quelques-uns de ses compagnons de prison avaient dit cela aussi, ce qui l'aidait à ne pas se faire d'ennemis, une bénédiction étant donné qu'il faisait partie des forces de l'ordre en prison, bien que, heureusement, être un rat de laboratoire n'avait pas semblé déranger les gens autant que s'il avait été un policier.

Pourtant, avant le pénitencier de Glenwood, les gens l'évitaient généralement, gênés par sa présence, refusant toujours de s'approcher.

S'intégrer à la prison n'avait pas été le meilleur scénario, mais s'intégrer ici semblait bien.

— Les négociations ne se passent pas bien avec Jay.

— Le mariage ?

— Il sait que nous avons couché ensemble.

68

— Oh.

C'était pour cela que Jay avait l'air si froid après avoir reniflé Ethan.

— Malheureusement, oui.

— Je suis…

— Arrêtez de vous excuser. Ce n'est pas votre faute ou votre problème. Prenez juste une douche. Nous partirons quand vous aurez fini.

Pas mon problème, pensa Ethan après avoir fermé la porte derrière lui. Parce que Bash n'était pas à lui et ne le serait jamais. Non pas que cela ait un sens pour lui de vouloir cet homme alors qu'ils venaient juste de se rencontrer, mais Bash lui donnait un sentiment d'équilibre et de paix, voire de pouvoir, comme il ne le ressentait habituellement que lorsqu'il dessinait, peignait ou marquait quelqu'un avec de l'encre.

Il avait découvert ses talents de tatoueur un peu par hasard. Au pénitencier de Glenwood, après avoir découvert que des codétenus essayaient de se faire des tatouages de fortune avec des fournitures moins que stériles. Ethan les avait suppliés d'arrêter.

— Qu'est-ce que ça peut te faire ? avait ricané l'un d'eux.

— Je me soucie de devoir regarder vos bras gangrenés quand ils devront être amputés après les infections que vous êtes sur le point de vous donner.

Cela les avait arrêtés net.

— Tu as une meilleure idée ?

Il aurait voulu dire, *oui, attendez jusqu'à ce que vous sortiez et puissiez aller dans un salon de tatouage réputé*, mais il essayait de survivre, d'être gentil, ne sachant pas encore combien de temps il devrait purger sa peine, alors il avait dit que s'ils lui donnaient quelques jours, il les aiderait à créer une installation qui leur donnerait ce qu'ils voulaient sans risquer l'infection ou d'autres complications.

À partir de là, il s'assura que l'encre qu'ils avaient obtenue ne provoquerait pas de réactions allergiques et que les aiguilles utilisées étaient correctement stérilisées. Il leur expliqua qu'ils devaient prendre soin de leurs tatouages en protégeant la peau dans les semaines qui suivaient et déclara que si quelqu'un ne respectait pas ses règles et contractait une infection, ce serait sa faute et qu'il cesserait de l'aider.

Son travail était si bon, si convoité au bout d'un moment, qu'aucun détenu n'osait aller à l'encontre de ses conditions de suivi. Il aurait pu avoir des ennuis, bien sûr – le tatouage en prison n'était généralement pas toléré – mais si un des gardiens était au courant de ce qui se passait, il devait voir les avantages à ce que quelqu'un fasse bien son travail au lieu de propager l'hépatite.

Il se demanda si les détenus à qui il avait enseigné les ficelles du métier suivaient ses conseils. Il l'espérait. Il ne s'était pas fait d'amis sur le long terme là-bas, mais il n'avait rencontré personne à qui il souhaitait du mal non plus.

On frappa à la porte derrière lui avant qu'il n'ait pu finir de poser les vêtements. Il jeta un coup d'œil pour voir Bash qui agitait son téléphone portable vers lui, le lui tendant à travers l'ouverture.

— Ne jouez pas à Candy Crush tout l'après-midi. Soyez rapide là-dedans.

— Je le serai ! affirma-t-il, en souriant à cette marque de confiance. Merci !

Bash hocha la tête, et Ethan referma la porte, faisant rapidement défiler ses messages. Il n'y en avait pas beaucoup, mais il avait un message vocal.

— Ethan, dit la voix de Leo sur la ligne, épuisée, mais sincère. Je sais que tu penses que tu dois m'éviter, mais ce n'est pas le cas. Je veux juste ce qu'il y a de meilleur pour toi. Tout ce qui concerne le pénitencier de Glenwood, tu n'as pas à en avoir honte. Parle-moi, s'il te plaît. Je m'inquiète pour toi, je me demande où tu es, ce que tu fais, comment tu survis. Je veux juste entendre ta voix. Je t'aime.

Cela ne faisait que remuer le couteau dans la plaie, parce qu'Ethan savait qu'il était stupide de penser que son oncle ne lui pardonnerait pas, mais il avait laissé faire depuis si longtemps maintenant, qu'il n'était pas sûr de savoir comment ouvrir à nouveau la communication, surtout après être devenu un vampire, sans aucune idée de ce que son avenir lui réservait.

Il décida de lui offrir un simple message en retour, sachant que Bash le lirait plus tard et qu'il ne trouverait aucune raison de le désapprouver.

Je suis en sécurité. J'ai besoin d'un peu plus de temps, mais je t'appellerai quand je serai prêt. Je t'aime aussi.

Il mit son téléphone de côté et se précipita sous la douche.

VIII

Les couleurs sombres de Bash ne convenaient pas du tout à Ethan. Bash n'était pas sûr de ce qui pouvait lui convenir, mais il était sur le point de le découvrir puisqu'ils étaient en route pour l'hôtel d'Ethan.

Le jeune vampire lui avait assuré que tout pourrait facilement tenir dans le coffre de la voiture. Il avait espéré trouver un appartement meublé, donc il n'avait pas grand-chose. C'était bien sa chance d'avoir été transformé en vampire, car il n'aurait jamais pu se permettre un tel endroit avec un salaire de tatoueur.

— Ici, Deanna, dit Bash, assis à l'arrière de la voiture avec Ethan.

Quand celui-ci avait repris contact avec Deanna après avoir quitté la tanière, tout s'était passé comme Bash l'avait prévu.

— Rebonjour ! Je suis désolé pour…

— Montez dans la voiture, sangsue.

— Euh… d'accord.

Sa Seconde ne se laisserait pas convaincre aussi facilement que Preston et Luke, mais cela avait aussi surpris Bash. Tout le monde disait qu'il y avait quelque chose chez Ethan, et Bash l'avait aussi remarqué. Il devait découvrir si ce quelque chose était dû aux capacités de vampire du jeune homme ou s'il était simplement comme ça.

Bash devait être vigilant, notamment en jetant un coup d'œil aux affaires d'Ethan et à l'endroit où il logeait. Il connaissait bien cet hôtel et il observa attentivement le jeune vampire nouveau-né alors qu'il naviguait dans un espace public pour la première fois depuis sa transformation.

Ethan était clairement gêné par le soleil et distrait par les nombreuses odeurs autour de lui, les nombreuses personnes, toutes humaines, mais il n'avait pas l'air suffisamment agité pour que Bash doive s'alarmer alors qu'il s'arrêtait de temps en temps ou tournait la tête pour renifler.

— Donc, Deanna me déteste, dit Ethan, une fois qu'ils eurent atteint la chambre dans laquelle il avait logé la semaine dernière.

— Elle s'en remettra, dit Bash.

Deanna attendait dans la voiture, mais Bash restait à proximité, à la recherche de tout ce qui pourrait lui permettre de savoir si Ethan était honnête, et si oui, pourquoi son sire l'avait-il choisi ?

Bash laissa ses doigts se promener sur les murs et les différentes surfaces pendant que le jeune homme faisait ses bagages. Rien d'extraordinaire, mais ce n'était pas un trou à rats non plus. Il y avait une kitchenette, style séjour prolongé. Des vêtements et des papiers jonchaient la pièce, mais il n'y avait pas de vaisselle sale dans l'évier, seulement du désordre.

Quelques grandes feuilles de papier reposaient sur le bureau, une avec quelques gribouillages, mais l'autre…

C'était encore la femme, réalisa Bash, celle du portfolio d'Ethan avec un troisième œil, mais le blanc des yeux était noir et l'iris semblait briller cette fois.

Comme une Voyante.

— Qui est-ce ? demanda Bash. Vous l'avez déjà dessinée avant.

— C'est ma mère, répondit-il, faisant une pause dans sa collecte diligente d'objets éparpillés. Elle apparaît souvent dans mon art. Ce n'est pas que je n'aime pas mon père aussi, mais je peux imaginer maman plus clairement. Les gens disaient que je lui ressemblais. C'est peut-être pour ça.

Une Voyante humaine, pensa Bash, presque certain maintenant, même si Ethan n'en avait aucune idée, et peut-être qu'elle ne l'avait jamais su non plus.

Il rangea le dessin sous un autre. Ethan ne semblait pas avoir encore fait le rapprochement entre les deux après avoir été témoin de la prophétie de Bash, et ce dernier n'était pas sûr de vouloir qu'il le fasse, pas avant qu'ils en sachent plus.

Il pensa à la première ligne de la prophétie qu'il avait énoncée au sous-sol.

Des mères qui ont vu et des pères qui ont renforcé

Sa mère et celle d'Ethan étaient toutes deux des Voyantes, mais qu'est-ce que cela signifiait pour leurs pères ?

— OK, je suis prêt.

Bash sursauta, regardant Ethan plus attentivement pour le voir tenant une petite valise et un sac à dos. Il s'approcha afin de prendre les croquis avec précaution, avec l'intention évidente de les ajouter à son portfolio, mais quand même.

C'était tout ? Deux valises ?

— Et… Bash commença à faire un geste vers la cuisine.

— Une assiette, une tasse et une fourchette ? Ce n'est pas un service complet de vaisselle. J'ai tout lavé chaque fois que je les ai utilisés. Je n'ai pas besoin du reste.

Bash était étonné, peut-être légèrement impressionné, mais il n'allait certainement pas suggérer à Ethan d'apporter une seule assiette.

— Vous viviez comme ça avant le pénitencier de Glenwood ?

— Non. Je vivais avec mon oncle.

— Quel âge avez-vous ?

Ethan fronça les sourcils, comme contrarié par l'implication qu'il devait être plus jeune pour vivre chez son oncle.

— Vingt-huit ans, et alors ? On m'a arraché ma maison. Est-ce si mal de vouloir en garder une autre version pour un peu plus longtemps ?

Bash reconnut l'amertume de son ton, car il l'avait aussi utilisée après le décès de sa mère. Au moins, Ethan avait eu une maison à laquelle se raccrocher après avoir perdu ses parents. Bash avait Bari, mais la structure qui aurait dû constituer leur foyer, construite sur les bases d'un père aimant, n'avait jamais été réelle.

— Je ne juge pas, dit-il. Je suis seulement curieux. Comme pourquoi vous portez toujours mes vêtements au lieu de mettre les vôtres.

— Eh bien, je… dit le jeune vampire. Je me suis déjà changé deux fois aujourd'hui, donc… vous voulez que je…

— Pas besoin de vous déshabiller pour moi, assura Bash en souriant.

Il y avait quelque chose de particulièrement séduisant dans la façon dont Ethan rougissait, se taisait et riait en jetant un regard de côté, qui donnait à Bash envie de prendre son visage entre ses mains et de l'embrasser.

Il devait arrêter. Il faisait confiance à Ethan, mais cela ne signifiait pas qu'il pouvait flirter avec lui et l'emmener dans son lit. Il avait promis à Jay d'être fidèle, au moins pendant les négociations. IL lui devait bien cela.

— Nous y allons, dit-il, puis il se dirigea vers la porte.

Il y avait encore la question de la facture.

— Monsieur Bain ! le salua le préposé de service lorsqu'ils s'approchèrent de la réception. Avez-vous besoin…

— Je suis juste là pour libérer une chambre aujourd'hui, monsieur Sullivan, et pour régler la facture de monsieur Lambert, dit-il en indiquant Ethan.

— Oh, mais vous n'avez pas à… essaya de dire ce dernier, mais Bash l'arrêta.

— J'ai vu le peu de choses que vous possédez. Je m'en occupe.

— D'accord. Merci.

Si Sullivan était curieux de leur arrangement, il ne fit aucun commentaire.

— C'est toujours un plaisir de faire affaire avec vous, Monsieur Bain, dit-il en enregistrant le total qui n'était qu'une goutte d'eau dans les coffres de Bash. Vous reverrons-nous bientôt ?

— C'est réglé comme une horloge, dit Bash. Ce n'était qu'un détour.

Ethan resta silencieux jusqu'à ce qu'ils atteignent la sortie.

— Dois-je demander pourquoi il vous connaît si bien ?

— Je n'amène pas d'amants ici, si c'est ce que vous pensez.

— Ce n'est pas ce que je pensais !

— Les affaires, cependant, ne sont pas toujours menées au grand jour, dit Bash.

— Des affaires illégales ? demanda Ethan, souhaitant ensuite ne pas l'avoir dit si fort. Question idiote, désolé.

Bash attendit qu'ils soient sortis de l'hôtel et remontés dans la voiture avant de s'expliquer.

— Au salon de tatouage, Deanna, dit-il d'abord.

— C'est bon, patron.

— J'ai dit que je travaillais avec le maire, dit Bash en se tournant vers Ethan.

— Ah oui. Vous ne pouvez pas vraiment vous rencontrer en public.

— Non, nous ne pouvons pas vraiment.

Vu l'endroit où Ethan était descendu, Bash se permit de se demander si Robert avait quelque chose à voir avec cela. Si le maire Robert Hedin, tout humain pleurnichard qu'il était, et le seul humain avec un peu de pouvoir à Centrus City qui savait pour le surnaturel, avait eu le cran et les moyens de défier Bash, c'était exactement le plan inepte qu'il aurait inventé.

Mais non, Robert était loyal. Après tout, Bash avait été la force motrice pour le faire élire.

Ethan n'arrêtait pas de frotter ses yeux. Il venait de se nourrir, mais il n'était pas habitué à ce que l'éclat du soleil soit si impitoyable.

Il louchait ou secouait la tête pour éclaircir sa vision à de nombreuses reprises. Il était une créature nocturne maintenant, essayant de s'exposer à la lumière. Apparemment, les lunettes de soleil n'avaient pas fait partie de ses possessions.

— Est-ce que Siobhan est à la boutique? demanda Ethan.

— Elle y est, et habituellement, la plupart des jours.

— Et les autres?

— Vous verrez le reste du cercle ce soir. Vous avez déjà rencontré tout le monde, tous ceux qui vivent dans cette maison, mais il y a beaucoup d'autres métamorphes dans toute la ville qui sont sous ma responsabilité. Tous ceux qui vivent à Centrus et qui ne sont pas humains doivent s'annoncer et se faire connaître.

— Quoi, comme si vous étiez roi?

— Il est roi, grogna Deanna.

— O-oh.

Ethan se tut rapidement.

— Ne vous laissez pas démonter, dit Bash, même s'il ne fit rien pour dissiper l'idée qu'Ethan se faisait de la royauté. Tant que vous êtes avec moi ou quelqu'un de mon cercle intime, personne ne vous questionnera plus, même s'ils ne vous aiment pas.

— Attendez, donc ce concierge…

— Humain. Vous pouvez sentir la différence, vous vous souvenez?

— Bien. Bien sûr. Super.

Cela avait l'air de tout sauf cela.

— Si vous êtes curieux de savoir ce que font les autres pendant leur temps libre, chacun a sa place. Je dirige la ville, mais Deanna est ma Seconde, et pas seulement mon chauffeur. Si quelque chose devait m'arriver, elle me remplacerait et elle est ma conseillère la plus fiable. Elle est toujours à mon écoute.

Deanna se moqua d'une manière peu subtile, considérant que Bash ne l'avait pas écoutée pour Ethan.

— Preston agit comme trésorier, notre comptable, continua Bash en ignorant la pique. Mais son rôle principal est Magister, étant donné son affinité pour la magie.

— C'est ce qui fait de lui un Roi des rats.

— Correct. Luke est bon pour la parole dans la rue, mais surtout ambassadeur auprès des métamorphes communs, ce que nous appelons Conseiller. Nell est Chamane, douée pour la magie secondaire et défensive, et Siobhan, quand elle ne s'occupe pas de la boutique, est comme un shérif, notre Gardienne. Au total, nous avons une cour complète, et j'attends de vous que vous fassiez votre part du travail.

Ethan se taisait, prenait tout en compte. Quand il finit par parler, ce ne fut pas avec une question comme Bash s'y attendait.

— Toute cette magie et ces choses fantastiques autour de moi, et je ne l'ai jamais su. Personne ne le sait.

— Certains le savent, comme Nell, qui est une sorcière née.

— Mais la plupart des gens vivent leur vie quotidienne sans s'en rendre compte. C'est presque triste. Pourquoi ne pas…

— Ne commencez pas avec ça, le coupa Bash. Vous êtes intelligent. Vous savez pourquoi nous ne pouvons pas nous dévoiler.

Ethan se laissa tomber contre l'appui-tête.

— Parce que le monde ne supporte pas les monstres, même s'ils se révèlent être des alliés, dit-il comme s'il avait déjà entendu cette leçon.

— Bien dit.

— Est-ce comme ça que vous pensez à moi ? demanda doucement le jeune vampire.

— Je crois que je vous tolère très bien, dit Bash en le regardant, assis là dans ses vêtements, détendu et mélancolique. C'est sur les autres que vous devez travailler.

Ils se garèrent devant le salon de tatouage, et Ethan se tendit, probablement parce qu'il avait été tué la dernière fois qu'il s'était trouvé là.

— Allons-y, dit Bash.

Ils entrèrent et trouvèrent Siobhan au comptoir, sans aucun client.

— Réfléchissez-vous à un tatouage ? demanda-t-elle avec désinvolture. Je crains que nous soyons à court de personnel pour le moment.

— C'est une bonne chose que nous ayons une nouvelle recrue, alors, dit Bash en poussant Ethan en avant. Vous deux, surveillez le comptoir pendant que Deanna et moi discutons.

ETHAN N'AVAIT aucune idée de ce dont Bash et Deanna allaient discuter à l'arrière, peut-être des affaires normales de métamorphes ou des affaires criminelles auxquelles ils ne souhaitaient pas le mêler, même s'ils allaient parler de lui, plus probablement. Il était plus préoccupé par le fait de revoir Siobhan, puisque la dernière fois qu'il l'avait vue, il n'était pas un vampire ni ne savait qu'elle était une métamorphe lézard.

— Rebonjour, essaya-t-il, en se déplaçant à côté d'elle au comptoir et en prenant un siège.

Elle le regarda de travers, mais ne bougea pas. Ses yeux dorés qu'il avait trouvé inhabituels avaient plus de sens pour lui maintenant. Mais il grimaça en voyant qu'il devait regarder vers l'entrée de la boutique et la lumière éblouissante du soleil à l'extérieur.

Elle laissa échapper un bruit de dégoût et sortit une paire de Ray-Ban noire à verres ronds.

— Oh, je…

— Prends-les. Je ne peux pas te laisser loucher toute la journée.

— Merci, dit-il en acceptant les lunettes.

Avant de devenir une créature de la nuit, les lunettes de soleil étaient sur sa liste de « bonnes choses à avoir », pas de « besoins ».

Il fut immédiatement soulagé.

Le téléphone sonna, détournant l'attention de Siobhan, juste au moment où la cloche tintait afin d'annoncer que quelqu'un entrait dans la boutique.

— Bo… bonjour, dit Ethan, frappé par l'odeur alléchante de l'humain alors que le client s'approchait du comptoir.

Il y en avait eu tellement à l'hôtel qu'il s'y était rapidement habitué, mais ici, tout le monde était métamorphe, alors un humain se démarquait – surtout celui-ci.

Il était de petite taille, avec de longs cheveux noirs, des yeux sombres et un sourire amical, mais il portait un tee-shirt sur lequel était écrit : T.Rex Also Hates Pulls Ups.

Le jeune homme sentait incroyablement bon, mais Ethan réalisa en le regardant, sur le point d'avoir une conversation normale avec lui, qu'il n'avait pas envie de le mordre, même s'ils étaient quasiment en tête à tête.

Il se sentait centré.

Confiant.

— Jolies lunettes de soleil, mec, dit l'homme.

— Merci. Je ne suis pas du genre à porter des lunettes de soleil à l'intérieur ou la nuit. Je suis simplement un peu sensible aujourd'hui.

— Halloween difficile ?

— Vous n'en avez aucune idée. Alors, comment puis-je vous aider ?

— Je suis votre voisin, s'exclama l'homme avec enthousiasme.

— Vous êtes…

— Le magasin de fleurs, dit-il avec un geste par-dessus son épaule, et Ethan se souvint qu'il y avait effectivement un fleuriste de l'autre côté de la rue. Vous devez être nouveau. Je suis tout le temps devant.

— Vous venez souvent ici? demanda Ethan qui n'avait pas vu de tatouages visibles.

— Non, mais ça fait un moment que j'essaye de trouver le courage de venir ici. Je vais enfin le faire aujourd'hui. J'ai choisi le tatouage parfait.

Il posa sur le comptoir une image du Pokémon Bulbizarre qui fit rire Ethan.

— Encrez-moi, mec! Je suis Rio, au fait.

Il s'avéra que Rio voulait Bulbizarre dans un endroit facile à montrer, mais aussi facile à cacher. Il ne se souciait pas de l'apparence du tatouage tant qu'il était bien et clairement Bulbizarre.

Ethan pensait qu'il serait peu créatif de prendre simplement l'image de base que l'homme avait faite et de la coller sur l'épaule de celui-ci, alors il suggéra une manche partielle au milieu de l'avant-bras de Rio qui pourrait être caché avec certains tee-shirts et montré avec d'autres. Il pourrait alors ajouter des éléments supplémentaires comme des allusions aux formes futures de Bulbizarre.

Il prit du papier et commença à dessiner ce qu'il pensait, l'étalant à plat, bien qu'il s'enroulerait autour du bras de Rio, une fois appliqué. Ce dernier regardait avec une attention soutenue pendant qu'Ethan travaillait au comptoir.

— Comment faites-vous cela aussi vite? demanda-t-il.

— J'ai toujours été capable de dessiner rapidement. Si vous aimez ce que je crée pour vous, nous pouvons probablement commencer tout de suite.

— J'ai tout l'après-midi de libre. Allons-y.

En un rien de temps, Ethan disposait du croquis scanné et imprimé sur du papier pochoir à poser sur la peau de Rio et à tracer. Heureusement, Siobhan lui avait montré le processus de base de la boutique pendant son entretien, mais il s'attendait plus à un apprentissage s'il était embauché, et non pas à un tatouage à réaliser le premier jour.

Il avait étudié afin d'obtenir ses certifications pendant qu'il était en prison, bien qu'il n'en ait techniquement pas besoin pendant qu'il était là-bas, ni d'une licence en propre, pour exercer dans cet État. Il avait toujours un peu l'impression d'être un fraudeur. Il savait comment utiliser un équipement standard, mais son expérience pratique était tout autre.

Ses chiens de garde gardaient littéralement un œil sur lui et sur la façon dont il interagissait avec son client humain, pendant qu'il rassemblait ce dont il avait besoin. Bash et Deanna avaient même arrêté leurs chuchotements à l'arrière.

Au moins, Rio n'avait pas remarqué qu'ils avaient un public. Il était content de discuter avec Ethan et d'établir un lien amical, découvrant rapidement qu'ils avaient beaucoup en commun. C'était bien qu'il soit un voisin qu'Ethan espérait voir plus souvent.

En vérité, Rio était aussi nerveux que lui; Ethan pouvait le dire. La plupart des gens étaient nerveux lorsqu'ils se faisaient tatouer pour la première fois. L'homme essayait clairement de se distraire en ne laissant jamais le silence durer plus de quelques secondes. Ethan n'y voyait pas d'inconvénient, heureux de lui rendre ce service et de plaisanter sur leurs Pokémons préférés.

Il avait toujours été plus fan de Pikachu, ce qui, il le savait, était nul et attendu, mais il aimait ce qu'il aimait. Si on s'en tenait aux trois autres Pokémons de base, il avait un faible pour Carapuce.

— Carapuce? Mec, allez, Bulbizarre est tellement mieux. Sans oublier qu'il est adorable.

Ethan rit, finit de raser et de nettoyer la zone qu'il s'apprêtait à encrer, et prépara son aiguille pour les premiers contours. Ce ne fut que lorsque le bourdonnement commença et qu'il pressa pour la première fois sur la peau de Rio qu'il réalisa pourquoi les métamorphes le regardaient si intensément. Ce n'était pas parce que c'était son premier client, ou parce qu'il interagissait avec un humain.

C'était à cause du sang.

Si Ethan pouvait sentir les humains simplement en étant près d'eux, alors faire affleurer l'odeur fraîche du sang à la surface était cent fois plus fort.

Rio prit une profonde inspiration à cause de la douleur, sortant Ethan de sa distraction. Pourquoi ne s'était-il pas rendu compte que c'était un travail terrible pour un vampire?

— OK, mec, tu peux le faire, dit son client – à lui-même, bien qu'Ethan essaye d'intérioriser lui aussi le conseil.

Oui, la bulle de sang de chaque coup de l'aiguille le faisait saliver, mais il n'avait pas faim ou besoin de sang, pas si tôt après s'être nourri de Bash, et il n'était pas hors de contrôle.

Il ne serait pas hors de contrôle.

— Détendez-vous, dit-il, en gardant les yeux sur son travail et en se concentrant sur l'encre plus que sur le rouge. Continuez de parler. Vous avez attendu longtemps pour ça, n'est-ce pas ? Et ça va être magnifique, je vous le promets. Dites-moi, si ce n'est pas Bulbizarre, si vous pouviez choisir un autre Pokémon, quel serait votre préféré ? Pour moi, c'est Rondoudou. Elle est tellement mignonne quand elle élève son chant pour endormir les gens.

— Hu-humm… Mystherbe, définitivement, dit Rio en prenant une autre inspiration pour se calmer. Super mignon dans un petit paquet et cachant une centrale électrique de coups qui déchirent.

— On dirait qu'il pourrait être votre animal spirituel.

— Mec, dit son client en riant. Ne me faites pas rire maintenant.

Ethan sourit. Il pouvait le faire, même s'il avait envie de laper le sang chaque fois qu'il s'arrêtait pour l'essuyer.

Reste calme. Concentre-toi. Tu es en contrôle. Écoute simplement. Écoute. Écoute, concentre-toi et respire.

Mis à part qu'il n'avait pas besoin de respirer. Pourtant, il répétait le mantra dans sa tête, son attention entièrement tournée vers Rio.

Qui avait cessé de parler pour une raison quelconque.

Ethan recula l'aiguille et levant les yeux, il vit Rio le fixer d'un air vide, les yeux vitreux comme s'il écoutait chaque mot, même s'il n'avait pas parlé à voix haute.

Oh merde. Ethan l'avait-il captivé rien qu'en pensant à cela ? N'avait-il pas besoin de mordre la personne ?

Il baissa les yeux sur le sang qui coulait de son travail jusqu'à présent. Si Rio était captivé, il ne remarquerait pas si Ethan donnait un simple coup de langue.

C'était si tentant. Il se pencha même et renifla l'arôme du sang frais directement de la source. Rien d'étonnant à ce que tout le monde se méfie de lui, si les vampires pouvaient rendre quelqu'un incapable de se défendre avec à peine une pensée.

Comme il l'avait fait à Bash. Son charme était la raison pour laquelle ils avaient couché ensemble, peu importe combien le loup-garou avait dit qu'il avait laissé faire.

— Rio, dit-il afin de les ramener tous les deux à l'attention.

Le fleuriste cligna des yeux et continua comme s'il n'avait jamais fait de pause.

— Vous voyez ce que je veux dire ?

— Bien sûr, assura Ethan, en dépit du fait qu'il n'avait pas écouté avant. Continuez à parler. Nous aurons fini avant que vous vous en rendiez compte.

Rio continua à le régaler avec ses Pokémons préférés, ses trucs et astuces pour les jeux, et cette fois où il avait presque marché sur la chaussée en essayant d'attraper un Ponyta après la sortie de Pokémon GO. Ethan jeta un coup d'œil de côté et remarqua comment Bash, Deanna et Siobhan étaient tout proches, donnant l'air d'être sur le point de bondir.

Ils l'avaient tous vu glisser, ils craignaient tous qu'il ne faiblisse, mais il ne l'avait pas fait.

Ethan fit un signe de tête à Bash afin de lui indiquer qu'il allait bien et il retourna à son travail.

— Alors euh… qui est le canon ? demanda Rio un peu plus tard.

Il semblait aller mieux, tant qu'il continuait à parler.

Ethan réalisa qu'il voulait dire Deanna.

— Une autre artiste. Je pensais que vous étiez familier avec l'endroit, étant un voisin.

— Je le suis ! Je l'ai déjà vue avant. Mais je ne connaissais pas son nom.

— Vous connaissez Bash ?

— Le mec chaud bouillant qui possède l'endroit ? Bien sûr. Ce n'est pas sa femme, n'est-ce pas ?

— Son chauffeur. Elle s'appelle Deanna. Mais attention, elle est un peu brutale sur les bords.

— Elle pourrait être brutale avec moi n'importe quand, dit-il, rêveur. En plus, elle continue à regarder par ici.

Ethan n'eut pas le cœur de lui dire qu'elle regardait probablement le vampire qu'elle voulait tuer.

Seulement, elle les regardait peut-être tous les deux, parce que la fois suivante qu'Ethan jeta un regard discret vers l'avant où Deanna et Bash avaient rejoint Siobhan, les yeux de la métamorphe panthère semblaient tracer sur Rio plus que de jeter des regards sévères sur Ethan.

— Proposez-lui de sortir, dit-il, se surprenant presque lui-même avec cette déclaration.

— Sérieusement ? siffla Rio. Juste comme ça ?

— Pourquoi pas ? La vie est trop courte pour les « si seulement ». Croyez-moi.

Ethan le savait de première main après être mort – ou être né à nouveau ?

Non-mort ? Il n'était pas sûr.

— Juste devant son patron effrayant et sexy ?

Ethan se demanda si Rio réalisait qu'il avait admis l'attractivité de Bash deux fois. Si c'était le cas, il n'essayait pas de le cacher.

— Je ne connais pas bien Deanna, mais j'ai le sentiment qu'elle serait plus attentive si vous lui demandiez de sortir devant son patron. Soyez audacieux.

— Audacieux, acquiesça Rio.

— Ça a fonctionné pour vous jusqu'à aujourd'hui, dit-il en indiquant la mini manche, avec toutes ses lignes terminées – y compris un petit Mystherbe qu'Ethan avait ajouté à une section moins occupée du collage. Bulbizarre et lui étaient tous les deux de type végétal, alors ils allaient bien ensemble.

— C'est incroyable ! C'est parfait !

— Attendez qu'il soit coloré, dit Ethan avec un sourire.

Il aimait vraiment le tatouage. Un tatouage était si personnel, intime, et en disait tellement sur une personne. Faire sourire quelqu'un sur un dessin était une chose, mais l'art sur son corps était quelque chose qu'il porterait avec lui pour toujours.

Au moment où il termina le tatouage de Rio, Siobhan travaillait sur son propre client, et Bash et Deanna semblaient avoir réglé ce dont ils avaient discuté, Ethan ne pouvant que supposer qu'il s'agissait de Jay et des prochaines étapes pour découvrir qui pouvait être le sire d'Ethan.

Il supposait qu'il aurait pu écouter aux portes avec son ouïe nouvellement accrue, mais cela lui avait valu assez d'ennuis aujourd'hui. Honnêtement, il n'avait pas beaucoup réfléchi à l'identité de son sire, surtout parce qu'il ne pouvait pas imaginer que c'était quelqu'un qu'il connaissait. Pourquoi quelqu'un l'aurait choisi pour ce complot, pourquoi il était spécial et plus fort que la moyenne des vampires, ce n'était pas la chose la plus importante pour lui.

Ce qui, il le réalisait avec une sorte de serrement dans son estomac, pourrait être intentionnel.

Pourrait-il être contrôlé sans s'en rendre compte ? Il avait contrôlé Rio sans effort, et ils avaient dit qu'il lui serait presque impossible de résister à ce que son maître voulait de lui.

Il chassa ces pensées de son esprit, du moins pour le moment, et il termina ses instructions de suivi avec Rio et le tint devant pour une dernière vérification. Les autres lui laissaient de l'espace, mais Ethan pouvait voir que Rio était nerveux à l'idée de prendre sa suggestion au mot.

L'homme lui donna un très généreux pourboire, prit une inspiration, puis marcha droit vers Deanna comme si Bash ne se tenait pas tout près.

— Salut, vous devriez passer de temps en temps, dit-il en tendant une carte du magasin de fleurs à la jeune femme avec une main stable impressionnante.

— Oh ? dit-elle avec l'ombre d'un sourire en coin, arrachant la carte avec deux doigts qui manquèrent de peu d'effleurer sa peau.

— Pour eeuuhh…

Rio jeta un coup d'œil à la silhouette menaçante du frère que Bash affichait et vacilla.

— Des fleurs ! Pour ici, vous savez, ajouter un peu de verdure à l'endroit, peut-être dire bonjour si je suis là. Puisque nous sommes voisins.

— Je devrais peut-être faire ça, concéda Deanna.

— Super ! Génial. C'est… génial.

Il ouvrit la bouche comme s'il voulait en dire plus, mais choisit de revenir auprès d'Ethan.

— J'étais à moitié audacieux, chuchota-t-il. Merci, mec. J'aime vraiment le tatouage. Nous nous verrons dans le coin ?

— Je serai là, dit Ethan, l'espérant.

Deanna regarda Rio partir avec un sourire grandissant, mais son expression s'affadit lorsque ses yeux se posèrent de nouveau sur Ethan.

— Tricheur, grogna-t-elle.

— Qu'est-ce que j'ai fait ?

Elle n'était visiblement pas conquise. Par Rio, peut-être, qui possédait une énergie qui le rendait trop facile à apprécier, mais pas par lui.

— Impressionnant, dit Bash en se dirigeant vers lui. Je craignais que nous puissions avoir un problème ici. Votre contrôle est remarquable. Cela sera nécessaire à partir de maintenant, vous comprenez ?

— Bien sûr, répondit-il, attiré dans l'orbite de l'Alpha juste en l'ayant à nouveau près de lui et en sentant son odeur.

— Je devrais peut-être voir pour remettre de l'ordre dans cet endroit, dit Deanna, en faisant tourner la carte de Rio dans ses doigts.

— Hum, Rio a dit qu'il était de repos pour le reste de la journée, mentionna Ethan, ce qui lui valut un regard légèrement agacé. Au cas où !

— Deanna, prends un tour afin d'aider Siobhan, dit Bash, et il prit le bras d'Ethan pour le conduire à la porte.

— Patron ? dit celle-ci.

— Maintenant que nous savons que notre vampire n'a pas besoin de muselière, je l'emmène voir Nell. Nous reviendrons à pied.

Ethan grimaça à l'idée de rester aussi longtemps au soleil, bien que la maison soit à moins d'un kilomètre.

— Vous devez vous y habituer, dit Bash.

— Je sais. Merci encore pour les lunettes de soleil, Siobhan, lança-t-il.

Elle lui adressa un signe de la main sans conviction, mais c'était mieux que le rejet de Deanna, et Ethan et Bash sortirent au soleil.

IX

— VOUS N'AVEZ pas de tatouages, dit Ethan alors qu'ils marchaient depuis quelques minutes.

— Où voulez-vous en venir ? répondit Bash.

— Je viens juste de le réaliser, depuis que je vous ai vu… vous savez.

— Tout nu ?

— Ou… oui, bégaya Ethan. Ça semble juste étrange. Siobhan et Deanna ont des tatouages.

Siobhan en avait beaucoup, en fait, au-delà de ceux visibles sur ses bras et dans son cou. Deanna avait choisi de couvrir ses vieilles cicatrices avec des tatouages, petit à petit au fil des ans. Quelque chose auquel Bash avait aussi réfléchi, mais il n'avait pas suivi son exemple. L'encre de la jeune femme était surtout visible sur ses poignets ou à travers le col de son tee-shirt s'il était assez bas.

Bash, cependant, n'en avait pas.

— Le salon est une activité secondaire, rappela-t-il à Ethan. Pourquoi êtes-vous si surpris ? Vous n'avez pas de tatouages.

— Si, j'en ai, affirma-t-il en lui jetant un bref coup d'œil derrière ses lunettes de soleil, puis sur son propre corps. Vous ne m'avez pas encore assez vu.

La plaisanterie rendait Bash profondément curieux maintenant, parce que non, il n'avait pas vu tout d'Ethan, même si quelques moments opportuns étaient passés. Leur passage sur le sol n'avait été qu'en dessous de la taille, et il n'avait pas assez regardé la nuit dernière alors qu'ils se changeaient pour se coucher.

Il secoua la tête pour se concentrer sur la tâche à accomplir, se rappelant que le jeune vampire était un outil, un atout, peut-être un futur membre de la meute, et un allié si cela ne tournait pas au désastre, mais qu'il ne pouvait pas être un amant. Bash ne revenait jamais sur sa parole, pas alors qu'il avait tant à gagner d'une alliance avec Jay. Il devait rester fidèle à sa parole et ne pas céder à nouveau à la tentation.

— Pourquoi croyez-vous avoir si bien tenu le coup avec Monsieur Hernandez ? demanda-t-il pour détourner la conversation.

C'était une belle journée pour parcourir les quelques rues qui séparaient le salon de tatouage de la tanière.

Non pas qu'Ethan puisse en profiter beaucoup. Il grimaçait chaque fois qu'il regardait trop directement le soleil, même si les nouvelles lunettes de soleil faisaient leur travail.

— Vous connaissez Rio ? demanda Ethan, apparemment surpris que Bash ait reconnu le prénom.

— Je connais mes voisins, humains et métamorphes.

— Eh bien, euh… Je ne pensais pas que vous auriez un problème avec vos compagnons de meute sortant avec des humains, alors j'ai pensé que…

— Restons sur le sujet, le coupa Bash.

Il ne voulait pas penser à l'étincelle dans les yeux de Deanna alors que le petit jeune homme essayait de l'inviter à sortir. Elle savait aussi bien que lui que le choix d'un partenaire humain, à long ou à court terme, exigeait un examen minutieux.

— C'était en partie à cause de moi, dit Ethan. Mais aussi un peu à cause de vous, je pense. Votre présence là-bas. Et peut-être Rio lui-même. Je me suis senti plus moi-même, plus assuré en étant avec lui. Mon père avait cet effet sur moi.

— Votre père ?

— Je me suis toujours senti plus à l'aise dans ma propre peau quand il était là. Vous savez ?

Bash ne savait pas. Il n'avait jamais eu une relation agréable avec son père.

— Certaines personnes sont naturellement comme ça, je suppose. C'est peut-être parce que Rio et moi nous entendions très bien. Je n'ai jamais eu beaucoup d'amis, mais il m'a fait me sentir comme mon père le faisait. Pareil lorsque je suis avec vous.

Leurs yeux se croisèrent alors qu'Ethan tournait la tête.

— Hum… désolé, de quoi parlions-nous ? dit le jeune homme en détournant son regard.

Il serait facile d'être indulgent avec Ethan. Bash n'aurait jamais imaginé pouvoir vouloir quelque chose d'un vampire, et encore moins autant.

— Vous avez reconnu quelque chose et des personnes qui vous ancrent au sol. C'est une bonne chose. Assurons-nous maintenant d'avoir une longueur d'avance sur tout le reste, dit Bash en franchissant la porte voisine, leur indiquant ainsi la fin de leur promenade.

— Nous sommes de retour à la maison ? demanda Ethan en regardant autour de lui avec surprise.

— Entrée arrière. Ça mène directement à l'atelier de Nell.

— Votre… Chamane, c'est ça ?

— Exactement.

La porte arrière était fermée par un code, tout comme l'entrée séparée menant à l'atelier de Nell qui n'était pas attenante à la cave à vin et au stockage.

Bash connaissait les deux codes par cœur, comme tous les membres du cercle restreint, et il tapa rapidement le dernier, hors de la vue d'Ethan. Un léger carillon et des images de sécurité diffusées en bas alertèrent Nell de leur entrée dans l'atelier.

— Bonjour, dit-elle en les saluant en bas de l'escalier.

Elle portait beaucoup de ses parures aujourd'hui, notamment des bracelets aux poignets et des anneaux à chaque oreille.

— Je suis heureuse que nous puissions passer plus de temps ensemble, Ethan. Je n'ai jamais eu le plaisir de parler avec un vampire.

— Salut, répondit-il, en acceptant la main qu'elle lui tendait. Vous n'avez jamais rencontré de vampire ?

— J'en ai rencontré, dit-elle.

— Mais vous ne leur avez jamais parlé ? répéta Ethan, même s'il écarquillait les yeux en voyant l'expression figée de la femme, comprenant clairement ce qu'elle impliquait.

— Je ne leur ai jamais parlé, non. Venez, je vous attendais, dit-elle en gardant sa prise sur la main d'Ethan, le conduisant plus loin dans l'atelier.

La pièce occupait plus de la moitié du sous-sol, mélangeant de manière transparente la technologie moderne, les runes et les potions comme une apothicairerie sortie d'une foire de la Renaissance, et quelque chose qui ressemblait à une boutique de magie locale au coin de la rue. Nell était une guérisseuse plus qu'autre chose et connaissait diverses méthodes pour garder la meute en sécurité, ce qui incluait un lit d'hôpital sur lequel elle fit asseoir le jeune vampire.

— J'aimerais vous examiner, si vous le voulez bien. Rien d'invasif. Vous êtes le bienvenu pour me demander tout ce que vous souhaitez pour comprendre ce que vous êtes maintenant et ce que j'espère découvrir.

— Merci, dit Ethan, se détendant sous sa manière facile d'être au chevet des malades.

Même Deanna était calme avec Nell, ce qui avait facilité la décision de l'ajouter au cercle.

Bash resta en retrait pendant que Nell vérifiait les signes vitaux d'Ethan et lançait quelques sorts runiques, ce qui laissa le jeune homme bouche bée.

— Comment faites-vous cela? demanda-t-il, observant la façon dont elle dessinait l'air avec un doigt, laissant derrière elle un symbole flottant et lumineux, comme si elle peignait avec une lumière fluorescente sur une vitre.

La couleur de la rune clignotait avant de se dissiper lui disant ce qu'elle essayait de découvrir.

— Certaines personnes ont une affinité avec la magie, dit-elle. La plupart n'en ont pas. Puisque j'en ai une, il suffit de le vouloir et de s'entraîner.

— Mais *comment* cela fonctionne-t-il? J'ai des diplômes en chimie et en médecine légale. J'ai lu « Y a-t-il un grand architecte dans l'Univers » de Stephen Hawking. Je sais qu'on peut créer quelque chose à partir de rien, mais je n'ai jamais vu rien de tel, une personne produisant une lumière rougeoyante qui flotte, bien que Preston ait fabriqué une machette.

Une machette? pensa Bash avec ironie.

— Qui dit que c'est quelque chose à partir de rien? dit Nell. Ne réfléchissez pas trop. Certaines choses n'ont pas de réponses visibles. Je pourrais vous dire que des combinaisons spécifiques d'ingrédients ou la force de la volonté peuvent puiser dans quelque chose de tout à fait tangible à laquelle la plupart des gens n'ont pas accès. Ou je pourrais dire que c'est de la magie et que vous devez juste faire avec.

Elle sourit.

— C'est juste, admit-il en riant.

Bash vit un premier signe des tatouages d'Ethan, un sur chaque avant-bras, du poignet au coude, lorsque le jeune homme releva ses manches afin que Nell puisse prélever un échantillon de sang. Presque comme des piliers noirs, le droit portait un poing serrant un éclair en son centre, tandis que le gauche affichait un crâne blanc.

Il sourit en reconnaissant les images. Personne ne s'y était probablement intéressé en prison, mais il connaissait leur véritable origine. Le jeu de plateau Warhammer. Plus précisément, il s'agissait des symboles de la police et de la police secrète, respectivement, dans l'univers de Warhammer 40 000.

Ethan était un vrai nerd et portait sa profession d'enquêteur sur sa peau. Bash se demandait où il pouvait bien cacher de l'encre.

Finalement, Nell dessina une rune sur la poitrine d'Ethan, lui fit boire une décoction et lui dit de s'allonger un moment pour permettre à la magie d'opérer, et Bash lui fit un signe. Il avait une raison principale de vouloir la voir.

— J'ai des raisons de croire que la mère d'Ethan était une Voyante, chuchota-t-il.

Il aurait pu s'inquiéter d'une écoute vampirique, mais Ethan semblait préoccupé par l'atelier.

— J'ai perçu des signes, ainsi que quelque chose d'autre, quelque chose qui n'est pas habituellement détectable, mais la trace persistante était suffisamment forte pour que je fasse un autre test, celui qui fonctionne à travers lui maintenant.

— Pour quoi faire? demanda-t-il en regardant Ethan avec curiosité.

— L'un de ses parents était un Voyant. Sa mère, dis-tu? Alors, je crois que son père était un Focus.

— Quoi? s'exclama-t-il en reportant son regard sur elle. Cette ville n'a pas eu de Focus depuis des générations. Ils sont encore plus rares que les Voyants.

— La seule chose la plus rare serait un Null, je sais. Si la rune que j'ai placée sur le cœur d'Ethan brille en rouge, je saurai que j'ai raison. Ça me rend aussi curieuse.

Elle sourit comme si elle n'était pas aussi secouée que Bash, mais elle perdait rarement son calme.

— Les signes qui m'ont poussée à essayer ça? C'est comme un résidu magique. Je ne l'avais pas remarqué avant, mais il semble qu'il y en ait sur toi aussi.

— Tu ne peux pas dire…

La mère d'Ethan était une Voyante, ce qui voulait dire…

— Mon père était un Focus?

Quelqu'un capable de faire ressortir le meilleur des gens, mais pas toujours le meilleur… leurs pouvoirs, leurs forces. Cela pouvait être un outil formidable et une arme terrible.

— Nous pourrons tester cela bientôt lorsque je serai seule avec toi, dit-elle.

Il acquiesça, se sentant légèrement engourdi. Au moins, sa dernière prophétie avait plus de sens maintenant.

Des mères qui ont vu et des pères qui ont renforcé

Et le reste ?

Trois ont le pouvoir, mais un n'est pas éclairé.

Cela pourrait être Bari. C'était le jumeau de Bash, donc même s'il n'avait jamais montré les mêmes capacités, son pouvoir pourrait être en sommeil.

Les deux dernières lignes étaient faciles à déchiffrer maintenant.

Tous souffriront si deux ne peuvent triompher
Ensemble, contre lui, pouvez-vous être défiant.

Il avait sans doute fait le bon choix en gardant Ethan en vie. Ce n'est qu'ensemble qu'ils pouvaient vaincre le sire du jeune vampire.

— Pourquoi les signes que mon père est un Focus apparaissent-ils maintenant ? demanda Bash.

— Si je devais deviner, je dirais que c'est à cause de votre présence mutuelle, dit Nell en faisant un signe de tête vers Ethan. Deux créatures rares, tous deux fils d'une Voyante et d'un Focus – qui sait ce qui pourrait en résulter.

Le sire d'Ethan savait, il le devait, et cela rendait la situation bien plus dangereuse.

Bash se dit de ne pas s'exciter ou s'inquiéter tant qu'ils n'en étaient pas sûrs, mais dès que Nell retourna vers Ethan et lui dit de s'asseoir, la lumière rouge au centre de sa poitrine était indubitable, alors que la rune brillait comme un phare.

— Qu'est-ce que ça veut dire ? demanda Ethan, regardant vers le bas avec étonnement.

Bash croisa le regard de Nell et secoua la tête. Il savait qu'elle n'aimait pas mentir, mais la situation était suffisamment grave pour ne pas tout dire à Ethan pour l'instant.

— Ça prouve encore une fois à quel point vous êtes unique, ce dont je me doutais, dit-elle simplement. Vous êtes exceptionnel parmi les vampires,

Ethan, avec un ensemble rare d'ADN, ce qui est probablement la cause de vos capacités améliorées.

— Mon sire le savait-il ? Est-ce pour ça qu'il m'a choisi ?

— Peut-être. Je vais devoir continuer mes tests, mais en attendant, j'ai appris tout ce que je pouvais. Il faut attendre, pour une grande partie de ce qui vient après, dit Nell en passant une main sur le bas du dos du jeune homme, l'incitant à descendre du lit.

Il s'exécuta et baissa ses manches, cachant à nouveau ses tatouages.

— C'est ça, juste attendre que mon sire fasse un geste ? demanda-t-il en regardant Bash.

— Il y a autre chose, dit Nell, en récupérant une petite fiole d'une autre décoction. J'aimerais que vous preniez un peu de ceci chaque jour. Une seule gorgée devrait suffire pendant cinq jours, jusqu'à ce qu'il n'y en ait plus. D'ici là, cela fera une différence lorsque vous approcherez de la prochaine heure de votre repas.

— Pour que je n'aie pas faim ? demanda Ethan avec impatience.

— Rien ne peut couper votre faim, répondit Bash, qui savait ce qu'était la potion, puisque c'était lui qui lui avait demandé de la préparer. Mais la plupart des jeunes vampires n'ont pas les enzymes nécessaires pour refermer les blessures de leurs victimes. Votre morsure empêche naturellement la coagulation, ce qui signifie que vous pourriez provoquer une hémorragie et la mort de ceux dont vous vous nourrissez. Finalement, vous accumulerez assez d'enzymes qui vous permettront d'inverser le processus et de coaguler le sang. Vous laisserez ceux dont vous vous nourrissez comme si vous n'aviez jamais été là, allant même jusqu'à refermer entièrement la plaie, mais pour l'instant, ceci devrait accélérer le processus.

Une expression familière de nausée traversa les traits d'Ethan.

— Quand je me suis nourri de vous…

— En tant que métamorphe, je guéris plus vite que les humains. Je vais bien.

Ethan hocha la tête, mais Bash pouvait voir qu'il ressentait une nouvelle vague de culpabilité.

— Celui que vous mordrez ensuite, même un humain, s'en sortira aussi, dit Nell. Tant que vous ne les videz pas.

Elle sourit à nouveau, probablement pour détendre l'atmosphère.

Le vampire n'avait pas l'air de s'en réjouir, cependant.

— Merci, dit-il, en serrant fermement la fiole. Est-ce que ce truc est sûr, ou dois-je le tester ?

— Pas besoin de tester quoi que ce soit si tôt. Il faudra quelques jours avant que vous ne recommenciez à avoir faim. Faites-le-nous savoir lorsque ce sera le cas. Nous ferons quelques expériences pour nous assurer que tout est sûr. Un vampire n'a besoin que d'un demi-litre ou un litre lorsqu'il se nourrit, mais vous pourriez facilement devenir glouton.

— D'accord. Comment…

Le téléphone portable de Bash sonna, interrompant la question d'Ethan.

C'était Deanna.

— Quoi ? répondit-il.

— Je roule vers toi.

— Pour quoi faire ?

— Nous avons reçu une alerte du Refuge. Luke dit que ses agents ont signalé que deux crétins de races différentes se sont emportés, mais il est à l'autre bout de la ville. Je sais que tu aimes gérer les conflits internes personnellement.

C'était le cas, car maintenir la paix était la pierre angulaire de son règne, surtout entre les races. Il ne pouvait pas laisser une telle chose se produire sans contrôle.

— Retrouve-nous à l'arrière. Nous serons là dans un instant, dit-il, puis il raccrocha et se tourna vers Ethan. Problème au Refuge.

— Voulez-vous que je retourne à la boutique ? Ou à la cave à vin ? ajouta Ethan avec une grimace.

Ce serait une décision intelligente, mais Ethan était peut-être la nouvelle norme, et Bash avait encore un mystère à résoudre.

— Vous venez avec moi. C'est mieux d'arracher le pansement maintenant. Nell, dit-il en la remerciant d'un signe de tête.

Puis il prit Ethan par le bras et se dirigea vers l'escalier.

— Vous savez déjà que je blanchis de l'argent, grâce à ce salon de tatouage, entre autres endroits. Maintenant, vous allez voir pourquoi.

X

ETHAN NE savait pas à quoi il s'attendait. Le Refuge n'était pas comme un camp de réfugiés. Plus comme un refuge pour sans-abri peut-être, mais un bon refuge, un refuge propre, avec beaucoup de nourriture et des lits pour tous. Il était toujours exigu, toujours occupé, avec diverses chambres et une ou deux salles communes, mais ce n'était pas un taudis. Bash se souciait visiblement beaucoup de son peuple et voulait lui donner tout ce qu'il pouvait.

Même des fonds acquis illégalement.

La différence ici par rapport aux autres endroits où Ethan s'était rendu jusqu'à présent était qu'il pouvait sentir qu'il n'était pas près des humains. Chaque odeur était d'une sorte différente aussi.

La différence supplémentaire était que tous ceux qu'ils croisaient pouvaient également le sentir et regardaient avec horreur ou étonnement qu'il traîne derrière leur roi.

— Oumph, grogna Bash, après avoir été percuté par une adolescente.

Elle leva les yeux au ciel, en colère, puis sursauta lorsqu'elle réalisa qui elle avait percuté.

— Mais c'est la charmante Mademoiselle Kane. Et où vas-tu si vite ?

La jeune fille avait plusieurs mèches bleues dans ses cheveux bruns et un eye-liner foncé afin de compenser son visage de chérubin.

— Alpha… Je ne vous avais pas vu.

— Aussi remarquable que cela puisse paraître, les vieux adages s'appliquent toujours, dit Bash en s'accroupissant pour se rapprocher de sa taille. Regarde avant de sauter. Ou de quitter une pièce. Mais il n'y a pas de mal. Maintenant, est-ce que tu cours vers ou loin de quelque chose, parce que…

— C'est bon. Je vais bien.

Elle avait l'air perturbée et frustrée d'être arrêtée par un adulte, et encore plus par la figure d'autorité ici. Ethan avait le sentiment qu'elle aurait démoli qui que ce soit d'autre sur qui elle serait tombée en dehors de Bash.

— Luke n'est pas avec vous ? demanda-t-elle en jetant un regard méfiant à Ethan.

— Je crains que non. Mais rassure-toi, tu es une de ses priorités.

— D'accord, dit-elle avec un soupir à peine caché. Je peux partir maintenant ?

— Je t'en prie, dit Bash avec un geste vers la direction qu'elle avait prise. Mais si tu as besoin de quoi que ce soit, contacte Luke ou un des membres du cercle à tout moment.

Elle hocha la tête, et pendant une fraction de seconde lorsqu'elle passa devant Ethan et le regarda à nouveau, il aurait juré voir un éclair de rayures le long de ses joues.

— Jesse Kane, dit Bash après son départ. Une orpheline. Une tigresse, en fait. Trop jeune pour être seule, nous préférerions qu'un couple ou une famille la recueille, mais nous ne forçons pas l'adoption ici. Toutes les races ne s'entendent pas, et tous les métamorphes non-tigres ne sont pas prêts à envisager un tel arrangement. Elle est de plus en plus frustrée de ne pas avoir de maison.

Ethan savait ce que cela faisait. Même avec Leo, il avait souvent eu l'impression de ne pas être à sa place.

— Mais elle peut rester ici, n'est-ce pas ? Comme Luke l'a fait ?

— Elle peut, répondit Bash en inclinant la tête. Luke s'est épanoui ici, il s'est fait des amis, il n'a pas eu à se plaindre longtemps de ne pas avoir de famille à lui. Le cercle a fini par devenir sa famille. Mais Jesse est différente. Elle se sent aliénée, non désirée.

— Vous en savez beaucoup sur une seule métamorphe dans votre ville, dit Ethan, ayant également remarqué la gentillesse avec laquelle Bash l'avait traitée alors qu'il aurait pu aboyer ou être plus imposant.

— C'est mon travail d'en savoir beaucoup sur tout le monde, dit Bash. Jesse a simplement besoin d'un foyer, pas d'un refuge.

Toute réponse qu'Ethan aurait pu donner fut coupée par les bruits de cris de colère provenant de la pièce d'où était sortie Jesse.

Bash se précipita à l'intérieur, et juste sur ses talons, Ethan reconnut immédiatement quel était le problème. Deux hommes, tous deux presque au stade trois, ce qui lui était familier pour le loup à droite, mais le lézard à gauche était surprenant. On aurait dit un demi-dragon sorti d'un roman fantastique avec une queue, un bec et des écailles.

— Bâtard à sang-froid ! grogna le loup.

— Mongre ! siffla le lézard.

Ethan comprenait maintenant pourquoi Jesse s'était enfuie.

— Ça suffit! cria Bash, attirant l'attention de toutes les personnes présentes.

Quelques autres personnes se trouvaient dans la pièce, toujours d'apparence humaine, alors Ethan n'était pas sûr de ce qu'ils étaient.

— Je suppose que vous êtes tous les deux nouveaux à Centrus City? demanda Bash, ignorant tout le monde à part les bagarreurs, qui avaient leurs griffes enfoncées dans les épaules l'un de l'autre, prêts à s'entredéchirer.

Mais maintenant, ils vacillaient, et s'éloignaient l'un de l'autre, leurs traits se reformant en quelque chose de plus humain alors qu'ils reconnaissaient celui qui venait de les interpeller.

— Savez-vous qui je suis? Voulez-vous me traiter de bâtard? demanda Bash en se concentrant sur le lézard, qui semblait quelque peu petit et moyen sous forme humaine. Nous n'apprécions pas les insultes dans cette ville. Pas pour n'importe qui ou n'importe quelle race.

— Toutes mes excuses, Monsieur Bain, dit le lézard en inclinant sa tête. C'était mon tempérament qui parlait.

— Je peux vous pardonner, mais pas si cela se reproduit, dit Bash. Si vous souhaitez trouver refuge dans ma ville, vous devez suivre mes règles et mon mode de vie, ce qui signifie que tout le monde fait partie de la même meute, tant que vous êtes ici et une fois que vous avez trouvé un logement. Vous pouvez rester avec les vôtres si vous préférez, vaquer à vos occupations pratiques, culturelles habituelles, mais nous sommes avant tout une communauté. Compris?

— Oui, Alpha, acquiesça le lézard.

— Monsieur Bain...

— Avez-vous quelque chose à ajouter? dit Bash en lançant un regard noir au loup.

— Monsieur, ces serpents...

— Je suis désolé, je suis peut-être dur d'oreille, ou peut-être est-ce vous? dit Bash en parlant par-dessus lui. Parce que si vous ne pouvez pas coexister avec la tribu des lézards, alors vous pouvez chercher asile ailleurs.

Les deux hommes semblaient intimidés maintenant, mais l'Alpha ne semblait pas prêt à partir. Il recula afin de s'adresser à Ethan, ignorant la façon dont quelques personnes vigilantes dans l'assistance avaient repéré l'odeur du jeune homme et le fixaient.

— Ne vous éloignez pas. Je dois m'assurer que quelques protections sont en place au cas où ces deux-là se déchaîneraient à nouveau, dit-il.

Puis il s'éloigna, emmenant les deux hommes avec lui et le laissant seul avec une bande de métamorphes qui ne voulaient clairement pas être près de lui.

Ils pouvaient le sentir aussi bien que n'importe qui d'autre. C'était presque pareil que ce qu'il se souvenait avoir ressenti en grandissant, comment les gens l'évitaient, mais c'était beaucoup plus fort.

La pièce n'était pas grande, mais contenait une demi-douzaine d'adultes, une autre salle commune, remplie de chaises et de canapés et d'une télévision, même une petite aire de jeu avec quelques enfants bouleversés d'avoir essayé de s'amuser pendant que les deux hommes se disputaient.

Il essaya de sourire et fit un signe dans leur direction, mais une femme s'avança pour les éloigner. De toute évidence, aucun d'entre eux ne comprenait comment leur chef, leur Alpha, pouvait venir ici avec un vampire. Personne ne l'attaqua, mais être évité était presque pire. Ils avaient peut-être de bonnes raisons d'avoir peur de lui. Bien sûr, il n'avait pas mordu Rio, mais un acte de retenue ne signifiait pas qu'il n'était pas dangereux.

Il y avait un banc le long du mur, rembourré, un peu comme dans une salle d'attente. Ethan s'avança vers lui, loin de tout le monde, et s'assit pour attendre Bash. Tous les yeux de ceux qui étaient encore dans la pièce étaient sur lui. Il ne pouvait pas leur en vouloir. Une potion pour empêcher la prochaine personne qu'il mordrait de se vider de son sang était sa seule défense de ne pas être une menace.

— Tu es un vampire, dit un jeune garçon, surprenant Ethan par son apparition soudaine alors qu'il s'asseyait à côté d'Ethan sans la même méfiance que les autres.

— Hum… oui. Je le suis.

— Et tu es marqué par l'Alpha de cette ville.

Il avait à peu près le même âge que Jesse, peut-être un an ou deux ans de moins, avec des cheveux noirs courts, une peau foncée, et de la sagesse dans les yeux, comme s'il était plus âgé qu'il ne le semblait.

— Marqué ? demanda Ethan. Désolé, j'apprends encore, mais j'espère que ça ne veut pas dire ce que ça veut dire habituellement avec les chiens.

Le garçon se mit à rire. Il était définitivement un loup lui-même ; Ethan pouvait le dire à l'odeur.

— Ça veut dire que tu sens comme si tu l'avais côtoyé sans aucune peur ni agression. Il te fait confiance. Ce qui est vraiment bizarre. Mon père ne fait pas vraiment confiance à ton Alpha.

— Ton père? Attends, Bash n'est pas aussi *ton* Alpha?

— Je suis de Brookdale. Nous donnons juste un coup de main. Ma belle-mère le voulait. Papa serait probablement furieux s'il savait que nous sommes là.

Ethan sentit un frisson l'envahir alors qu'il regardait le garçon et pensait reconnaître un ou deux traits.

— Je m'appelle William Thornton, dit-il, hésitant, puis serrant la main d'Ethan comme un vrai gentleman. Le fils de Maximus.

AU FOND, Bash était un introverti qui se comportait comme un extraverti. Il aimait l'attention de l'autorité, être quelqu'un que tout le monde regardait et admirait. Il n'était pas timide. Mais il n'aimait pas être encombré, envahi, touché, et à la fin de tout cela, il avait besoin de temps pour décompresser.

Le Refuge était toujours épuisant pour cette raison, mais surtout lorsqu'il devait faire connaître sa présence afin d'éviter d'autres troubles.

De toutes les tribus, les lézards et les loups étaient les plus en désaccord, à peu près partout. Pas les chiens et les chats, comme on pourrait le penser, mais les deux races qui possédaient le plus de villes. Chacune craignait que l'autre n'essaye de prendre le dessus si elle en avait l'occasion, plutôt que de prendre le temps d'écouter, de voir où ils avaient des similitudes, et de chercher la paix et la cohabitation au lieu de laisser la loi de la tribu tout dicter.

Pas ici. Pas dans sa ville. Baraka était traditionnel de cette façon. Les loups au sommet, toujours, et les autres races devaient être du fourrage sous leurs pieds. Bash n'aimait pas qu'on agisse de la sorte, car cela lui rappelait à quel point la haine pouvait s'envenimer sans raison.

Comme l'instinct de chaque métamorphe de haïr Ethan avant de le connaître.

Le vampire n'était pas allé loin, toujours dans la même salle commune, assis sur un banc avec un jeune garçon, peut-être dix ans, ce qui l'aurait agréablement surpris s'il ne s'agissait pas de…

Merde. William Thornton.

Il laissait Ethan et celui-ci se liait d'amitié avec le garçon dont il aurait dû rester le plus éloigné.

Une belle femme blonde apparut pour les rejoindre alors que Bash était à portée de voix. Theresa – la femme de Maximus. Parfaite. Il l'avait rencontrée à plusieurs reprises. Forte de caractère, ne se pliant à aucune autorité, encore moins à celle de son mari, mais somme toute une bonne personne, bien qu'un peu téméraire.

Et humaine. Il vit Ethan se rendre immédiatement compte de cette vérité, alors que Theresa s'asseyait de l'autre côté de lui, le plaçant à côté de William.

— Vous êtes la belle-mère, c'est ça ? dit Ethan en serrant sa main, et Bash se colla au mur pour écouter à l'abri des regards. Nous parlions justement de vous et du fait que vous souhaitiez vérifier les conditions ici. Je m'appelle Ethan.

— Ravie de vous rencontrer. J'ai quelque chose sur le visage ? plaisanta-t-elle.

— Désolé. C'est juste que… vous êtes humaine.

— Je ne me remettrai jamais du fait que c'est une bizarrerie, dit-elle en riant.

— Et vous êtes mariée à Maximus ?

— Oui

On aurait dit qu'elle s'attendait à un flux de paroles fanatiques.

— Alors, pourquoi est-il contre Bash et Centrus City ? lança Ethan à la place. Le but est d'être inclusif ! Je croyais que les autres villes étaient contre le métissage.

— Elles le sont généralement, dit Theresa en se détendant. Mais Jay veut changer ça à Brookdale. C'est lui qui a encouragé Max à me poursuivre, même s'il savait que ça ferait du bruit. Centrus City est l'exemple parfait de ce que Jay veut cultiver chez nous. Le seul exemple. Le problème, c'est que Max ne croit pas aux motivations de Bain.

Bash ne pouvait pas acheter ce genre d'informations. Ethan se montrait déjà utile.

— Il suppose une prise de contrôle au lieu d'une fusion ? demanda le jeune homme.

— J'en ai peur. C'est pourquoi j'ai pensé qu'en aidant ici, je pourrais éclaircir les faits afin que Max arrête de s'attendre au pire. Personne n'a une opinion aussi tranchée que les gens du Refuge.

— Et ?

— Le verdict n'est pas encore tombé, mais personne ne déteste Bain. Il semble juste, impliqué et généralement apprécié par tous ceux à qui nous avons parlé. Mais les gens s'accordent aussi à dire qu'il peut intriguer quand il veut.

Ethan rit plutôt que de se mettre sur la défensive. Il semblait même affectueux lorsqu'il parla.

— Il a toujours fait passer sa propre meute en premier, je pense, mais ça ne veut pas dire qu'il ne veut pas ce qu'il y a de mieux pour les deux villes.

— C'est exactement ce que je pense, affirma Theresa. Mais c'est Max qu'il faut convaincre, pas moi.

— Qu'en penses-tu, William ? demanda Ethan. Je suis nouveau ici, donc tu en sais probablement plus que moi. Comment est ce Refuge comparé à celui de Brookdale ?

Il n'était pas condescendant, lui parlant comme il l'aurait fait avec un adulte.

— Il fait à peu près la même taille, je crois, dit le jeune garçon en regardant autour de lui pour juger l'endroit. Mais, nous avons plus de monde.

— Pourquoi ça ?

— Il y a plus de guerres tribales à Brookdale, répondit-il avec un haussement d'épaules.

— Comme les guerres de gangs ?

— En gros, oui.

— Ça arrive tout le temps autour de toi, et ça ne semble même pas te déranger.

— William est un dur à cuire, dit Theresa avec fierté.

— Je vois ça. Alors, dis-moi… dit Ethan en se baissant afin d'être plus à son niveau. Que fais-tu lorsque tu ne vérifies pas les choses pour ton père ? Je veux dire… en CM1 ?

— Oui. Nous apprenons la méthode scientifique. J'essaye de trouver un bon projet pour la foire aux sciences du mois prochain.

— Vraiment ? s'exclama Ethan en se frottant les mains comme s'il était vraiment excité. Tu es tombé sur la bonne personne. J'étais un expert de police scientifique. Tu sais ce que c'est ?

— Bien sûr. Vous trouviez des preuves et faisiez des tests pour la police, c'est ça ?

— Oui. J'ai donc dû étudier beaucoup les sciences et les mathématiques à l'école et j'étais déjà très impliqué dans les enquêtes quand j'avais ton âge. Pour mon concours de CM1, j'ai fait une étude de témoin oculaire.

— Qu'est-ce que c'est ?

— Tu prends une vingtaine de personnes pour avoir un bon échantillon, tu mets en place un scénario contrôlé où tu es le seul à connaître les faits – par exemple, quelqu'un entre dans une pièce et vole quelque chose devant le groupe – et juste après, tu les interroges tous sur ce qu'ils ont vu et ce dont ils se souviennent. Puis, à nouveau, quelques heures plus tard. Puis encore quelques jours plus tard, ou même des semaines, pour voir comment leur témoignage évolue au fur et à mesure que le temps passe. En fait, dit-il en jetant un coup d'œil aux gens qui semblaient moins méfiants maintenant qu'ils le voyaient interagir normalement avec quelqu'un – faire ça au Refuge serait parfait, puisque tu vas être là pour un moment. Je parie qu'il y a des tonnes de gens ici qui aideraient un autre métamorphe.

— Vous le pensez vraiment ? Ce serait tellement cool ! dit William, rayonnant, mais son enthousiasme diminua lorsqu'il se tourna vers Theresa. Tu crois que papa me laisserait faire ?

— *William.*

Quand on parlait du loup…

— Éloignez-vous de lui ! cria Maximus en déboulant dans la pièce comme une force de la nature depuis l'autre entrée, la lueur d'avertissement dans ses yeux obligeant tout le monde à s'écarter de son chemin. À quoi pensais-tu en amenant William ici, Theresa ?

Il tira son fils du banc et se pencha sur un Ethan surpris et voûté, ce qui incita Bash à sortir de sa cachette.

— Maximus, dit sa femme en le confrontant en premier. Ce n'est pas grave. Nous ne faisions que parler.

— Bain vous utilise pour nous espionner, maintenant ? dit Maximus, l'ignorant pour grogner sur le vampire.

— Je n'étais pas…

— Ça suffit, Monsieur Thornton, dit Bash en intervenant dans une autre dispute en cours. Ethan m'a simplement accompagné pour gérer un conflit entre tribus. Je ne savais pas que votre femme et votre fils étaient en visite.

Maximus déplaça son regard vers Bash à son approche, gardant son fils derrière lui, loin d'Ethan, et reculant pour déplacer Theresa avec lui.

— Je ne veux plus voir cette chose près de ma famille ou je vous le rendrais en morceaux.

— Chose ? répéta Theresa en regardant Ethan d'un air alarmé, prenant peut-être enfin note de ses lunettes de soleil. Vous êtes le twinkie.

100

— Quoi ? dit Ethan en la regardant en clignant des yeux.

— Désolée, c'est mon mot, pas celui de Max, je le jure, répondit-elle.

Son mari avait manifestement expliqué la présence d'Ethan, sans omettre les détails scabreux.

— Un vrai vampire…

— Je n'essayais pas de me cacher, assura Ethan. William savait…

— Ne prononcez pas le nom de mon fils !

— Papa, dit William en s'éloignant de son père pour revenir vers Ethan, à la grande horreur de Maximus. Ethan est gentil. Nous parlions juste de mon projet de science. Il n'est pas effrayant.

— Alors, il te ment. Ou il te trompe en contrôlant ton esprit. C'est ce qu'ils font, grogna le Second de Jay, ses yeux fixés sur Ethan brillant plus fort, avant qu'il ne se recentre froidement sur son fils. C'est comme ça qu'ils ont tué ta mère. Ou as-tu oublié ?

Bash connaissait cette histoire. Quelques jours après la naissance de William, la première femme de Maximus avait été vidée par des vampires. Les enfants, les femmes enceintes et celles qui venaient d'accoucher avaient un goût particulièrement délicieux, apparemment. La jeune maman avait voulu rendre visite à sa famille en dehors de la ville, et pendant que Maximus était parti avec William, les vampires avaient tué toute sa famille élargie en commençant par les envahir avec des humains qu'ils avaient captivés. Ils avaient fini par vider les humains aussi, mais Bash avait entendu que Maximus avait retrouvé les vampires après coup et les avait mis en pièces.

Dix ans et une seconde femme plus tard, cette vengeance ne semblait pas suffisante.

— Je pense que mes parents aussi ont été tués par des vampires, dit Ethan, regardant l'enfant avec sympathie, puis Maximus afin qu'il comprenne. J'essaye d'être meilleur que ce que vous pensez de moi. Bash met beaucoup de foi…

— Je me fiche de ce qu'il pense, dit Maximus, et il empoigna son fils à nouveau – pas durement, jamais durement, mais même ce simple geste fit grimper la nervosité de Bash par instinct. Nous partons, et vous deux ne reviendrez pas ici.

— Il ne peut pas me piéger, papa, affirma William en résistant encore. Les vampires ne peuvent pas tromper les métamorphes.

— Ils peuvent tromper les faibles et les jeunes, et *il* peut captiver n'importe qui, siffla Maximus. Il est pire qu'un vampire normal, tu comprends ? Et tu vas rester loin de lui.

— Je n'étais pas… dit Ethan en commençant à se lever, trop rapide, trop hostile, même si cela n'était pas intentionnel.

Bash plongea en avant, mais il ne fut pas assez rapide pour arrêter l'attaque de Maximus.

Celui-ci repoussa le vampire contre le mur, puis il le maintint fermement avec un avant-bras appuyé sur sa gorge, faisant tomber les lunettes de soleil de son visage. Cela déclencha Ethan et Bash n'était pas assez vif pour l'arrêter.

— Écoutez-moi ! rugit Ethan en poussant Maximus si fort qu'il l'envoya voler à l'autre bout de la pièce, manquant de peu d'emporter Bash, et même William avec lui.

Le jeune vampire retomba sur le banc, le visage transformé avec des yeux jaunes et des crocs dénudés, mais pas vicieux. En un instant, il fut terrifié par ce qu'il avait fait.

— Je suis désolé… dit-il en regardant Maximus, puis Theresa et William. Je suis désolé.

Au temps pour que les gens du Refuge l'apprécient.

— Monsieur Thornton, dit Bash en s'approchant lentement de Maximus avant de lui tendre la main.

Le loup-garou la prit, peut-être parce qu'il était encore tout essoufflé d'avoir eu le souffle coupé.

— Je vous demanderais de ne plus faire de scène autour de mon peuple, surtout pas ici.

Maximus fixa Bash en reprenant son souffle, sa rage tempérée, mais seulement légèrement.

— Tenez-le éloigné de ma famille, dit-il, et cette fois, lorsqu'il prit William, le garçon s'exécuta sans résistance, bien que le conflit se lise sur son visage alors qu'on l'emmenait.

— C'était un plaisir de vous rencontrer, Ethan, dit Theresa, aussi guindé que cela puisse être.

Puis Bash et Ethan se retrouvèrent seuls, car tous les autres occupants de la salle commune s'étaient faits discrets.

— Je suis désolé, dit Ethan à nouveau, les yeux et les crocs s'effaçant, semblant proche des larmes.

Bash se baissa afin de ramasser les lunettes de soleil d'Ethan et les lui rendit.

— Partons d'ici.

XI

Ce n'était pas la meilleure fin de leur journée, et qui savait comment Maximus relaierait l'histoire à Jay, mais aussi malheureux que l'incident ait été, Bash se concentra sur le bon côté des choses. Ethan avait réagi pour se défendre, mais rien de plus. Cela aurait pu être pire.

Il détestait que cela résume tout ces derniers temps.

Ça aurait pu être pire.

Au moins, son cercle était dans sa majorité moins guindé autour d'Ethan. Tout le monde était réuni pour le dîner, comme d'habitude, et Ethan avait consciencieusement aidé à mettre la table, même s'il ne pouvait manger.

— C'est tellement bizarre de ne pas avoir faim, dit-il, les lunettes de soleil ôtées maintenant que le soleil s'était couché depuis longtemps. La nourriture a l'air très bonne, mais je ne la trouve pas du tout appétissante.

— Tu ferais mieux de ne rien vouloir, dit Siobhan. Certains morceaux de viande de cette table sont interdits.

— Seulement certains ? dit Luke en riant.

— Vous n'êtes pas obligé de rester, Ethan, dit Bash depuis sa place en bout-de-table, avec Deanna à sa droite et le vampire à sa gauche. Puisque vous n'avez plus besoin de nourriture.

— Je veux rester, insista Ethan. Si ça ne dérange personne. C'est mieux que d'être seul dans la cave, et j'ai encore tant de questions.

— Tant que tu ne demandes pas quelle race a le meilleur goût, dit Preston avec un sourire en coin.

Ethan baissa la tête avant de répondre, peut-être parce qu'il n'avait goût qu'à Bash.

— Tout semble si structuré pour les métamorphes. Y a-t-il aussi une hiérarchie chez les vampires ?

— Ils sont plus solitaires, proposa Nell, ou seulement par paires.

— Comme les Sith ? demanda Ethan, avant de prononcer un hâtif « désolé ».

— Non, bonne analogie ! Toujours par deux, ils sont, ajouta Luke en imitant Yoda, ce qui fit sourire Nell, mais la plupart des autres levèrent les yeux au ciel. Le maître et, eh bien… l'oisillon. Ils ne sont pas connus pour partager, donc nous n'avons pas l'habitude de voir des groupes.

— Et nous les tuons généralement à vue, rappela Deanna.

Bash vit le sourire d'Ethan vaciller.

— D'a… d'accord, bégaya-t-il. Pour les métamorphes, alors, y a-t-il une sorte de gouvernement central ou seulement la meute de chaque ville ?

— Juste des meutes, mais aussi des tribus raciales à part entière, comme des pays avec des héritages uniques, mais pas de… Fédération unie.

Ethan se mit à rire, le sourire fendant à nouveau son visage comme Bash l'avait espéré.

— Vous mélangez les univers, maintenant.

Un coup de pied rapide dans son tibia attira l'attention de Bash sur Deanna.

Rabat-joie.

— Il paraît que tu as eu une autre altercation avec Maximus, dit Preston. Toujours énervé, hein ?

— Je parie que s'il apprenait à connaître Ethan, il changerait d'avis, ajouta Luke.

— Je n'en suis pas si sûr, dit le jeune homme en baissant de nouveau la tête, désarmant dans son inconfort, étant le seul à la table sans nourriture derrière laquelle se cacher.

— Est-ce qu'Ethan nous jette un sort, Nell ? insista Siobhan, peut-être à moitié sérieuse.

— Seulement si on prend en compte son charme naturel, assura celle-ci. Une des runes que j'ai placées sur la paume d'Ethan brillerait s'il tentait de nous captiver.

— Quoi ? s'exclama ce dernier en la fixant avec surprise.

C'était la première fois que Bash entendait parler de cela aussi.

— Pardonnez-moi, dit la Chamane en s'adressant à Ethan et Bash. Ce n'était qu'une précaution, mais je n'ai pas vu la moindre étincelle. C'est mon travail de protéger la meute, vous comprenez.

Bash lui avait donné une autonomie totale et n'était pas prêt à la retirer maintenant.

— Je suis reconnaissant, dit Ethan, en regardant ses paumes avec étonnement. Je ne veux pas influencer qui que ce soit, accidentellement ou non. Quelle…

— La droite.

Ethan la regarda avec une fascination renouvelée, mais rien n'était visible maintenant, à part l'aperçu d'un de ses tatouages. S'il y avait encore des inquiétudes à propos d'Ethan, elles semblaient s'estomper.

Seule Deanna fronçait les sourcils.

Après le dîner, tout le monde eut du temps pour socialiser avant que certains aient besoin de dormir et que d'autres partent pour les quarts de nuit. Deanna, sans surprise, s'excusa. Bash resta en retrait la plupart du temps, observant la façon dont le vampire s'attirait les bonnes grâces de presque tous les autres membres du cercle.

— Comment as-tu pu truquer cette preuve de toute façon ? demanda Preston.

— Hé, j'essayais de mettre un coupable hors d'état de nuire, se défendit Ethan.

— Je sais. Je ne voudrais pas utiliser la connaissance pour quelque chose de néfaste.

— Menteur, grogna Siobhan depuis le sol.

Le groupe s'était installé dans le salon, la plupart dans des fauteuils ou sur le canapé, mais en tant que lézard, Siobhan préférait la fraîcheur d'être plus près du sol.

— Allez, continua Preston depuis son coin de canapé, avec Luke blotti contre lui et ses deux compagnons rats les plus consciencieux dormant sur l'accoudoir. Qu'en est-il des formules secrètes entre amis ? Je te montre la mienne si tu me montres la tienne.

Après avoir frappé ses mains l'une contre l'autre, Preston les sépara lentement, créant un crépitement d'éclairs entre ses paumes qui devint plus brillant et plus prononcé à mesure qu'il étirait l'énergie, comme entre deux bobines Tesla en guerre.

Ethan s'accroupit sur le bord de son fauteuil pour regarder. L'éclair flottait au-dessus de la paume de Preston, entièrement sous son contrôle, puis il disparut d'un simple mouvement de fermeture du poing.

— Waouh, s'exclama Ethan, comme un enfant à qui on racontait son premier conte de fées, mis à part que cette magie était réelle.

— Je pourrais la construire de plus en plus grande et ensuite la libérer comme une vague, si je le voulais. Plutôt puissant en combat, se vanta le Magister.

— Est-ce rare que quelqu'un soit capable de faire ça ?

Nell se leva de l'autre coin du canapé pour s'agenouiller devant Ethan. Elle prit sa main, la droite avec sa rune cachée.

— Il y a un peu de magie naturelle en toi, dit-elle en passant ses pouces sur sa paume comme pour faire une lecture. Je le pensais avant. La plupart des gens en ont un peu, mais pas souvent autant que moi ou Preston. Pourtant, tu pourrais m'être utile dans l'atelier avec ton caractère unique.

— S'il est assez unique pour que tu dises cela, il devrait peut-être tomber sous ma juridiction, protesta Preston.

— Et moi, alors, intervint Luke en se redressant. Il a été au Refuge. Il pourrait aider…

— Hé, dit Siobhan en rampant jusqu'à Ethan à côté de Nell et en prenant son autre main. Pourquoi tout le monde a-t-il le droit de monopoliser le nouveau ? Il travaille dans mon salon. Tu pourrais m'aider pour les patrouilles. Dis-moi, Ethan, à quel point es-tu bon pour te fondre dans la masse ?

— Hum… j'avais l'habitude de penser que j'étais invisible, dit Ethan, se sentant clairement très visible avec deux femmes qui caressaient ses mains. Mais je suppose que c'est difficile de se cacher quand vous pouvez tous me sentir.

Il retira doucement ses mains, se rétractant dans son siège.

— Arrêtez d'essayer de lui trouver une utilité, intervint Bash.

— C'est pour son bien, patron. Tu veux t'intégrer, n'est-ce pas ? demanda Siobhan à Ethan. Rejoindre l'équipe ? Je suis contente que tu sois prêt à tatouer toute la journée, mais tu pourrais faire plus.

Ethan jeta un coup d'œil dans la pièce avant de centrer son regard sur Siobhan.

— Tu es comme un shérif, non ?

— C'est ça. Gardienne.

— Je suis un enquêteur. J'aime ça plus que tout – découvrir la vérité, résoudre l'impossible. Et je suis l'impossible en ce moment. Je suis le meilleur indice que nous ayons pour découvrir qui est mon sire, alors je peux peut-être vous être utile à tous, et en retour, vous pouvez m'aider à résoudre ce problème.

— J'apprécie l'initiative, dit Bash, puisqu'il n'avait pas encore beaucoup pensé à cela. Avez-vous une idée de l'endroit où vous aimeriez commencer ?

— D'après ce que vous m'avez dit, Siobhan et Luke sont les membres de la meute qui ont le plus d'oreilles sur le terrain. Donc je peux les suivre tous les deux, faire des tours de garde au salon de tatouage, mais aussi rejoindre Luke au Refuge, apprendre ce que je peux pour voir si quelque chose ressort comme sortant de l'ordinaire menant à ce qui m'est arrivé.

— Je savais que je t'aimais bien, dit Siobhan, dit-elle en tirant sa langue fourchue de lézard à Ethan.

Il la regarda avec autant de fascination que tout ce qu'il avait vu d'autre aujourd'hui. Jusqu'à ce qu'un chat, tombant à point nommé, demande de l'attention, sautant sur ses genoux pour le distraire. Le petit diablotin n'aimait pas partager, apparemment, apparaissant sous sa plus petite forme, comme un American Shorthair tabby orange à rayures.

— D'où viens-tu? demanda-t-il en souriant, en caressant la tête du chat. Attendez… Luke? Oh, bon sang, tu es si mignon!

Il serra le chat contre sa poitrine, rendant encore plus difficile de l'imaginer en tueur inné en lequel il avait été transformé.

— Luke, le réprimanda Preston, car à côté de lui se trouvait maintenant une pile vide de vêtements. Si tu redeviens un humain assis nu sur les genoux d'Ethan, tu dormiras seul ce soir.

Ethan rit quand Luke sauta à terre et se retrouva sur les genoux de Preston. La tentative éhontée d'excuse réussit à arracher un sourire à ce dernier, mais les rats sur l'accoudoir ne prirent même pas la peine de bouger, puisqu'ils étaient habitués à ce chat particulier.

— Tu fais des câlins à ton compagnon tout le temps, dit Nell en se levant pour reprendre sa place sur le canapé. Qui est mon joli chaton?

Elle tapotait ses genoux comme on le ferait avec n'importe quel félin, et après une poussée affectueuse contre la poitrine de Preston, Luke rampa pour s'installer ensuite sur ses genoux.

— Traître, se moqua Preston.

— Hum… compagnon? demanda Ethan en fronçant les sourcils. Comme marié?

Il ne pouvait pas cacher comment ce questionnement faisait que ses yeux se tournaient vers Bash.

— Les métamorphes ne s'embarrassent pas toujours des coutumes humaines ou de la paperasse officielle, mais nous pourrions un jour le faire, dit Preston avec nostalgie. Être compagnon est plus profond que de simplement choisir quelqu'un avec qui être. Certains disent que c'est un destin, mais la plupart des métamorphes des autres villes diraient que Luke et moi ne sommes pas de vrais compagnons parce que nous sommes de tribus différentes. D'autres diraient que nous ne sommes pas de vrais compagnons parce que nous ne pouvons pas transmettre nos lignées. À

Centrus, nous savons que ce sont des conneries. Quand Luke et moi nous sommes rencontrés, il a dit que je sentais bon, et j'ai plaisanté sur le chat qui attrape la souris, mais ensuite je l'ai senti et... nous avons juste su.

Ce qui fit qu'Ethan tourna à nouveau les yeux vers Bash.

Luke descendit des genoux de Nell et se frotta contre le côté de Preston jusqu'à ce que celui-ci l'attrape pour le prendre dans ses bras.

— Et euh... passer outre la lignée n'est pas un gros problème pour Bash et Jay ? demanda Ethan.

Bash voulait l'interrompre, mais Preston répondit en premier.

— Ça l'est dans certaines villes, pour certaines familles, dit Preston en riant en l'honneur de sa propre famille traditionnelle. Mais Brookdale a toujours eu des Alphas nommés, pas une ligne de succession, et même si Bash a pris la relève de son père, il veut transmettre cette ville à quelqu'un de digne un jour, pas seulement parce qu'il sera lié à lui.

— Certains d'entre vous n'ont-ils pas des gardes de nuit à faire ? dit Bash, avant que la conversation ne continue sur cette voie.

Il n'était pas terriblement tard, mais la journée avait été épuisante, et autant Ethan devenait rapidement un membre de la famille, autant Bash devait l'installer en bas, au moins pour quelques nuits encore.

— Il est l'heure d'aller se coucher, Ethan. Et quelqu'un pourrait-il s'occuper de ces décorations ?

Apparemment, personne ne s'était porté volontaire pour nettoyer les décorations qu'Halloween avait jetées partout dans leur maison.

— Demain, dit Preston. C'est autorisé le premier novembre.

Bash pinça les lèvres, mais ne protesta pas. Après une série de bonsoirs, il conduisit Ethan hors de la pièce. Cela ne devait pas être aussi facile après à peine vingt-quatre heures. Le reste ne le serait pas, pas plus que traiter avec Jay et Maximus, et certainement pas de résoudre leur mystère. Bash devait s'en souvenir.

— Si quelqu'un d'autre dans votre cercle prenait un compagnon, vivrait-il ici aussi ? demanda Ethan alors qu'ils descendaient dans le sous-sol.

— Oui.

— Et s'ils avaient des enfants ?

— Ils vivraient ici.

— Même chose s'ils en adoptaient ?

— Vous voulez dire Jesse, dit Bash en s'arrêtant au pied de l'escalier. Vous pensez à Preston et Luke. Je n'ai pas encore pensé à les approcher.

Luke est techniquement chargé de trouver un foyer à Jesse, et bien qu'elle l'adore, je ne pense qu'il s'en soit rendu compte. Preston et lui sont encore jeunes, et les membres du cercle ont tendance à être occupés. Mais Jesse n'est pas exactement un nouveau-né qui a besoin de soins à plein temps. J'espérais un couple ou une famille existante.

— J'ai pensé que ça vaudrait le coup de demander, répondit le jeune vampire avec un haussement d'épaules.

— Et je pourrais bien le faire, répondit le loup-garou en regardant Ethan lever la main pour attraper la poignée de la porte de la cave, ce qui révéla un autre aperçu de l'un de ses tatouages. Mais j'ai une question pour vous.

— Oui?

— Alors, c'est quoi? Inquisiteur ou Arbitre?

— Vous connaissez Warhammer? s'étonna Ethan qui faillit trébucher en entrant dans la pièce.

— Pourquoi pas? demanda Bash en le suivant à l'intérieur, mais restant en retrait près de la porte. Les Inquisiteurs sont des enquêteurs et les Arbitres, des policiers. C'est tout à fait approprié étant donné votre ancienne profession. Et je suis sûr qu'ils avaient l'air cool en prison.

Il haussa un sourcil qui fit rire Ethan.

— Si l'un des hommes savait qu'il s'agissait de symboles d'un jeu de plateau...

Ethan se tut et secoua la tête.

— J'avais l'habitude de peindre des modèles, de planifier des scénarios, de lire les règles du jeu.

— Moi aussi, admit Bash, même si c'était lorsqu'il était beaucoup plus jeune.

Être Alpha ne laissait pas beaucoup de place pour les passe-temps.

Le jeune vampire réprima un sourire amusé.

— C'est pour quoi ce sourire? demanda Bash.

— Rien. Je n'ai pas l'habitude de rencontrer beaucoup de beaux ringards.

— Venez-vous de traiter l'Alpha de Centrus City de ringard? demanda-t-il en croisant les bras en signe de défi.

— Peut-être.

Même à deux mètres de distance, et alors qu'Ethan se trouvait plus au fond de la pièce, le vert de ses yeux était envoûtant.

Bash déplaça son regard vers la paume de l'autre homme, mais il n'y avait aucune lueur. Celui-ci le tenait captif à lui tout seul.

— Je vous ferais savoir que cette maison n'est remplie que de ringards – ils ne veulent simplement pas tous l'admettre. Mais je devrais vous laisser. Je vous promets que je ne vous garderai pas ici bien longtemps, dit-il avec un signe de tête d'adieu avant de se tourner pour partir.

— Vous partez ? Vous allez me laisser dormir ici tout seul ?

La franchise dans la voix d'Ethan était à peine moins émouvante que l'émotion dans ses yeux lorsque Bash se retourna.

— Même au pénitencier de Glenwood, j'avais un compagnon de cellule.

Juste ce dont l'Alpha avait besoin : son *prisonnier* lui citant les Conventions de Genève alors qu'il était censé être ferme, froid, ne jamais céder s'il existait une menace pour son peuple, quelle qu'en soit la source.

Il comprenait peut-être pourquoi Deanna restait sceptique, parce qu'il ne pouvait rien refuser à Ethan.

— Je veux laisser passer quelques jours, peut-être des semaines, m'assurer que vous pouvez vous nourrir sans tuer. Trouver une piste sur votre sire aussi, si vous ne le trouvez pas carrément, avant de vous autoriser une chambre à l'étage. Vous pourrez ensuite vous débrouiller seul, j'espère ?

— Absolument, acquiesça Ethan.

— Bien. Je vais rester, dit Bash en fermant la porte, plutôt que de s'échapper par là. Mais les mêmes règles s'appliquent.

— Vous me tuerez probablement demain matin ? dit Ethan.

C'était vraiment injuste de voir comment, même en tant que vampire, il pouvait s'illuminer comme s'il possédait son propre soleil interne.

— On ne sait jamais.

C'ÉTAIT IDIOT de se sentir si étourdi, simplement parce que Bash le taquinait et lui souriait. Cet homme était hors limite. Il était fiancé et faisait partie de la royauté. Mais dormir dans le lit à côté de lui rendait tout cela plus difficile à se rappeler.

Bash s'était endormi rapidement. Il n'avait pas regardé le reste des tatouages d'Ethan lorsqu'ils s'étaient changés pour se coucher, mais le jeune homme aurait apprécié sentir les yeux du loup-garou sur lui. Il n'avait pas beaucoup d'autres tatouages, mais il souhaitait pouvoir les montrer un jour à Bash.

Il n'était pas aussi facile de s'endormir ce soir, d'autant plus qu'il avait besoin de si peu de choses maintenant. Ethan s'allongea et fixa le plafond sombre, se concentrant sur le doux ronronnement des respirations régulières de l'autre homme.

Un faible bourdonnement et une étincelle de lumière lui rappelèrent la présence de son téléphone portable sur la table de nuit. Bash l'avait vérifié avant de se coucher. Pourtant, il se sentit coupable en s'assurant que Bash dormait toujours avant de regarder le nouveau message.

Je suis content que tu sois en sécurité, Ethan, mais s'il te plaît, dis-moi où tu es. Quand pourrai-je te voir ?

Il fixa l'écran avant de répondre à son oncle.

Donne-moi une semaine ou deux pour trouver mes marques.

Il effaça – *et pour être sûr que je ne tue pas quelqu'un la prochaine fois que je me nourrirai.*

Quand je serai prêt à te parler ou à te voir en personne, je te le dirai. Ne t'inquiète pas, envoya-t-il.

Oh, Ethan. Je m'inquiète toujours. Tu es mon garçon. Je t'aime.

Je t'aime aussi, oncle Leo, répondit-il, et il le pensait comme c'était toujours le cas.

Leo avait été là pour lui lorsqu'il n'avait rien. Peut-être trop surprotecteur et ange gardien, mais il voulait bien faire. Une partie d'Ethan souhaitait pouvoir l'appeler maintenant, mais il savait que ce n'était pas une bonne idée.

Il reposa le téléphone, ferma les yeux et essaya de s'endormir.

ETHAN MARCHAIT dans des rues sombres qui lui étaient maintenant familières, bien qu'il ne puisse pas dire à quel endroit de Centrus City elles se situaient. Ce n'était pas près des rues de Bash ou de tout autre endroit qu'ils avaient parcouru plutôt dans la journée, mais il y avait cette sensation étrange qu'il était déjà venu ici auparavant.

— Tu as déjà trouvé ta place. C'est bien, dit une voix résonnante venant de l'obscurité. Je savais qu'ils t'accepteraient, Ethan. Je veux seulement que tu sois heureux.

Il connaissait cette voix, n'est-ce pas. Il jurerait qu'il la connaissait. Mais pourquoi son propriétaire ne se montrait-il pas ?

— Pas encore, Ethan. Mais bientôt, je te le promets. Tu n'as plus besoin d'être seul. Enlace ceux qui t'entourent. Tu as le droit à tout ce qu'on t'a refusé toutes ces années. Tu as mérité ça et tout ce que je peux t'offrir.

— Je…

L'esprit d'Ethan était brumeux, comme s'il devait se concentrer sur quelque chose, mais ne le pouvait pas.

Il voulait une maison avec plus de voix que juste deux. Il voulait des amis et une famille. Il voulait un amour bien à lui, assez puissant pour secouer le monde, même si avoir cette pensée aurait dû l'effrayer.

— Tu auras tout ce que tu désires et plus, mon garçon. Mon adorable garçon. Tant que tu n'abandonnes pas. Tant que tu ne laisses pas Bashir te repousser.

— Comment? dit Ethan en clignant des yeux, pensant qu'il pouvait presque distinguer une forme devant lui au bout de l'allée.

Il était grand, imposant, d'apparence puissante, et ses yeux jaunes perçaient l'obscurité, mais le jeune vampire voulait en voir plus, distinguer la forme du visage qu'il pensait souriant.

— Je ne sais pas quoi faire.

— Tu le sais, bien sûr. Montre-lui que vous êtes ensemble, et prends ce qui t'appartient. Ne doute jamais que tu mérites tout ce que ton cœur désire, et rien n'entravera ton chemin.

ETHAN SE réveilla, baigné d'une sueur froide, incertain de l'heure, car la cave n'avait pas de fenêtre. Quelque chose dans son rêve l'avait secoué, mais il ne se souvenait plus quoi. Il s'était dissipé comme des volutes de fumée. Tout ce qu'il savait, c'était qu'il ne voulait plus être seul. Il se tourna sur le côté et vit que Bash était toujours là, endormi, magnifique à côté de lui. Il se pencha en avant afin de respirer son odeur qui était plus forte après une nuit de sueur et de rêves et – il se sentit étourdi lorsqu'une odeur spécifique le frappa – d'excitation.

Il lécha ses lèvres à la recherche d'un autre goût, oubliant Jay et Maximus et tout le reste lui disant qu'il ne devrait pas, et il bondit alors que ses désirs le submergeaient.

Les lèvres de Bash avaient meilleur goût que l'odeur, son corps semblait incroyable sous les mains et les hanches d'Ethan alors qu'il rampait sur lui. L'homme était partiellement dur, parce que c'était le matin, facilement alimenté par une poussée des hanches d'Ethan et un plongeon de sa langue entre ses lèvres.

Bash remua avec un gémissement, ses mains tâtonnant pour le saisir et l'installer sur sa taille. Sur le moment, Ethan ne vit pas sa paume droite commencer à briller, alors que le loup-garou l'embrassait en retour et se réveillait avec la même faim vorace que lui.

XII

Bash n'avait jamais eu quelqu'un qui s'emboîtait si parfaitement sur lui auparavant.

Il était assoiffé de chaque baiser, de chaque mouvement de leurs hanches, et de chaque mouvement de ses mains pour empoigner la taille fine et ces fesses fermes de la même manière qu'il avait besoin d'air.

Il avait désespérément besoin d'Ethan plus près et voulait lui donner tout ce que son sire désirait.

— Fais-moi l'amour, chuchota le jeune homme contre les lèvres de Bash. Je veux me souvenir de tout cette fois.

Oui, pensa ce dernier, serrant Ethan plus fort et les faisant rouler pour être sur lui. Il écarta les jambes du jeune vampire et passa une main rugueuse le long de sa cuisse. Ethan portait un bas de pyjama et un sous-vêtement en dessous, mais Bash pouvait y remédier.

Il poussa vers l'avant, sentant à quel point ils étaient durs tous les deux, même à travers le tissu qui les séparait. Il savait qu'ils pouvaient facilement arriver à l'orgasme, mais il voulait que cela dure, contrairement à leur première nuit.

Il s'accrocha au cou d'Ethan, le suçant lascivement et le frôlant avec ses dents. Le gémissement qu'il émit incita Bash à continuer, et il glissa une main sous son tee-shirt afin de sentir les abdominaux toniques qu'il n'avait pas encore bien regardés. Dans le même temps, il écartait les cuisses d'Ethan et se balançait contre lui.

— Oui, haleta ce dernier. Ta bouche est incroyable. Je veux la sentir plus bas.

— Mmm, ronronna Bash, mais pourquoi pas un aperçu, d'abord ?

Il saisit la main d'Ethan et, d'un lent mouvement de langue, aspira son pouce dans sa bouche.

Ce fut alors qu'il réalisa que la paume d'Ethan brillait.

Brillait.

Parce que Bash était…

C'était…

Il était…

— *Bash,* dit Ethan, en passant son pouce humide sur les lèvres de l'autre homme et se frottant à sa dureté. Ne t'arrête pas.

L'esprit du loup-garou s'embruma immédiatement du besoin d'obéir. Non. Il devait résister.

— *Arrête,* ordonna-t-il en prenant la main du jeune vampire et poussant sa paume devant son visage, la rune brillant d'un bleu vif.

— Oh, merde, s'exclama Ethan, le souffle coupé, ses yeux s'éclairant brusquement alors qu'il marmonnait : Non, non, non.

Il secoua sa main afin d'échapper à l'emprise de Bash et faire cesser la lueur.

Il y arriva, et Bash se sentit physiquement plus léger et plus lucide à mesure que l'énergie disparaissait.

— Je ne voulais pas, assura Ethan, en se redressant pour s'éloigner et se plaquer contre la tête de lit, encore dur et rougi. Je ne l'ai pas fait exprès. Crois-moi, s'il te plaît, c'était le rêve.

— Le rêve ? répéta Bash. Quel rêve ?

— Je... je... je ne sais pas. Je ne me souviens pas.

Ethan grimaça en ramenant ses genoux contre sa poitrine afin de cacher son excitation.

Ça m'a juste fait me sentir si... seul. Je devais te caresser ou je pensais que j'allais devenir fou.

Il ferma les yeux, semblant si jeune et si fragile ainsi.

Bash le croyait et il toucha sa joue pour l'inciter à ouvrir les yeux.

— Regarde-moi.

Ethan le fit, hésitant, les yeux brillants, et Bash ressentit une puissante attraction qui ramena son attention sur la paume du vampire. Elle ne brillait plus. Ethan pouvait le charmer tout seul.

Il s'approcha à moitié de Bash, mais s'arrêta, comme s'il avait peur de le toucher, alors l'Alpha se rapprocha, même s'il savait qu'il ne devait pas le faire. Ethan laissa tomber ses genoux, tordit ses doigts dans le tee-shirt de Bash et se pencha en avant. Il allait l'embrasser à nouveau, et Bash aurait dû vouloir l'en empêcher.

Ethan prit un air soudainement horrifié avant de le faire, et il recula.

— Je suis désolé, dit-il, ayant visiblement du mal à se défaire de l'emprise de son sire.

— Je te crois, assura Bash.

— Il me manipule, n'est-ce pas ?

— Oui. Je sais que tu ne le penses pas.

— Je le pense, dit le jeune vampire, en fixant les yeux de Bash, mais il remarqua sa prise sur le tee-shirt de celui-ci et se rétracta. Mais je ne veux pas que ça se passe comme ça, comme une marionnette tenue par des ficelles que je ne peux même pas voir.

Bash se força à cesser de presser Ethan, et il s'assit à côté de lui contre la tête de lit et allongea ses jambes, l'incitant à faire de même. Il pouvait voir aussi clairement dans le noir que n'importe quel vampire, mais c'était plus calme ici que dans la plupart des endroits, comme s'ils flottaient dans le vide, juste tous les deux à l'écart du monde.

— Je n'ai pas de ficelles, dit-il.

Ethan rit doucement, puis soupira.

— Il y en a quand ça brille, dit-il en levant sa paume assombrie. Je suis si heureux que tu puisses y résister.

Pour l'instant, mais pour combien de temps ? se demanda Bash.

Dans la vision, c'était comme s'il n'avait aucune volonté. Ethan, non plus, en fin de compte, chacun d'eux esclave de la chaîne de commandement.

Pourquoi cette ville ? Pourquoi maintenant ? Pourquoi eux ?

Les fils d'un Voyant et d'un Focus devaient être la raison, étant donné le pouvoir entre eux, mais cela n'expliquait pas pourquoi maintenant.

— Nell, ne peut pas, genre, remonter jusqu'à mon sire d'une manière ou d'une autre ?

— Non. Ça pourrait fonctionner s'il était déjà dans la même pièce que toi, mais pas en cherchant dans toute la ville. Tu devras commencer par le travail de détective, et je ferai de même de mon côté.

— Toute la journée, séparément ? demanda Ethan d'un air déprimé.

— Ce serait mieux.

Leurs épaules se touchaient presque, et Bash sentit les doigts d'Ethan pousser les siens et commencer à les entrelacer ensemble.

— C'est juste… plus calme quand je suis près de toi.

— Plus calme ? demanda Bash, en pressant ses doigts, permettant le contact, ne serait-ce que parce que c'était si naturel. Qu'est-ce qui l'est ?

— Le monde. Tout. Comme je l'ai déjà dit, tu m'ancres au sol.

— Il y a peut-être une raison à cela.

— Hein ?

Bash n'avait pas eu l'intention de le lui dire, mais il semblait maintenant qu'il devait le faire.

— Je pense que ta mère était une Voyante comme moi. Nell est d'accord. Elle pense aussi que ton père était peut-être un Focus.

— Qu'est-ce qu'un Focus ?

— Ils n'ont pas de réel pouvoir, mais leur présence aide à concentrer celui des autres. Ils sont rares, et un enfant entre un Voyant et un Focus serait encore plus rare. C'est pourquoi c'est troublant... que cela semble être vrai pour moi.

Ethan se tourna de tout son corps vers Bash et serra sa main.

— Tes parents aussi ? À quel point sommes-nous rares ? Un sur mille ? Un million ?

— Si nous n'étions pas deux, je dirais un dans le monde entier. Nous le sommes probablement.

— Donc nous sommes tous les deux de Centrus City, et nous nous retrouvons comme ça...

— Statistiquement impossible.

— Ou le destin, dit Ethan avec espoir.

— L'intention n'est pas la même chose que le destin.

— Mais mon sire ne peut pas contrôler le fait que je sois né ici ou que je veuille rentrer chez moi après la prison. Il a simplement profité de la situation. Tout le reste devait être un coup du sort. Nous étions destinés à nous rencontrer, Bash.

Celui-ci essaya d'éviter le regard d'Ethan, mais il le croisa alors qu'il jetait un coup d'œil de côté, se retrouvant prisonnier.

— Peut-être. Je crois au destin, Ethan, je le dois, étant donné tout ce que j'ai vécu, mais je ne serai pas son esclave.

Ethan acquiesça, perdant son bref élan de passion et devenant silencieux pour un temps, même s'il ne lâcha pas la main de Bash.

— Mon père, un Focus, dit-il finalement. C'est logique, vu ce que je ressentais avec lui, comme si je pouvais conquérir le monde. Est-ce pour ça que je ressens la même chose avec toi ?

Flatteur. Et il ne réalisait même pas qu'il le faisait.

— Peut-être, dit Bash.

— Mais si ton père était un Focus...

— Oui ?

— On aurait dit qu'il n'était pas un homme bon.

— Il ne l'était pas. C'est ça le truc, un Focus ne fait pas ressortir le meilleur de nous, il fait ressortir plus. Ça peut être le meilleur, ça peut aussi être la peur, le dégoût ou le penchant pour la violence. Ils amplifient chez les autres ce qui existe en eux, je suppose. Mon père a fait ressortir le pire de chacun, même s'il nous a rendus plus forts. Je savais que c'était un enfoiré, mais je n'avais jamais réalisé qu'il était surnaturellement chargé.

Ethan renifla, puis il posa tranquillement la question suivante.

— Et ta mère ?

— Elle n'était pas comme moi, dit-il, fixant l'obscurité devant lui. Ses visions ne l'envahissaient pas. Elle les voyait clairement. Ses yeux clignotaient, et nous traversions une autre rue. C'était facile. Comme une respiration. Je me demandais souvent pourquoi elle était avec un homme comme mon père si elle pouvait voir l'avenir. Peut-être parce qu'être près d'un Focus lui permettait de mieux contrôler ses capacités. Je me demande si elle savait ce qu'il était…

— Penses-tu qu'elle l'utilisait ?

— Pourquoi pas ? Il l'utilisait tout le temps pour rendre son règne plus fort. Il ne savait qu'utiliser les gens. Elle a peut-être vu quelque chose de mieux en lui une fois. C'était peut-être suffisant pour qu'elle nous ait, Bari et moi, avant la fin.

— Bari ? répéta Ethan, surpris.

— Je suppose que cela n'a pas encore été évoqué, dit Bash en souriant. J'ai un frère.

— Pourquoi ne l'ai-je pas rencontré ?

— Il ne vit pas à Centrus. Mais c'est une autre histoire, et nous avons du travail.

Bash finit par démêler leurs doigts, même si la perte d'Ethan lui laissait une sensation de froid choquante, et il commença à sortir du lit.

— Attends, s'exclama Ethan en attrapant son bras. Juste un peu plus longtemps ?

Bash était encore tout rouge, à moitié dur, pour être honnête. Il devrait dire non. Il devrait garder ses distances. Céder à ce vampire pourrait être sa ruine.

— Quelques minutes, c'est tout, dit-il pourtant, et il s'installa à côté d'Ethan, laissant leurs doigts s'entrelacer à nouveau.

Personne n'avait jamais fait cela avec lui auparavant. Bash n'avait jamais vraiment eu de rendez-vous, et même si le contact était courant parmi les membres de sa meute, il s'en éloignait souvent. Son père y avait veillé. Et les aventures d'un soir ne se prêtaient pas souvent aux câlins.

Ethan poussa le contact un peu plus loin et se blottit contre lui, ce qui aurait dû le faire tressaillir, mais il s'affaissa contre le vampire.

— Étant ce que nous sommes, peut-être que notre intuition et nos forces sont encore plus puissantes lorsque nous sommes ensemble.

— Peut-être, dit Bash.

— C'est juste que... tu connais Warhammer. Tu apprécies le bon art. Tu vois les choses chez les gens que les autres ne voient pas. Tu...

Il se tut en levant les yeux et en croisant le regard de Bash.

— Je me demande ce que nous avons d'autre en commun.

Serrés comme ils l'étaient, leurs lèvres n'étaient qu'à une faible distance les unes des autres. Cette attraction entre eux ne diminuait jamais, elle augmentait seulement avec le contact et la proximité et la chaleur de leurs yeux qui se rencontraient, rendant impossible de se retirer quand Ethan se pencha.

La vague de plénitude était tellement plus forte lorsqu'ils s'embrassaient.

Inondé par ce sentiment, Bash ouvrit une brèche avec sa langue dans les lèvres d'Ethan, anticipant la réponse enthousiaste du jeune homme qui s'installa de nouveau sur ses genoux. Le pouls d'Ethan battait comme celui d'un colibri, inhumain et captivant, jusqu'à ce que Bash ne pense plus qu'à suivre ce rythme.

Non. Ils ne pouvaient pas faire cela.

— Stop, dit-il en éloignant physiquement Ethan de lui et le maintenant en place afin d'empêcher un autre baiser.

— Pourquoi ? pleurnicha le jeune homme. Juste un de plus.

— Ethan...

— Ma main ne brille pas.

— Je sais, mais ce n'est pas possible maintenant.

— Pourquoi pas ?

— Parce que je suis promis à Jay, dit Bash, détestant la vérité entre eux et ce qu'il avait juré, mais cela ne changeait rien.

C'était comme si Ethan avait oublié. Ils l'avaient peut-être oublié tous les deux sur le moment.

— Je suis désolé, dit Ethan, dégrisé alors qu'il reculait. Mais dis-moi... est-ce que tu l'aimes ?

— Je t'ai dit...

— Ce n'est pas romantique. Es-tu d'accord avec ça ? Il l'est ?

Bash s'éloigna complètement pour laisser tomber ses pieds sur le côté du lit.

— Ça n'a pas d'importance. C'est ainsi. Trouver ton sire est la seule chose sur laquelle nous devrions nous concentrer tous les deux. Tu devrais utiliser Deanna aujourd'hui aussi, en plus de Luke et Siobhan.

— Deanna me déteste, gémit Ethan.

— Elle s'en remettra, répliqua le loup-garou en souriant par-dessus son épaule. Je peux lui parler seul à seul plus tard. Je vais aussi devoir revoir Jay, voir s'il s'est calmé et découvrir ce que Maximus a pu lui dire.

Bash alluma la lampe de chevet, éclairant la pièce avant qu'Ethan ne puisse dire quoi que ce soit. Cela sembla bannir le sort qui leur avait été jeté, et il commença à rassembler ses affaires pour se rendre à l'étage.

— Nous nous séparons pour la journée ? dit Ethan, dégoûté.

Ses cheveux roux, parfaitement ébouriffés au sortir du lit, étaient attachants.

— Ce serait mieux, dit encore Bash, s'efforçant de ne pas fixer son regard sur le séduisant vampire. Je m'assurerai qu'il y ait toujours quelqu'un avec toi.

Ethan acquiesça, même s'il était clair que Bash était la seule personne avec laquelle il voulait être.

XIII

ÉTANT DONNÉ les horaires de tout le monde, Ethan commencerait avec Luke, prendrait un service au salon de tatouage plus tard afin de conférer avec Deanna et Siobhan, puis resterait avec cette dernière le reste de la soirée pour la rejoindre en patrouille le reste de la nuit.

Cela semblait parfait, étant donné qu'il n'avait pas envie de dormir beaucoup si cela devait se passer comme ce matin-là. Le mini pelotage avec Bash avait été incroyable, mais pas ce qui l'avait commencé ni comment il s'était terminé.

Ethan n'avait jamais eu autant de mal à se contrôler auparavant, et il se contrôlait si bien, par ailleurs. Être avec Bash était comme une drogue, et même s'il rejetait ce qui pouvait n'être qu'une coercition de son sire ou une connexion en raison de leurs lignées, il y avait plus à son attirance.

Bash était un nerd, un bon leader, compatissant, plein d'esprit, férocement intelligent et beau comme un dieu de bronze. Bien sûr, Ethan se perdait pour lui.

— Viens, Ethan. J'ai une piste dont je me suis souvenu la nuit dernière en essayant de dormir, dit Luke alors qu'ils arrivaient au dernier virage avant le Refuge.

Le vampire avait mis ses lunettes de soleil, mais l'éblouissement semblait encore plus gênant aujourd'hui.

— La partie facile est que vous vous êtes déjà rencontrés.

— Oui ? demanda Ethan.

— Oui.

Une bouffée d'embarras envahit Ethan alors qu'ils entraient, et il avait l'impression que tout le monde le suivait des yeux, pire, et plus jugeant que la veille. Luke l'emmena sur le même chemin que Bash jusqu'à une fourche dans les couloirs. Ils tournèrent à gauche vers une rangée de portes dans un long couloir.

Luke frappa à l'une d'elles, et Jesse ne mit que quelques instants à répondre.

— Luke, s'exclama-t-elle, s'illuminant immédiatement, totalement différente de la veille.

Puis ses yeux se posèrent sur Ethan, alors qu'elle avait probablement espéré de bonnes nouvelles concernant une famille, et elle redevint distante.

— Qu'est-ce que tu veux ?

— J'étais sur le point de dire à mon ami ici présent que nous avons un couvre-feu pour les enfants au Refuge. Tu le sais, n'est-ce pas, Jesse ?

— Je ne suis pas une enfant, souffla-t-elle.

— Tu es certainement plus impressionnante que la plupart des gens, même plus que moi à l'époque, dit Luke en poussant la porte plus loin, ce que Jesse ne contesta pas.

Il était évident, au vu du désordre et des lits, que l'adolescente partageait la chambre avec au moins une autre personne, mais pour l'instant, elle était seule.

— Même mes meilleurs agents ne savent pas que tu as fait le mur le soir d'Halloween, poursuivit Luke en la faisant entrer et en faisant signe à Ethan de fermer la porte. Mais je t'ai vue.

— Et alors ? dit-elle en croisant les bras d'une manière provocante. Tu vas me dénoncer à l'Alpha ?

— L'ai-je fait jusqu'ici ? Je dirais que tu te dirigeais vers le salon de tatouage depuis la galerie de jeux. Celle sur Beacon, je suppose ?

Le silence mordant de Jesse répondit pour elle, et Ethan comprit où Luke voulait en venir.

— Peut-on voir le salon de tatouage depuis la galerie de jeux ? demanda-t-il. Tu étais là après vingt et une heures.

C'était tard pour un entretien, avait pensé Ethan, mais Siobhan lui avait demandé de venir après la fermeture.

— On peut le voir, dit Jesse. Eh oui, c'était à peu près à cette heure-là.

— As-tu remarqué quelqu'un de suspect près du salon ? insista Ethan.

— Peut-être. Qu'est-ce que j'y gagne ?

Luke éclata de rire.

— C'est comme se regarder dans un miroir, je le jure, dit-il en tendant la main pour ébouriffer gentiment ses cheveux aux mèches bleues, et bien qu'elle se soit détournée et ait tenté de lui adresser une grimace, Ethan put voir sa façon de cacher un sourire.

Elle ne semblait avoir personne d'autre ici dont elle était proche, mais Luke lui donnait clairement un sentiment d'appartenance.

Il y avait une raison pour laquelle les rats de Preston acceptaient Luke aussi facilement que leur maître.

— Et si j'aidais Luke à te trouver une famille ? dit Ethan, les faisant sursauter tous les deux. J'en ai parlé à Bash la nuit dernière.

— Vous avez parlé de moi à l'Alpha ? demanda-t-elle en desserrant le bouclier serré de ses bras.

— Bien sûr. Je sais ce que c'est d'être seul. J'ai perdu mes parents aussi, et quand mon oncle m'a recueilli, j'ai eu l'impression de pouvoir recommencer à zéro. Je me sentais encore seul parfois, mais l'avoir à mes côtés a fait toute la différence. Je sais que tu veux ça aussi, un vrai foyer.

Il laissa le silence s'étirer, attendant sa réponse, et Luke n'intervint pas.

— J'ai peut-être… cru apercevoir quelqu'un de bizarre, admit-elle. Mais le type a bougé trop vite.

— Un type ?

— Je ne l'ai vu que de dos, mais il était grand. Large. Il s'est glissé dans une ruelle.

Bingo.

— Quelqu'un d'autre a pu le voir, même si le Directeur ne l'a pas vu, ajouta Jesse.

Comme Rio ! S'il avait travaillé cette nuit-là, il était juste de l'autre côté de la rue.

— Merci, dit Ethan avec sérieux. Tu n'as pas idée à quel point cela peut aider. Je promets que je continuerai à parler à Bash d'une famille pour toi, si tu promets d'être patiente et de ne plus faire le mur. Nous ne savons pas qui est mon sire, ça peut être dangereux avec un vampire dans le coin.

— C'est le vampire qui le dit, renâcla Jesse, mais son attitude dure s'était affaiblie, et Ethan pouvait voir l'espoir brut dans ses yeux. Merci. Vous n'êtes pas si mal pour un mort-vivant.

— Ton langage, la taquina Luke, et elle leva les yeux au ciel.

Ethan ne le considérait pas comme une insulte, mais il adorait à quel point la meute se souciait de lui maintenant, surtout que Luke avait été le premier à l'appeler ainsi.

— Merci, mon petit lutin, dit le métamorphe chat en ébouriffant ses cheveux à nouveau. Je t'en dois une en plus de ce que je te dois déjà en te trouvant une maison. Plus très longtemps maintenant. Je te le promets.

Luke faisait un bon ambassadeur auprès des gens puisque les autres métamorphes le regardaient comme un des leurs, contrairement à quand Bash intervenait. Bash était un membre de la famille royale, mais Luke pouvait être la personne qui logeait dans la chambre d'à côté, puisqu'il l'avait été à une époque.

Ethan se sentait optimiste en retournant dans le couloir. Ils avaient une piste, et il savait exactement à qui parler une fois qu'il se rendrait au magasin pour travailler. Les choses se présentaient bien.

Jusqu'à ce qu'une enfant courant dans le couloir heurte ses genoux et fasse tomber sa poupée. Ethan se pencha pour la stabiliser et ramassa le jouet, mais avant qu'il ne puisse la lui rendre, une femme, qui devait être sa mère, se précipita pour l'entraîner, une sorte de chat, à en juger par ses yeux bridés et ses moustaches dans sa hâte de lui échapper.

La poupée resta dans la main tendue d'Ethan. Tout ce que la présence de Bash ou de Luke avait fait, c'était d'empêcher les gens de l'attaquer ; cela ne signifiait pas qu'ils l'acceptaient une fois qu'ils avaient senti ce qu'il était.

Cela n'aurait pas dû avoir d'importance. Ethan avait été évité presque toute sa vie par tout le monde. Personne ne voulait être ami avec le gamin dont les parents avaient été assassinés.

Il était un meurtrier pour ces gens maintenant.

— Hé, dit Luke lorsqu'Ethan posa la poupée sur un banc voisin afin que la femme et l'enfant reviennent la chercher. Il y a une partie de cet endroit que tu n'as pas encore vue, je parie. Viens.

Luke et la plupart des membres du cercle l'acceptaient. C'était suffisant. Cela devait être suffisant. Mais Ethan pouvait admettre que le goût de l'acceptation lui donnait envie de plus.

Il n'avait toujours aucune idée de ce que Luke pensait en entrant dans une école maternelle.

— Qui veut une histoire ? appela Luke, attirant l'attention d'une douzaine d'enfants d'âge préscolaire qui se précipitèrent instantanément.

— Luke !

— Où étais-tu passé ?

— Tu nous as manqué !

— Allons, allons, calmez-vous. J'étais ici hier ! Mais aujourd'hui, je veux que mon nouvel ami Ethan soit là pour vous faire la lecture. Il est très doué pour ça. Vas-y, chuchota Luke à Ethan, en montrant une étagère de livres. Choisis-en un. Ils les aiment tous.

L'institutrice qui surveillait les enfants afficha un air effaré, puis craintif en reniflant Ethan, puis elle écarquilla les yeux, mais Luke ne se découragea pas, conduisant les enfants au centre de la pièce où ils se rassemblèrent en cercle autour d'une chaise sur laquelle Ethan devait s'asseoir. Même Luke se joignit au cercle, les jambes croisées au sol, comme s'il avait sa place là où il était.

— OK.

Ethan sourit, parcourant les livres un moment avant de s'arrêter sur un de ses préférés qui lui faisait presque mal au cœur en pensant à sa mère qui le lui lisait.

Le Chiot Égaré

C'était une histoire passionnante pour cet âge, à propos d'un chiot qui se retrouvait loin de chez lui, un fait que beaucoup de ces enfants pouvaient comprendre, et que lui pouvait mieux comprendre maintenant qu'il ne l'avait fait lorsque sa mère la lisait.

Le chiot avait finalement trouvé le chemin du retour, mais l'histoire parlait de voyage et de ce que signifiait la maison, portant avec elle un message très important selon lequel des erreurs se produisent, tout le monde se perd parfois, et personne ne devrait être sans espoir.

— Tu sens drôle, dit un des garçons quand Ethan s'assit sur la chaise.

— Oh, euh…

— Ce n'est pas une bonne chose à dire, Eric, déclara Luke. Peut-être qu'il pense que tu sens drôle.

Les enfants rirent, et toute tension apparue s'apaisa.

— Il était une fois, dans un pays lointain, avec un peuple lointain très différent, et pourtant pas si différent du nôtre, commença Ethan, gardant un rythme doux comme sa mère l'avait fait autrefois, vivait un petit chiot avec sa très grande famille.

Accrochés dès le début, les enfants haletèrent tous, rigolèrent ou crièrent de peur au bon moment, et Ethan continua jusqu'à la dernière page.

— Tu vois, dit Luke une fois que les enfants eurent applaudi et remercié Ethan, certains le serrant même dans leurs bras. Ils n'ont pas encore appris ce qu'il faut détester. À part le brocoli.

— Luke, dit l'institutrice avec un froncement de sourcils, les ayant laissé faire pendant un temps impressionnant. Elle prit Luke à part, et Ethan pouvait dire à la façon dont elle parlait à voix basse et courte avec lui qu'elle n'était pas contente de sa présence. Tout comme les quelques parents venus réclamer précipitamment leurs enfants.

— Nous devrions rentrer, dit Luke en essayant de paraître cool lorsqu'il rejoignit Ethan.

— Ils ne veulent pas de moi ici. C'est bon.

— Les enfants, oui, affirma Luke en tapotant son épaule. Au fait, de qui as-tu parlé à Bash pour Jesse ?

— Oh, euh… juste quelqu'un qui est vraiment doué avec les enfants. Je laisserai Bash t'en parler.

— JE VAIS chercher Jay, déclara Maximus avec raideur lorsqu'il retrouva Bash à la porte.

Bash avait loué la plus grande suite d'hôtel que Centrus City avait à offrir pour le séjour de Jay et Maximus, essentiellement un appartement de trois chambres, ce qui était nécessaire étant donné que le Second de l'Alpha de Brookdale refusait de demeurer ailleurs, et maintenant Bash savait que Theresa et William étaient ici.

Normalement, il aurait rembarré Maximus après un tel accueil, aurait fait un commentaire acerbe sur le fait qu'il ait parlé de façon si irrespectueuse à un Alpha, mais il n'était pas d'humeur à aggraver les choses.

— Madame Thornton, William, salua Bash en entrant derrière Maximus.

— Ethan n'est pas avec vous ? demanda le jeune garçon, une fois que son père eut disparu dans la pièce suivante.

— Je crains que non. Il a des courses à faire, et je crains que ton père ne proteste contre son apparition.

William hocha la tête de l'endroit où il était assis par terre à la table basse, jouant avec des figurines. Theresa était en train de lire, mais elle mit son livre de côté et sourit à Bash, là où son mari avait évité la cordialité.

— Comment va Ethan ? demanda-t-elle.

— Bien, malgré tout ce qui pèse sur lui. Je crois qu'il t'aidait avec un projet scientifique ? dit Bash en revenant à William.

— Oui, mais… papa ne veut pas me laisser faire l'idée d'Ethan. Je devrais retourner au Refuge, et il a dit qu'on ne pouvait pas y retourner.

— Hmm. Je peux peut-être le convaincre du contraire.

— Vraiment, monsieur ? Vous feriez ça ?

Le garçon, au moins, savait le respect.

— Ne compte pas trop dessus, mais si tout se passe bien, même ton père et moi pourrions être amis lorsque tout sera terminé. Tu me verras peut-être de temps en temps à Brookdale.

— Avec Ethan ?

William s'était évidemment attaché à Ethan comme tous ceux qui l'avaient rencontré, même s'il l'avait vu jeter son père à travers la pièce.

— Nous devrons peut-être attendre et voir ça.

— Bashir, dit Jay en entrant suivi de Maximus, qui s'avança rapidement aux côtés de Theresa comme s'il devait protéger sa famille de Bash. Parlons en privé.

Cela ne signifiait pas forcément une mauvaise nouvelle, mais Bash fit un signe d'adieu aux Thornton et suivit Jay au-delà des portes vitrées dans sa chambre privée.

— Vous ne surchauffez jamais ? demanda Jay, avec un doux sourire.

Il avait une allure plus décontractée dans un jean et un tee-shirt qui collait d'une manière impressionnante à ses gros biceps, tandis que Bash avait plutôt tendance à s'affirmer, même dans des couleurs sourdes, avec un sweat col camionneur et une veste entièrement noirs.

— Je préfère être couvert, dit-il, en prenant un siège en face de Jay avec une table entre eux. J'espérais que nous pourrions…

— Avant d'en arriver là, j'ai des nouvelles, l'interrompit Jay. J'ai fait mes propres recherches sur votre…

Il grimaça.

— Sur Ethan Lambert.

— Oh ?

Au temps pour esquiver les balles qui sifflaient vers lui.

— Et qu'avez-vous découvert ?

— Il y a un vampire à Glenwood qui a des liens avec l'Alpha de la ville.

— Kate ? dit Bash, en alerte.

— Vous la connaissez ?

— Je connaissais son père. Elle le remplace bien comme Alpha, il paraît, mais je ne le savais pas.

— Je connais Kate personnellement, mais c'est son père qui a accepté le pacte initial, dit l'Alpha de Brookdale.

— Le pacte ?

— Ce vampire a passé un accord, il y a des années, pour un port d'attache sûr, que Kate a respecté, mais elle n'a pas voulu donner les détails au téléphone. Ce genre de secret pourrait contrarier les autres villes voisines, comme vous le savez, mais elle m'est redevable. Je me suis dit qu'il était logique de commencer par Glenwood, puisqu'Ethan venait de là. Maximus y va en mon nom aujourd'hui pour voir ce qu'il peut découvrir de plus auprès de Kate en personne.

— Vous dites que ce vampire a pu observer Ethan pendant des années avec sa permission ?

— C'est possible.

Bash aurait arraché la gorge de Ken Springer s'il était encore en vie, mais il garda son calme.

— Maximus s'en va ? Vous resterez donc seul à Centrus ?

— Nous avons encore beaucoup de choses à discuter, malgré ce mystère, dit Jay, essayant de paraître nonchalant, mais Bash remarqua la façon dont il le reniflait.

Même s'il avait empêché Ethan d'aller plus loin ce matin-là, il s'était douché comme la veille et avait choisi des vêtements que le vampire n'avait pas approchés. Mais il voyait bien que le fait de ne pas sentir l'odeur d'Ethan calmait Jay.

— Vu que nous avons du temps avant d'en savoir plus, je pensais que nous pourrions faire plus que parler, dit ce dernier.

— Comme quoi ? demanda Bash en inclinant la tête avec curiosité, et Jay sourit.

BASH BONDIT à quatre pattes autour d'un autre bosquet d'arbres, courant après Jay, qui avait toujours quelques mètres d'avance. L'autre Alpha était un beau loup brun qui contrastait avec l'argent de Bash.

Ils avaient laissé leurs vêtements là où ils s'étaient garés, Jay s'étant déshabillé le premier, rapidement avec un sourire taquin, provoquant Bash afin qu'il se dépêche de le rattraper – s'il le pouvait – avant de passer au stade quatre et de partir en courant.

Bash devait admettre qu'il était excité de se lancer à sa poursuite et de traverser en trombe ses lieux de prédilection. En tant qu'Alpha, il avait rarement l'occasion pour ce genre de choses.

Les bois en dehors de Centrus se composaient d'arbres, de collines et de clairières à traverser. Les métamorphes de toutes sortes y passaient du temps, surtout au printemps et en été. À présent, à l'approche de l'hiver, et avec la plupart des enfants à l'école, il était facile de trouver de longues étendues de bois vides, surtout en milieu de journée.

Jay atteignit le sommet d'une grande colline et s'arrêta pour hurler. Bash le rejoignit et rejeta sa tête en arrière pour se joindre à lui. Le loup brun lui donna un coup de truffe, puis il dégringola de l'autre côté, commençant à se transformer à nouveau, sur deux jambes et devenant humain avant de s'arrêter en haletant au bas de la colline et de s'effondrer sur le dos en riant.

Bash fit de même, comme s'ils étaient des loups beaucoup plus jeunes faisant l'école buissonnière afin de gambader dans les bois.

— Trop lent, Monsieur Bain, dit Jay, en étirant ses bras pour les mettre sous sa tête et regarder le ciel.

C'était facile d'être nu en tant que métamorphe sans ressentir de honte ou de gêne.

— Je ne suis peut-être pas aussi rapide que vous, Monsieur Russell, mais ce qui me manque en vitesse, je le compense partout ailleurs, répliqua Bash en croisant ses mains sur son ventre.

— C'est évident, dit Jay en riant en jetant un regard pas si subtil sur le corps de Bash.

Retour à la séduction. Jay n'était pas d'accord avec l'idée d'un mariage sans amour ni romance. Il espérait en trouver ici. Bash lui devait une chance d'essayer, n'est-ce pas ?

— Maximus avait toutes ces choses terribles à dire hier, mais rien de tout cela n'était vraiment mauvais quand j'y réfléchis, dit Jay, en ramenant ses bras vers le bas pour se caler sur ses coudes. Vous êtes allé en personne à votre Refuge pour arrêter une bagarre. Vous avez défendu quelqu'un que vous… croyiez innocent. Vous êtes resté calme même quand on vous poussait. Tous les signes d'un bon Alpha. Et d'un bon compagnon. Max ne vous fait pas confiance, mais je pense que c'est parce qu'il ne voit pas à quel point vous êtes semblables.

— Semblables ? répéta Bash, sceptique, en regardant Jay qui emplissait le ciel.

— C'est facile de justifier nos actions, mais voir ces mêmes actions chez les autres nous prend au dépourvu. La seule personne en qui Max a confiance et qui agit et pense comme lui, c'est lui.

Maximus avait l'air d'être prêt à tout pour ceux qu'il considérait comme sa famille, comme Bash, même si son tempérament avait besoin de quelques ajustements.

— Je veux que ça marche, dit Jay sérieusement. Vos idées, cette fusion, ça serait tellement bien pour ma ville. Pour moi aussi.

Sa main trouva celle de Bash au sommet de son estomac, la prit avec précaution et lia leurs doigts ensemble.

Cet homme était beau. Il était gentil et tout ce dont il venait de faire l'éloge à Bash. Son corps était incroyable, bien plus impressionnant que le sien, et il était beau de la manière la plus charmante qui soit, comme quelqu'un qui se prend encore pour un adolescent dégingandé alors qu'il avait grandi en étant plus impressionnant que le quarterback du lycée.

— J'ai toujours été attiré par vous, mais plus je suis près de vous, plus ce sentiment grandit, ajouta doucement Jay. Vous me faites me sentir… plus moi-même.

Ces mots doux auraient dû rendre cela facile. Le mouvement de la bouche de Bash quand Jay l'embrassa, la façon dont ses lèvres s'ouvrirent pour accueillir la langue de l'autre homme, tout était facile. Mais à la place de la chaleur dont Bash avait tant besoin, il n'y avait que du froid.

— Vous ne ressentez rien, n'est-ce pas ? dit Jay en reculant.

— Je ne dirais pas que je ne ressens rien.

— C'est bon, répliqua Jay en soufflant un faux rire peiné en s'asseyant. Je sais que le devoir passe avant ce que nous voulons pour nous-mêmes. J'espérais juste…

Bash s'assit avec lui, souhaitant que leur course exaltante ne se soit pas terminée si injustement.

— Dites-moi ce dont vous avez besoin pour terminer les négociations et rendre cela officiel.

— Ce dont j'ai besoin ? La seule chose que vous ne pouvez pas me donner, déclara-t-il en se détournant avec un froncement de sourcils. Sachant que je ne peux pas avoir ça, j'ai besoin que vous compreniez que je ne peux pas non plus accepter que cette union soit une blague pour les autres villes ou pour mon peuple. Je n'ai pas encore de réponse sur la façon d'y parvenir, mais si vous voulez une décision finale de ma part plus tôt, pensez à un moyen pour que nous puissions tous les deux obtenir ce que nous voulons.

Il se leva rapidement et entama une marche rapide vers le haut de la colline.

Bash resta assis un moment de plus, car il ne savait pas comment donner à cet homme ce qu'il voulait.

Alors que tout ce qu'il voulait, c'était Ethan.

XIV

ETHAN AIMAIT travailler au salon de tatouage. L'odeur du sang était enivrante, mais il pouvait la dépasser. De plus, comme c'étaient surtout des humains qui venaient, ils ne pouvaient pas dire ce qu'il était et c'était toujours agréable de parler avec eux.

Siobhan n'était pas mal non plus, même si Ethan était content que Deanna ne les ait pas encore rejoints.

Ils avaient tous les deux terminé quelques visites, et il n'y avait pas de rendez-vous prévus pour la soirée. La boutique était calme, bien qu'il y ait assez d'agitation dans les rues pour que d'autres visites soient possibles. Siobhan lui enseignait quelques ficelles du métier pendant leur temps libre, ce qui avait au moins le mérite d'empêcher son esprit de vagabonder vers Bash.

— Le vrai secret est la répétition, dit-elle. Tu n'auras pas toujours quelque chose de créatif et d'amusant comme avec Rio.

— Plus de cœurs, d'ancres et de dates de naissance d'enfants ? dit Ethan en souriant.

— Exactement. Apprécie-les, trouve des moyens de te les approprier. N'aie pas peur de recommander quelque chose d'unique, comme l'ombrage, tout ce qui fait flotter ton bateau. Plus tu le feras, plus tu construiras ton vrai portfolio pour remplir un de ces murs et les gens commenceront à te demander par ton nom.

— Ah, mais ensuite tu veux sortir et jouer au détective.

Siobhan portait aussi des lunettes de soleil, des nouvelles, Ethan le devinait, puisqu'elle lui avait donné les autres, bien qu'il s'agisse de petites lunettes rondes à verres jaunes qui avaient plus de style que de substance.

Le soleil commençait à se coucher de toute façon, mais Ethan préférait encore porter les siennes jusqu'à ce que les derniers rayons plongent sous l'horizon.

— En quelque sorte, mais j'aime aussi ça. Pourquoi pas les deux ?

— Je ne te comprends pas.

— Je te fais confiance, dit-elle en inclinant la tête vers lui. Mais un vampire qui a plus de cœur que la plupart des humains est une chose rare.

131

N'es-tu pas effrayé par le grand inconnu ? Toutes ces créatures nouvelles dont tu ignorais l'existence ?

— Bien sûr. Tout est nouveau. Toi, la meute, ma vie entière, répondit-il en regardant la boutique, sombre, mais colorée et unique dans chaque coin, ce qui résumait tout le reste de ces derniers jours. Mais paniquer ne me mènera nulle part. Le fait d'avoir été un enquêteur scientifique et tout ce que je sais pour devenir un jour détective privé me dit que je dois apprendre tout ce que je peux pour résoudre ce mystère. C'est ce qui compte. Alors, peut-être que tout ira bien à nouveau. Tu sais, à part le fait d'être un *mort-vivant*.

Il rit, ce qui fit rire Siobhan aussi.

Bien qu'il y ait quelque chose qui ne pouvait pas être résolu en trouvant le sire d'Ethan.

Merde, et Ethan avait été si bon pour ne pas penser à lui.

C'était un tout autre mystère à éclaircir, un mystère dont il n'aimerait probablement pas la fin, puisque cela signifierait probablement des cloches de mariage avec quelqu'un d'autre.

— Donc… dit-il en essayant de se concentrer sur d'autres choses. Comment est-ce d'être Gardienne ? Est-ce juste patrouiller dans les rues ?

— Principalement, mais aussi le filtrage. C'est pourquoi je dois t'interviewer. Si nous sommes sur le point d'entreprendre une… acquisition – elle baissa la voix, même s'ils étaient seuls – ce qui peut signifier des choses ou des personnes, je te rappelle que j'aide à décider qui et quoi conviendraient bien. Par exemple, tous les nouveaux métamorphes de la ville se présentent à l'Alpha. Il a le premier droit de veto. S'il ne dit pas non, ils passent devant moi. Il est rare que je refuse quelqu'un, mais j'ai toujours un droit de veto aussi, ou sur un vol qui pourrait mal tourner.

— Vol ? répéta Ethan, avec sa voix également étouffée.

— Détends-toi, des choses doivent simplement disparaître parfois pour aider à financer le Refuge et d'autres initiatives, sans que des types du gouvernement ne s'impliquent, comme quelque chose de brillant ou un beau tableau, déclara-t-elle avec un sourire. Mais nous ne blessons jamais personne. Personne qui ne le mérite pas.

Ethan était honnêtement plus impressionné que désapprobateur.

— Et tu peux lire les gens mieux que Bash ?

— Il est un bon juge, mais j'ai un don pour ça. L'observation des gens aide, dit-elle avec un signe de tête par la vitrine de devant sur les passants dans la rue. As-tu déjà remarqué que ce magasin est parfaitement situé entre les quartiers chics et le centre-ville, entre les magasins haut de gamme et les quartiers pauvres ? On y trouve de tout. La meilleure vue de la ville.

Dehors, l'obscurité soudaine alerta Ethan sur le coucher final du soleil, et il mit ses lunettes protectrices de côté, une énergie fraîche s'engouffrant en lui. Il était un nocturne maintenant, après tout, et il pouvait le sentir dans chaque cellule de son corps.

L'heure tardive signifiait également que le fleuriste d'en face était susceptible de fermer bientôt, et il devait encore parler à Rio de ce qu'il avait pu voir la nuit d'Halloween.

— C'est bon si je te laisse seul pour aller parler à Rio ?

— Cette piste dont Luke et toi avaient parlé ? Oui, j'imagine. Je suis censée garder un œil sur toi, mais mes sens de *Gardienne* me disent que tu n'as pas l'intention de massacrer quelqu'un là-bas, plaisanta-t-elle. Mais ne prends pas trop de temps.

— D'accord. Un aller et retour, je te le promets. Merci.

— Ethan ! le salua Rio lorsqu'il entra dans le magasin.

Un couple terminait une transaction avec une brunette derrière le comptoir, mais Rio était occupé à la table du fond avec ce qui semblait être une grosse commande.

— Deanna est avec vous ? Elle était censée récupérer tout ça ce soir.

— Désolé, non. Elle est venue avant ?

— Oui, répondit Rio, faisant une pause dans son travail. Elle m'a surpris alors que je rentrais chez moi l'autre jour et nous avons discuté pendant un moment. Je pense que nous avons eu un vrai moment. Et pas seulement parce qu'elle a beaucoup commandé. Je dois vous remercier, mec. Je l'inviterai à sortir pour de bon lorsqu'elle viendra.

— C'est génial ! s'exclama Ethan sincèrement.

— Avez-vous besoin de quelque chose d'autre ? demanda Rio. Elle a dit que certaines de ces choses étaient pour l'autre côté de la rue.

— Non, ce n'est pas ça. Je voulais vous demander quelque chose, dit-il en jetant un coup d'œil alors que le couple avait fini son achat et était parti, permettant à la femme de venir vers eux.

— Ethan, c'est Caity, les présenta Rio. Elle, son mari et moi possédons cet endroit ensemble. Ethan travaille à la Rogues Gallery.

— Oh, oui, dit-elle en lui serrant la main en souriant. Vous avez fait le tatouage de Rio. Pas exactement mon truc, je l'admets, mais vous avez fait un beau travail.

— Merci. Vous pouvez aussi peut-être m'aider. Vous voyez, de l'autre côté de la rue, nous… avons eu une petite effraction le soir d'Halloween. Nous nous demandions si vous aviez pu voir l'homme responsable pour que nous puissions le retrouver. Si je vous donne une description ?

Caity et Rio acquiescèrent, visiblement préoccupés par un cambriolage dans leur quartier, et il leur raconta tout ce qu'il avait appris de Jesse sur l'homme qui pourrait être son sire.

— Désolé, je n'étais pas là à ce moment-là, dit Caity.

— J'étais là, dit Rio en fronçant les sourcils. Je pense que je me souviens de ce type. Cheveux bruns. Ou était-il blond ? Il est venu de la ruelle de Rogues, mais je n'ai rien pensé de particulier à l'époque.

— Vous rappelez-vous d'autres traits caractéristiques de cet homme ? Ce qu'il portait, son visage ?

— Désolé, je ne l'ai pas bien vu. Sa tenue… une veste beige ? Il avait l'air tout à fait normal, le genre de voisin sympa, pas un voleur. Je dirais à peu près votre taille, juste plus grand. Large.

Ce n'était pas beaucoup, mais c'était quelque chose.

— Tout ça est très utile, merci.

— J'espère que vous l'attraperez, dit Caity. Qu'est-ce qu'il a pris ?

Mon humanité.

— Quelque chose de personnel.

— Tenez-nous au courant si vous apprenez quelque chose, d'accord ? dit Rio.

— Bien sûr.

Bien qu'il ne le ferait probablement pas, parce qu'il ne voulait pas leur mentir plus qu'il ne le faisait déjà, et Bash tuerait probablement son sire une fois qu'il l'aurait trouvé, ce à quoi il n'avait pas réfléchi jusqu'à présent.

Un téléphone sonna au loin, et Caity dressa l'oreille.

— Oh, désolé, c'est la ligne arrière, probablement mon mari. C'était un plaisir de vous rencontrer, Ethan. J'espère que nous avons été utiles.

— Vous l'avez été. Merci encore.

Ethan se retrouva seul avec Rio, une fois qu'elle eut disparu, et ce ne fut qu'à ce moment-là qu'il enregistra *être seul avec* cet homme pour la première fois. Au magasin, les autres avaient été là, et aujourd'hui, il y avait d'autres personnes aussi, toutes à portée d'odeur.

Toutes à portée de main pour repousser le flot soudain de sensations qui frappait Ethan maintenant.

Pendant une seconde, il eut peur de perdre le contrôle, que ce soit la faim, mais un rapide coup d'œil vers le bas lui indiqua que sa main ne brillait pas, et il ne ressentait pas l'envie de mordre Rio. Alors, qu'est-ce que c'était ?

Il était un scientifique et un enquêteur dans l'âme, alors il considéra les faits. Il avait touché des humains depuis qu'il était devenu un vampire – Nell, Theresa, les gens qu'il tatouait, Caity juste maintenant... mais il ressentait quelque chose d'unique en Rio. Il l'avait mentionné à Bash plus tôt, mais être avec Rio lui donnait un sentiment de lucidité, de confiance et de puissance. Un but.

Identique à ce qu'Ethan avait l'habitude de ressentir avec son père.

Et Bash.

Rio était un Focus.

— Je...

La porte sonna avant qu'il puisse dire quelque chose, et il se retourna pour voir Deanna. Elle ne semblait pas contente de le trouver là.

— Tu n'es pas de garde en ce moment ? dit-elle gentiment, mais avec une intonation dangereuse alors qu'elle s'approchait. Ou dans le besoin d'un chaperon, étant si nouveau dans la ville et tout ça.

— Siobhan sait que je suis ici, se défendit Ethan. Je demandais juste à Rio à propos de l'homme responsable de notre effraction à Halloween.

— Ah, dit-elle, le suivant sans problème, même si elle le regardait toujours avec méfiance. Je suppose que l'on ne peut rien y faire. Tu devras me dire ce que tu as découvert, mais en attendant...

Elle se tourna vers Rio, changeant totalement d'attitude, se penchant sur la table où le fleuriste terminait sa commande, qui était principalement composée d'orchidées.

— Comme une partie de ma commande est pour la maison, j'ai pensé que vous pourriez aider à charger la camionnette que j'ai garée à l'arrière. Mon amie Nell est sur le point de frapper à votre porte de chargement.

— Totalement ! acquiesça Rio. Je vais informer Caity. Je peux peut-être aussi vous aider à décharger, vous savez, aller avec vous à votre maison, puis revenir à la Rogues Gallery pour les fleurs afin que vous puissiez me déposer ? Où est-ce que c'est trop...

— Parfait, dit-elle en lui faisant un clin d'œil, ce dont Ethan ne l'aurait pas cru capable, un flirt aussi flagrant alors qu'elle était habituellement si bourrue, mais Rio se fondit dans le plus idiot des sourires.

— Je… je vais juste… commencer à apporter ces derniers à l'arrière, dit-il en ramassant quelques plantes, rougissant d'un rose profond avant de tourner rapidement les talons, probablement pour éviter de couiner ou de lâcher les plantes sur le sol.

C'était, en fait, très mignon, et si Ethan n'était pas certain que Deanna le détestait, il serait vraiment heureux pour eux. Il était heureux, mais il ne pensait pas que cette femme et lui se rapprocheraient de sitôt.

— Je pense que j'ai appris quelque chose de très important, commença-t-il lorsque Deanna se tourna vers lui, mais la peur sur son visage le fit changer de sujet. Qu'est-ce qui ne va pas ?

— Tes yeux…

Ethan n'avait aucune idée de ce qu'elle voulait dire. Il ne sentait pas ses crocs, donc il ne pensait pas que ses yeux pouvaient être devenus jaunes, mais en se tournant vers la vitrine à côté de lui afin de regarder son reflet, il vit qu'ils étaient en train de changer – en noir, avec des iris qui brillaient en bleu.

Le blanc traversa sa vision, et il entendit sa propre voix parler comme si elle était lointaine.

Le pouvoir et la vue peuvent ouvrir le chemin
Mais seuls, ils ne suffisent pas à tempérer sa colère.
Les champions doivent répondre ensemble à l'appel
Et gagner avec celui qui efface tout.

Des images remplacèrent la lumière aveuglante, mais Ethan n'était pas dans le magasin de fleurs ; il était dans cette version plus sombre de Centrus City qu'il avait vue pendant la prophétie de Bash, perdu dans le brouillard d'une ruelle sombre. Deux hommes planaient au-dessus d'Ethan, tous deux obscurcis, mais dégageant de la puissance, essayant d'attirer Ethan dans des directions différentes. Ethan ne voulait aller avec aucun d'eux, mais il se sentait piégé, comme s'il devait choisir. La chaussée sous ses pieds était glissante et collante, comme si elle était recouverte de sang, et il y avait quelque chose d'autre… *quelqu'un d'autre.*

Il détourna son regard des silhouettes qui l'entouraient, et vit Bash recroquevillé sur le sol avec lui. Bash s'accrochait à Ethan, mais il semblait différent, hébété et étrangement sinistre. Tout ce qu'Ethan voulait, c'était fuir les silhouettes qui le tentaient vers des côtés opposés, afin de trouver un moyen de sauver l'Alpha de Centrus City.

Il sursauta, la vision s'estompant pour révéler ses yeux qui semblaient normaux dans le reflet de la vitrine. Deanna avait les mains sur lui, mais il ne se souvenait pas du moment où elle avait attrapé son bras.

— Qu'est-ce qui s'est passé ? siffla-t-elle. Tu es un Voyant ?

— Je n'ai jamais fait ça avant, dit-il en se tournant vers elle qui affichait toujours une expression de peur, bien qu'elle ne l'ait pas lâché. Mais je pense que je sais pourquoi c'est arrivé. À cause de Rio.

— Quoi ? Pourquoi ? Comment…

— Je t'expliquerai en face, mais Nell va devoir ramener ce van de fleurs à la maison sans toi.

Rio était déçu qu'Ethan et Deanna disent qu'ils devaient retourner au salon de tatouage pour gérer une «urgence», mais ils apprécièrent que Caity et lui aident Nell à charger le van.

— Je reviendrai, promit Deanna. Ce n'est pas parce que nous ne faisons pas ce trajet ensemble que nous ne pouvons pas prendre un verre ensemble plus tard.

Rio rougit.

Une fois de retour à la Rogues Gallery, Ethan expliqua ce qu'il avait découvert – et que Bash et lui étaient tous deux fils d'une Voyante et d'un Focus, ce que ce dernier n'avait pas encore dit à tout le monde.

— Et Rio est un Focus ? Il a été notre voisin pendant des années ! s'exclama Siobhan. Je ne peux pas croire que personne ne l'ait remarqué. Comment as-tu pu le dire ?

— Je sais ce que ça fait d'être près d'un Focus, répondit Ethan en haussant les épaules.

— Ethan, dit sérieusement Deanna. Il y a quelque chose que je n'ai pas dit avant, mais quand je t'ai touché pendant ta vision… je l'ai vue aussi.

— Quoi ? dit-il en la fixant. Comme j'ai vu celle de Bash ? Mais comment ? Je pensais que je ne partageais sa vision qu'à cause de nos parents. À moins que…

— Je ne suis pas une Voyante, dit Deanna en secouant la tête. Ou la fille d'un Voyant. Mais c'est justement ça. Je l'ai quand même vue. Bash et toi deviez vous rendre plus forts l'un l'autre, et Rio t'a encore rendu plus fort.

— Qu'est-ce que tu as vu ? demanda-t-il.

— Toi, protégeant Bash. Il y avait ces hommes qui se tenaient au-dessus de toi, l'un d'eux est peut-être ton sire, je ne sais pas, mais c'était comme si tu étais déchiré entre eux, et tu as quand même choisi Bash.

— Je sais que je suis une menace, car mon sire peut me contrôler, mais je te promets…

— Je te crois, l'arrêta-t-elle. Il semble que tu sois, en fait, aussi doux et loyal que tu le parais. C'est un peu difficile de ne pas réaliser quelle salope j'ai été, alors qu'il s'avère que tout le monde avait raison à ton sujet.

Elle sourit, et Ethan eut l'impression que c'était sa plus grande victoire à ce jour, bien qu'il ne sache toujours pas comment retrouver son sire.

— Que penses-tu que cela signifie ? intervint Siobhan. Les mots que tu as dit avoir prononcés, ça semble assez évident que Bash et toi avez besoin de toute l'aide que vous pouvez obtenir contre ton sire, même en tant que couple de pouvoir Voyant/Focus, mais c'est encore assez vague.

— J'aimerais le savoir. Bash aura peut-être une meilleure idée.

— Alors, considère que ton service est terminé, déclara Siobhan. Tu devrais retourner à la tanière, faire le compte-rendu à Bash avant que nous nous retrouvions pour patrouiller plus tard. Avec tout ce que tu as appris jusqu'à présent, tu pourrais avoir une autre piste.

— En attendant, je vais passer un peu plus de temps avec notre voisin, dit Deanna en faisant un signe de tête vers l'autre côté de la rue.

— Bonne idée, accorda Ethan. Vois si Rio sait ce qu'il est.

— Bien sûr. Ça aide aussi qu'il soit mignon.

XV

ETHAN ARRIVA à pied à la tanière quelques minutes seulement après que Nell avait fini de décharger les fleurs. Ils furent tous les deux embauchés par Preston, puisque Bash n'était pas encore rentré.

Le Magister enlevait les décorations d'Halloween et avait besoin d'aide.

— D'où vient tout ça, d'ailleurs ? demanda Ethan.

— Tout le monde, répondit-il en haussant les épaules. Mais surtout de Nell. Elle adore tous les faux trucs bizarres.

— Je trouve ça charmant, dit celle-ci, en enroulant de fausses toiles d'araignée en une boule soignée. Les fleurs étaient encore, pour la plupart, près de la porte d'entrée, mais finalement, certaines d'entre elles pourraient remplir les espaces vides laissés par les citrouilles retirées.

— C'est pour quoi faire ? demanda Ethan, découvrant une pile de grands papiers à dessin et des morceaux de fusain sous la table basse.

— Ah, zut, nous avons oublié, s'exclama Preston en se retournant d'où il se tenait derrière le canapé.

Il avait utilisé la magie pour retirer avec la télékinésie les banderoles en forme de chauve-souris du plafond.

— Nous voulions faire de faux frottages de pierres tombales de tout le monde. Je voulais en faire une pour Luke où il ne mourrait pas avant d'avoir 150 ans.

Deanna renifla en entrant.

— Tu es de retour. Qu'est-ce qui s'est passé avec Rio ? demanda Ethan.

Il avait déjà tout raconté à Nell et Preston.

— Il n'a aucune idée de ce qu'il est, c'est sûr, dit Deanna. Je n'ai pas pu lui demander directement, mais quelques questions subtiles ont été suffisantes. Juste un humain adorable et inconscient. Bash devrait être de retour bientôt, d'ailleurs. Il m'a envoyé un message.

— Tu viens de dire adorable à propos de quelqu'un ? demanda Nell.

— Rendez-vous utile, voulez-vous ? dit Preston en poussant une boîte de décorations dans les bras de Deanna, puis faisant de même avec Nell.

Avant que l'arrivée de Bash ne signifie que tout le monde trouve une excuse pratique pour me laisser tomber.

Deanna leva les yeux au ciel, mais elle tourna les talons afin de se diriger vers le lieu de stockage. Nell la suivit.

— Tu peux les garder, dit Preston à propos des fournitures artistiques.

— Vraiment ? dit Ethan en s'asseyant à même le sol à côté de la table basse pour les regarder.

— Qu'allons-nous faire d'autre avec tout ça ? Je vais enlever cette grande bannière de la fenêtre de devant.

Preston partit, le laissant seul. Il tira une feuille parmi les autres de la pile, puis il choisit un morceau de fusain lorsque l'inspiration lui vint, comme si sa main avait un esprit propre. Il ne réfléchit même pas à la structure ou au flux alors qu'il commençait à dessiner, travaillant rapidement de sorte que l'image était presque complète lorsque Nell réapparut.

Cela ressemblait à une grande et large silhouette dans une longue et sombre allée. Une grande partie du papier était couverte de charbon de bois, mais l'ombrage rendait l'image étonnamment claire, comme si elle sortait d'un livre de contes effrayants.

— Waouh, la rapidité avec laquelle tu as fait cela est incroyable, dit-elle en s'asseyant à côté de lui sur le tapis.

— Merci.

Ethan leva la tête pour sourire, bien qu'il ressente un étrange pressentiment à propos du dessin – seulement pour réaliser qu'il n'y avait personne d'autre dans la pièce avec eux.

— Je ne suis pas censé être seul avec toi.

— As-tu envie de me mordre ? demanda-t-elle avec désinvolture.

— Non. Tu sens très bon, genre tout le temps, comme tous les humains, mais… je pense que ça va, dit-il, se détendant en réalisant à quel point c'était vrai, et Nell lui rendit son sourire.

— Alors, ne t'inquiète pas. Si les rats de Preston te font confiance, je pense que mon cou si tentant à portée de morsure ira très bien.

Il rit, remarquant seulement maintenant que les rats avaient grimpé sur la table basse pour l'observer, remontant le long de son bras comme s'ils se demandaient comment il avait pu aller si vite un instant auparavant.

— Tu vois ? Ils ne font ça qu'avec Preston et Luke.

— Je suppose, dit-il, s'émerveillant des rats qui cessèrent finalement de sautiller, une fois qu'ils eurent atteint ses épaules.

Il se tourna, finalement, à nouveau vers Nell et s'émerveilla d'elle aussi.

— Tu es vraiment facile à vivre pour une humaine parmi les monstres. Non pas que… je veux dire…

— Je sais ce que tu veux dire, le sauva-t-elle. Une fois que j'ai découvert mon affinité avec la magie, j'ai en quelque sorte encaissé les coups.

— Et les pratiques moins… légales ne te dérangent pas ?

— Qu'est-ce que je peux dire ? Parfois, le bien commun et la vérité sont plus importants que la loi. Comme avec toi. Tu ne regrettes pas d'avoir essayé d'enfermer ce meurtrier d'enfants, même si tu as dû mentir pour le faire. Je parie que la seule chose que tu regrettes est de t'être fait prendre.

— Eh bien…

Il n'avait jamais été interrogé sur ce point auparavant, mais il y avait pensé de nombreuses fois.

— Je suppose que tu as raison.

— Bien que, parfois, Siobhan aime simplement voler des choses, Luke et Preston aiment regarder exploser des trucs, et Deanna aime faire transpirer quelqu'un, mais tu sais… aucune famille n'est parfaite.

Ethan éclata de rire, ce qui fit fuir les rats, ou peut-être était-ce pour se rattacher à Preston alors qu'il entrait, pliant la bannière d'Halloween. Deanna entra à peu près au même moment et réalisa avec qui Ethan était resté seul.

— Tu te comportes bien là-bas, sangsue ? demanda-t-elle, même s'il n'y avait plus vraiment de mordant.

— Je vais bien. Mais penses-tu qu'on pourrait trouver un meilleur surnom ?

Elle souffla, et Ethan n'était pas sûr que ce soit un oui ou un non.

Les derniers cartons étaient prêts pour être transportés à l'étage, mais avant qu'Ethan puisse se lever pour aider, laissant son dessin sur la table, son téléphone portable sonna.

Leo.

— C'est mon oncle, dit-il lorsque Preston le regarda curieusement, Deanna plissant les yeux.

— Bash sait que je lui ai envoyé des messages. J'ai juste… je pense que je devrais…

— Vas-y, dit Deanna en lui indiquant qu'il pouvait s'éloigner pour répondre.

Ils lui faisaient vraiment confiance, bien plus facilement qu'Ethan ne l'avait jamais connu, même lorsqu'il avait conquis les détenus en prison.

— Merci, dit-il en se précipitant dans le hall avant de prendre une profonde inspiration et d'appuyer sur Répondre. Hé, Oncle Leo.

— Ethan ! s'exclama celui-ci avec une bouffée d'émotion. Où es-tu ? Je me suis fait un sang d'encre ! J'ai craint le pire lorsque tu n'es pas rentré après ta libération du pénitencier de Glenwood.

— Je t'ai envoyé un texto, répondit-il, comme si c'était une défense alors qu'il avait ignoré son oncle pendant des semaines et qu'il ne lui avait pas non plus parlé en prison.

Il avait trop honte.

— Ce n'est pas la même chose que d'entendre ta voix et de savoir que tu vas bien. Maintenant, où es-tu ? Je sais que tu n'es pas à Glenwood.

— Je...

Ethan jeta un coup d'œil autour de lui, mais même s'il ne voyait personne, il se sentit obligé de bouger et de trouver un endroit plus privé. Il se dirigea vers l'étage.

— Je suis à Centrus.

— Quoi ? dit Leo semblant inquiet, comme si son neveu avait dit le neuvième niveau de l'enfer. Qu'est-ce que tu fais là-bas ?

— Je voulais être à la maison. J'ai un travail. Un endroit où habiter. Je vais bien.

— Dis-moi où exactement. Je viens te voir.

— Non, dit-il en jetant un nouveau coup d'œil autour de lui une fois qu'il eut atteint le haut du palier.

La seule chambre dans laquelle il était entré jusque-là était celle de Bash, alors il se glissa à l'intérieur.

— Pas encore. Je ne suis pas encore installé, et c'est compliqué.

— Compliqué comment ?

— Juste... compliqué.

Il ne pouvait pas lui dire la vérité au téléphone, peut-être même jamais. Leo penserait qu'il est fou, et si son oncle le croyait, ce serait presque pire.

Tous les humains ne pouvaient pas être comme Nell.

— Ethan...

— Je n'ai pas d'ennuis. Pas comme tu le penses. Donne-moi juste quelques semaines, et ensuite nous pourrons nous rencontrer.

Peut-être. Si Bash le permettait.

Si c'était sûr.

— Quelques semaines, c'est trop long. C'est dangereux d'être seul pour toi, surtout là-bas.

— Je ne suis pas seul. Et pourquoi détestes-tu tant Centrus ? J'ai grandi ici. Je me sens en sécurité ici, et je me suis fait des amis formidables.

— C'est encore plus dangereux.

Ethan s'affaissa sur le bord du lit de Bash, où plusieurs articles de linge plié avaient été empilés.

— Tu n'as plus besoin de me dorloter, Leo. Je vais bien. Je suis un adulte.

— Ethan…

— Non.

Il pouvait entendre l'autorité avec laquelle il avait vécu la majorité de sa vie, qu'il avait trouvé réconfortante. Mais au fil du temps, il s'était de plus en plus senti étouffé par elle, comme si Leo souhaitait ne pas le laisser sortir de la maison s'il l'avait pu.

Il savait que c'était juste de l'amour, mais il avait besoin de sa liberté. S'il n'y avait pas eu la partie vampire, il serait heureux de tout ce qui s'était passé pour l'amener ici.

— J'appellerai bientôt, je te le promets, et quand je serai prêt, je te verrai. Jusque-là, essaye de me comprendre, je t'aime, dit Ethan, et il raccrocha avant que Leo ne puisse argumenter.

Seul dans la chambre de Bash, il réalisa à quel point c'était silencieux et fut frappé par une intense solitude d'avoir repoussé son oncle, qui avait été sa seule bouée de sauvetage. Il ne pouvait pas le supporter en ce moment. Il s'en sortait si bien.

Mais il avait aussi presque agressé Bash, ce matin-là, ou l'avait incité à l'agresser. Comment pouvait-il être sûr que c'était sans danger d'être près de lui ? Et s'il n'avait pas autant de contrôle qu'il le pensait ?

Une profonde inspiration apporta avec elle une vague d'odeur de Bash pour calmer Ethan, mais elle lui rappela aussi tout ce qu'il désirait et ne pouvait pas avoir. Ce n'était peut-être pas seulement la partie vampire qui le baisait.

Ethan sourit au jeu de mots, mais son expression s'effondra, parce que cette chambre, ce lit, le linge, même propre et plié, sentaient tellement le loup-garou. Il avait envie d'y plonger son nez. Puis il le fit, oubliant Leo et son téléphone, alors qu'il déstabilisait une pile de sous-vêtements.

C'était peut-être le lit, pensa-t-il, en appuyant son nez sur la couette ensuite, puis en rampant vers les oreillers. Bash avait dormi avec lui, mais c'était le lit dans lequel il avait dormi pendant il ne savait combien de nuits avant cela. Il dégageait l'odeur de Bash, et bientôt Ethan s'y perdait, étalé sur la couette, souhaitant que l'autre homme soit là.

— Eh bien, bonjour, dit Bash dans l'embrasure de la porte, faisant sursauter Ethan qui s'assit à la vitesse de l'éclair. J'interromps quelque chose ?

— Non ! s'exclama le vampire en se précipitant hors du lit, lissant ses vêtements alors qu'il sentait ses joues rougir au point de faire sortir de la vapeur de ses oreilles. Je suis vraiment désolé ! Je… je… je déteste ne pas t'avoir vu de la journée, admit-il, submergé par l'émotion à la simple vue de l'Alpha, si beau, appuyé contre le cadre de la porte. Je suis désolé de pouvoir me contrôler si bien avec le reste, mais pas avec toi. Je suis aussi désolé pour ce matin, mais je ne le suis pas non plus, parce que…

Il se dirigea rapidement vers Bash, se précipitant avant que le froncement des traits de celui-ci ne puisse se transformer en une grimace ou signaler qu'il était sur le point de lui dire d'arrêter.

— Tu me fais quelque chose que je ne peux pas expliquer. C'est peut-être à cause de ce que nous sommes, peut-être quelque chose d'autre, je ne sais pas, mais je ne peux pas m'en empêcher avec toi, et je sais que tu es fiancé, et que c'est dangereux à cause de mon sire, mais je… je m'en moque.

Dans un dernier élan, il saisit le visage de Bash et l'embrassa, cherchant sa langue, sans chasteté, sans lenteur et sans aucun sens, car lorsqu'il s'agissait de l'emprise de Bash sur lui et de son odeur…

Son odeur. Qui semblait moins importante pour une raison quelconque, mais cela n'avait aucun sens. Comment l'odeur de Bash pouvait-elle être moins forte alors qu'Ethan avait sa langue dans sa bouche ?

Cela ne semblait pas normal. Ce n'était pas du tout la même chose.

— Ethan !

Il entendit un aboiement bourru de la part de Bash, même si la bouche de ce dernier était très occupée.

Ethan recula et fixa Bash en face de lui, qui lui rendit son regard de hibou, avant de regarder par-dessus l'épaule de Bash *un autre* Bash dans le couloir.

— Comment… ? Quoi… ? bégaya-t-il en s'éloignant en titubant, certain qu'il perdait la tête.

— Ethan, c'est ça ? dit le Bash qui ne sentait pas bon, en souriant d'une manière qui ne lui ressemblait pas du tout.

Il jeta un coup d'œil à l'autre Bash avant de revenir vers Ethan, presque ravi.

— C'est toi, n'est-ce pas ? Ravi de te rencontrer, Ethan. Je suis Bari, le frère jumeau de Bash.

XVI

BASH NE perdait pas souvent son sang-froid, mais il sentit ses dents s'allonger et ses griffes se hérisser tandis qu'il serrait les mains en poings.

— Qu'est-ce que tu fais ici? grogna-t-il, en s'avançant pour entrer dans la pièce et se placer entre Bari et Ethan.

— Des jumeaux! s'exclama ce dernier, bouche bée, les lèvres rougies et humides par le baiser torride que Bash avait interrompu. Tu n'as jamais dit que vous étiez jumeaux!

— Ça ne semblait pas important, et la plupart des gens peuvent faire la différence, cracha Bash.

— Je ne l'ai pas laissé s'expliquer! se défendit-il. J'essayais de t'avouer quelque chose. J'ai su que ce n'était pas toi dès que nous nous sommes embrassés, je te le jure.

Bash grimaça, d'autant plus que Bari riait. Il n'était pas d'humeur à supporter l'amusement et l'enthousiasme infini de son frère en ce moment.

— Ça veut-il dire que tu n'as rien entendu de ce que j'ai dit?

— À propos de quoi?

Le visage d'Ethan se décomposa.

— Bash, les interrompit Bari. Bien que le bébé vampire soit adorable, et que je doive absolument entendre tout ce qui vous concerne tous les deux, que voulait-il dire par le fait que tu es fiancé?

Merde.

— À propos de ça…

— JE N'ARRIVE pas à croire que tu ne m'as pas dit que j'allais avoir un beau-frère! éclata Bari, aussi énervé qu'il l'était, ce qui n'était pas beaucoup, mais il était quand même offensé.

— Je voulais te le dire en personne, dit Bash.

— Quand? Une fois que j'aurais reçu mon invitation au mariage?

— Nous n'en sommes pas encore là, c'est pour ça qu'il n'y avait rien à te dire pour le moment. Les négociations sont toujours en cours.

— Eh bien, je peux voir pourquoi, dit son frère d'un ton hautain. Tu n'as aucun intérêt pour cet homme. Bon sang, la confession d'amour d'Ethan tout à l'heure…

— Je n'ai pas dit amour ! s'emporta celui-ci.

— Vraiment, mon cher – Bari lui fit un sourire en coin – c'est clairement ce que c'était, et c'était charmant. Et la façon dont tu étais contrarié par notre baiser – il se tourna vers Bash – prouve que tu ressens la même chose.

— Il ne se passe rien entre nous, insista Bash.

— Le picotement sur mes lèvres dit le contraire, affirma Bari en se rapprochant de son jumeau, affichant toujours autant de facilité à s'introduire dans l'espace des autres. Et tu as de la chance, non ? Il embrasse fabuleusement bien.

— Bari…

— Comment peux-tu dire qu'il ne se passe rien entre nous ? bafouilla Ethan. Nous avons couché ensemble !

Bash et Bari se tournèrent tous les deux vers lui avec des expressions choquées en miroir.

— Et nous aurions encore couché ensemble ce matin, sans que je te captive, si tu n'avais pas…

— Ça suffit, Ethan.

— Merde, j'ai raté beaucoup de choses, dit Bari avec un sourire envahissant. Bash ne m'a envoyé que des messages sur les mauvais côtés de la chose – vampire en ville, nouveau-né dans la maison auquel il n'était pas sûr de pouvoir faire confiance, prophéties et malheurs. Il gardait tous les bons côtés pour lui.

Ses yeux glissèrent vers le bas, puis vers le haut du corps d'Ethan, lui faisant baisser la tête. Si Bash avait su que le fait de tenir son frère informé entraînerait cette visite impromptue, il se serait retenu davantage.

— Ce n'est pas si simple, dit-il, mais son attention se détourna vers son linge et sa couette qu'il n'avait pas remarqués jusqu'à présent. Pourquoi mon lit est-il en désordre ?

— Euhh… marmonna Ethan en relevant la tête.

— Oh, c'était adorable, dit Bari. Ce petit mignon essayait de mettre ton odeur partout sur lui. Très primaire. Si tu avais embrassé le bon frère, mon cher, laisse-moi te dire que je pense que c'est un beau geste.

— Pouvons-nous faire une pause, s'il vous plaît? aboya Bash, mais un cri interrompit toute autre réponse lorsque Deanna entra en trombe dans la pièce et se jeta sur Bari pour une accolade furieuse.

— Ça, c'est ma fille! s'écria Bari en l'acceptant avec empressement.

— Comment as-tu osé ne pas me dire que tu venais!

— Allons, allons, tu ne peux pas utiliser tes pouvoirs de coercition de sœur sur moi tout le temps, répliqua Bari en se reculant afin de lui faire une pichenette sur son nez.

Ce n'était pas pour rien que Bash avait choisi Deanna comme Seconde. Elle était comme une sœur pour eux deux.

— Ethan a-t-il déjà mentionné sa prophétie? Ou que Rio est un Focus?

— Pardon? intervint Bash en se tournant vers elle avec un regard froid alors qu'il essayait de comprendre tout cela.

— Qui est Rio? demanda Bari. Pas quelqu'un que tu as secoué, j'espère?

— Monsieur Hernandez n'aurait pas besoin d'être secoué pour lui donner ce qu'elle veut, crois-moi, râla son frère, bien que toute cette débâcle l'amène à se frotter les tempes afin d'éviter un mal de tête imminent.

— Oh? Ça, je veux l'entendre.

— Pouvons-nous revenir au *Focus* et à la *prophétie*, s'il vous plaît?

— C'est la raison pour laquelle je t'attendais, dit docilement Ethan.

— Bien sûr, mon cher, dit Bari en tapotant son bras.

Bash encouragea Ethan et Deanna à continuer, en s'efforçant d'ignorer son frère, et leur explication incluait comment, apparemment, le fait d'être près d'un vrai Focus permettait à Ethan de formuler lui aussi des prophéties.

— Deanna, je pense que tu devrais rester près d'Hernandez pour un moment.

— Je m'en occupe déjà.

— Puisqu'il pourrait *être utile* plus tard.

— Oh, je l'utiliserai comme bon me semble.

Bash serra les dents pour ne pas faire de commentaire. Il avait oublié que la seule chose plus ennuyeuse que Deanna essayant de le faire s'envoyer en l'air était quand elle cherchait quelqu'un pour elle-même, surtout que c'était très rare.

— Tu as dit que tu pensais que Père était peut-être aussi un Focus, fredonna son frère en réfléchissant. Pourquoi le fait d'être près de lui ne t'a pas aidé à mieux te souvenir de tes visions à l'époque ?

— Je me suis posé la question, dit Bash. Mère est morte jeune, avec si peu d'explications. Je pense qu'il l'a trop poussée. Il était assez intelligent pour ne pas faire deux fois la même erreur.

Les deux frères marquèrent un temps d'arrêt à l'évocation de leur mère, mais ils avaient eu bien assez d'années pour la pleurer.

— Je pense qu'après ma première vision, il a fait en sorte de me réprimer volontairement, au moins un peu. Cela pourrait même être la raison pour laquelle tu n'as jamais développé de pouvoir de voyance.

— Ne le prends pas mal, mais j'espère que ça ne changera pas de sitôt. Connaître l'avenir n'a jamais été très amusant. Bien que… je ne sais pas comment l'expliquer, mais je me sens… plein d'énergie à vos côtés, dit Bari en jetant un coup d'œil entre Bash et Ethan. Comme si je venais de me réveiller d'une sieste énergétique.

— Moi aussi, dit Deanna en fronçant les sourcils, en regardant également les deux hommes. C'est bien plus que ce dont je me souviens des deux derniers jours ou de la présence de l'un d'entre vous.

Bash et Ethan se regardèrent, et il était clair qu'Ethan ne savait pas quoi dire, pas plus que Bash. Tout ce que ce dernier pouvait espérer, c'était que leurs capacités croissantes étaient une bonne chose.

— Tu nous as dit ce que tu as vu, mais quels étaient les mots exactement ? dit Bash.

Ethan récita les phrases.

Le pouvoir et la vue peuvent ouvrir le chemin
Mais seuls, ils ne suffisent pas à tempérer sa colère.
Les champions doivent répondre ensemble à l'appel
Et gagner avec celui qui efface tout.

— Efface tout, répéta Bash, et il sut à ce moment-là, mais il s'agissait d'un secret qu'il n'avait encore partagé avec personne, pas même Deanna. Ça ne servira à rien si nous ne trouvons pas le sire d'Ethan, mais je sais comment le battre lorsque nous l'aurons trouvé.

— Quoi ? s'exclama le vampire en se redressant. Comment ?

— Je m'en occuperai lorsque le moment sera venu.

Aucun d'entre eux n'était heureux de cette réponse, mais Bash fut sauvé de toute récrimination par le buzz d'un texto.

— C'est Jay. Maximus est revenu de Glenwood. Je vais m'occuper de ça, dit-il en se redressant de toute sa hauteur pour couper court à toute plainte, pointant un doigt acéré vers Ethan. Tu patrouilles avec Siobhan comme prévu, voyez ce que vous pouvez trouver d'autre. Notre temps risque d'être limité.

— D'accord.

Ethan avait l'air contrarié d'être renvoyé alors qu'il voulait manifestement parler, mais Bash n'avait pas de temps à lui consacrer pour le moment.

— Je me joindrai à toi, dit Bari, et Bash ne réalisa qu'après avoir levé les yeux que son frère parlait à Ethan.

— Ça ne sera pas nécessaire, affirma-t-il.

— C'est absurde. J'y vais. Sinon, comment pourrais-je apprendre à connaître le nouveau membre de notre meute ?

Ce n'était pas la première fois que Bash se demandait à quel point sa vie aurait été plus facile s'il avait été fils unique.

Bari était son opposé à bien des égards, notamment parce qu'il aimait partager, parler et créer des liens alors que Bash semblait mal à l'aise avec tout cela. Bien que Bari ait dit que ce qu'Ethan et son frère avaient partagé jusqu'à présent était plus que ce dernier permettait habituellement avec qui que ce soit.

Cela avait quelque peu réconforté Ethan, bien qu'il ait été renvoyé.

— Ce n'était pas vraiment une confession d'amour, tout à l'heure, dit-il. Je ne connais Bash que depuis quelques jours.

— Chéri, le destin ne se soucie pas de détails, s'exclama Bari, faisant sursauter le vampire à entendre autant de théâtralité dans ce qui était aussi la voix de Bash, il se soucie de l'alchimie. D'être au bon endroit au bon moment.

— Mais rien de tout ça ne compte, répliqua Ethan en fronçant les sourcils. Bash est fixé sur le mariage.

— Hmm. Et à quoi ressemble ce Monsieur Russell ?

Ils étaient à l'extérieur, marchant dans les rues de Centrus City la nuit. En tant que Gardienne, Siobhan empruntait un chemin différent chaque soir, recueillant des informations auprès d'agents dans la rue, se rendant dans des endroits où la plupart des gens auraient trop peur de s'aventurer. Jusqu'à présent, personne n'avait parlé d'un vampire autre qu'Ethan, mais certains avaient entendu parler d'une nouvelle personne en ville, et ils essayaient de suivre sa trace.

Siobhan ouvrait la voie, s'arrêtant de temps en temps au coin d'une rue pour obtenir une autre piste les mettant dans la bonne direction, tandis qu'Ethan et Bari discutaient.

— Jay est… sexy, dit Ethan, car l'homme avait un corps incroyable et un très beau visage. Noble, dans le genre de bonté qu'on peut juste ressentir chez une personne. En plus, ils sont tous les deux des Alphas. Tous les deux des loups.

— Ont-ils quelque chose d'important en commun ?

— Je ne sais pas.

— Et toi ?

— Avec… Jay ?

— Avec Bash, mon cher.

— Oh, hum… des trucs idiots, artistiques et geeks, j'imagine.

— Ah, mais Bash adore les trucs idiots, artistiques et geeks. J'aime l'art aussi, mais plus les sculptures et les textiles que les peintures. Je suis un peu fou de mode, pour être honnête, et j'ai toujours été plus intéressé par un roman d'amour que par une épopée fantastique ou de la science-fiction. Mais, je m'égare. Il y a trois choses nécessaires pour qu'une relation fonctionne. L'attraction, la compatibilité, et une étincelle. Dis-moi, Ethan, trouves-tu Bash attirant ?

— Je…

Ethan faillit trébucher, luttant pour ne pas tomber sur le trottoir.

— N'est-ce pas comme… demander si je te trouve attirant ?

— Ethan… le réprimanda Bari.

— Oui, admit-il en baissant la tête sur le côté.

— Avez-vous des intérêts communs et aimes-tu passer du temps avec lui ?

— Je suppose.

— Est-ce qu'il transforme tes entrailles en gelée ?

— Chaque fois que je le vois, répondit Ethan en soupirant.

— Alors, ne perds pas espoir, dit Bari avec un coup de coude de soutien dans le flanc du vampire. Je dois encore porter un jugement sur Monsieur Russell de toute façon.

Siobhan interrompit leur discussion, alors qu'ils arrivaient à un coin de rue, pour dire qu'elle avait une autre piste à essayer, sinon ils pourraient devoir s'arrêter là. Ethan s'en moquait, honnêtement, puisqu'il avait d'autres choses en tête.

— Pourquoi ne vis-tu pas à Centrus ? demanda-t-il à Bari, une fois qu'ils se furent remis à nouveau en route. Le cercle ressemble tellement à une famille, et tu es sa vraie famille. Tu ne t'entendais pas avec Bash ?

— Bien sûr que si, assura Bari. Nous ne sommes pas d'accord tout le temps, mais rien ne compte plus pour moi que mon petit frère. Mais ne dis pas à Bash que je l'ai appelé comme ça. Il déteste ça, même si je suis techniquement plus âgé de dix minutes.

Ethan rit. Il était clair qu'ils étaient différents après avoir passé un certain temps avec Bari, même dans son comportement plus ouvert et la facilité avec laquelle il plaisantait et souriait sans ruse.

— Pourquoi vis-tu dans une autre ville, alors ? Je ne comprends pas.

— C'est une longue histoire, dit Bari plus sérieusement. Mais la version courte est… après que Bash a tué notre père – un de ses actes les plus violents que je n'ai jamais désapprouvé – j'étais déjà parti depuis très longtemps, j'avais commencé une nouvelle vie.

— Pourquoi étais-tu si loin ?

— Il n'a pas partagé ça avec toi ?

— Luke m'a parlé de ton père, mais pas des détails.

— Bash a prédit que l'un de nous le tuerait. Père pensait que ce serait moi, alors il m'a fait partir. Il avait tort, dit Bari en lui offrant un sourire en coin. Je suppose qu'une partie de la raison pour laquelle il était difficile de rentrer à la maison était que je me sentais responsable. Je pensais que la prophétie de Bash aurait pu concerner n'importe lequel d'entre nous et que si j'étais resté, si j'étais reparti, si j'avais désobéi à Père, ça aurait pu être moi à la place. Père était un monstre, mais ce n'est pas facile de tuer sa famille. Je n'ai jamais voulu que Bash porte ce fardeau tout seul…

Il se tut un instant avant de reprendre avec un sourire éclatant.

— Ne te méprends pas, mon cher, j'ai une vie formidable. Je suis conservateur de musée, et j'aime mon travail.

— Mais même si Bash et toi êtes jumeaux, tu n'es pas un Voyant ?

— Pas jusqu'à présent. Juste une bonne intuition de temps en temps.

— Chuut, dit Siobhan, les faisant taire, en s'arrêtant près d'un autre passage piéton avec un bras tendu.

Pendant un instant, Ethan vit la peau de sa main onduler avec des écailles. Elle fit un geste vers l'autre côté de la rue, indiquant un homme au coin opposé, assez nonchalant pour pouvoir être n'importe qui, mais il fit clairement un signe de tête vers leur côté de la rue – vers la ruelle juste en face d'eux.

Un autre agent. Avaient-ils trouvé le nouveau venu ? Ethan voulait demander, mais il n'osait pas ruiner l'élément de surprise, surtout quand Siobhan mit un doigt sur ses lèvres et commença à avancer.

Un éclat de mouvement soudain provenant de la ruelle fit bondir Ethan en arrière. Ils avaient été repérés. Et celui qui s'enfuyait était incroyablement rapide.

Siobhan partit en premier à sa poursuite. Ethan et Bari accélérèrent derrière elle. Il était impossible de bien voir la personne en mouvement, mais la vision d'Ethan se rétrécit à travers les rues sombres pour se concentrer sur leur dos et garder le rythme – puis garder le rythme plus vite, beaucoup plus vite que Siobhan ou Bari, alors qu'il redécouvrait sa vitesse et devenait un flou de mouvement pour dépasser sa proie.

Il fut si surpris par la soudaine montée de puissance qu'il faillit passer à côté d'une autre ruelle lorsque le fuyard s'y engagea, mais il put corriger sa trajectoire et revenir après lui, saisissant l'inconnu par les épaules et le faisant tournoyer.

— Qui…

Il s'interrompit brusquement, complètement abasourdi par le visage qui lui faisait face.

— Leo ?

— Ethan, dit celui-ci, tout aussi surpris. Tu étais avec ces gens ? Pourquoi ? Tu…

Il écarquilla les yeux en le regardant, et la sauvagerie qu'ils contenaient lorsqu'il tendit la main vers le visage d'Ethan fit reculer ce dernier avant qu'il ne puisse le toucher.

— Non… non, non, mon cher garçon, je suis arrivé trop tard.

— Trop tard ? répéta Ethan.

Il voulait laisser Leo le toucher, sa compagnie lui ayant manqué, la seule famille qu'il avait connue pendant la majeure partie de sa vie, mais il était confus. Ils étaient de stature similaire, bien que les cheveux de son oncle soient blonds et ses yeux bleus, mais alors qu'il affichait toujours une émotion et une intelligence si intenses dans son expression, Ethan n'avait pas l'habitude de le voir paniqué.

C'était peut-être parce qu'il avait été poursuivi, pensa-t-il, cherchant frénétiquement une explication alors qu'il reniflait inconsciemment son environnement, seulement pour réaliser… Leo ne sentait pas l'humain.

Il ne sentait rien du tout. Si Ethan ne l'avait pas regardé, il aurait juré que personne n'était là.

— C'est bon, dit Leo, essayant de le réconforter, de le toucher à nouveau, tel un dompteur de lions ne voulant pas effrayer la bête. Tout va bien se passer. Mais tu dois me faire confiance. Viens ici, Ethan. Laisse-moi…

— Non, dit celui-ci en reculant, hors de portée de Leo. Tu mens. Tu me caches quelque chose. Qu'est-ce que tu me caches ? Qu'est-ce que tu ne me dis pas ?

— Je t'expliquerai, je te le promets, mais je dois…

Leo tourna la tête vers l'entrée de la ruelle.

Ethan se retourna, captant les voix de Siobhan et Bari qui apparurent bientôt, se précipitant pour le rejoindre.

— Ethan ! Tu l'as attrapé !

— Où est-il allé ?

— Il…

Il se retourna, mais il n'y avait personne, et aucune odeur laissée derrière lui à suivre.

— Il était… je….

Il ferma les yeux, luttant pour calmer le flot d'émotions qui le submergeait, car il n'avait, honnêtement, aucune idée de s'il avait tout imaginé ou si Leo s'était échappé à l'autre bout de la ruelle.

— Il s'est enfui, dit-il, ne voulant pas mentir, mais ne sachant pas comment expliquer cela.

XVII

— Kᴀᴛᴇ ᴀ dit que le vampire venait de Centrus ? Mais il vivait à Glenwood ces dernières années ?

— Oui, dit Maximus, raide, mais consciencieux, en rapportant ce qu'il avait déjà partagé avec Jay.

Ils se trouvaient dans la chambre privée de Jay à l'hôtel, tous les trois avec Deanna, d'Alpha à Alpha et de Seconde à Second, tandis que Theresa et William étaient en bas en train de dîner au restaurant de l'hôtel.

— Le vampire a demandé l'asile, a offert sa fidélité et l'ancien Alpha de Glenwood l'a accordée, poursuivit Maximus. Kate a l'intention de respecter le contrat même maintenant, à moins qu'il n'existe une preuve que le vampire va à l'encontre de ses conditions.

— Quelles sont-elles ?

— Il peut se nourrir, mais pas tuer. Si on fait appel à lui, il doit se battre pour la meute. Il doit informer de toutes ses allées et venues. Personne en dehors du cercle restreint de la meute de Glenwood ne doit connaître son existence. Vu que ces stipulations étaient sa part du marché, Kate était prête à partager l'information, mais elle ne donnera pas son nom.

— Dis-leur le reste, dit Jay, intimant à son Second de terminer par un signe de tête.

Ce dernier sembla réticent à offrir quoi que ce soit à Bash, mais il obéit quand même à son Alpha.

— Le vampire n'était pas seul. Il a demandé l'asile pour un enfant aussi. Un garçon.

Ethan.

— Il a demandé au Chaman de Glenwood de lui apprendre à placer une rune sur lui et le garçon. Ce n'est généralement pas possible, à moins que la personne ne soit elle-même un sorcier naturel, mais le Chaman a fourni une rune d'alimentation. En gros, une batterie lui permettant de créer lui-même de nouvelles runes quand il en avait besoin, mais seulement de ce type. La rune masquait leurs odeurs et leur présence, les rendant pratiquement invisibles et gardant généralement les autres à distance, mais elle devait être régulièrement renforcée. Le garçon n'en avait aucune idée, probablement fait lorsqu'il dormait, mais ils seraient tous les deux détectables par quiconque les chercherait s'ils restaient trop longtemps sans une nouvelle application.

— Donc Ethan avait un papa gâteau vampire et ne le savait même pas, commenta Deanna en ricanant.

— Quoi… ? dit une nouvelle voix, attirant leur attention sur la porte.

Theresa et William étant sortis, ils n'avaient pas jugé utile de la fermer, mais Ethan se tenait là, l'air désemparé.

— C'est pour ça que j'étais invisible en grandissant ? Pour ça que tout le monde restait loin de moi ?

Maximus avait l'air agacé qu'Ethan soit à nouveau en sa présence, Jay se crispant également, puisqu'il n'avait guère de raison d'apprécier Ethan, mais cette expression blessée n'était pas de celles que Bash pouvait ignorer, même en présence de pairs instables.

— Je suis désolé, dit-il en se plaçant aux côtés d'Ethan dans l'entrée. Ton sire voulait te garder pour lui jusqu'à ce que le moment soit venu. Ton emprisonnement au pénitencier de Glenwood a dû bouleverser ses plans, ce qui pourrait être bon pour nous. Cela pourrait signifier qu'il est désespéré parce que les choses ne se passent pas comme il l'avait espéré. Mais que s'est-il passé ? Pourquoi es-tu ici ?

Il regarda Ethan à la recherche de blessures ou d'autres signes pouvant expliquer sa présence.

— Excusez-nous pour cette intrusion, dit Bari en entrant, sérieux, mais sympathique. J'étais juste en train de raccompagner Siobhan. Elle a été appelée ailleurs lorsque nous sommes arrivés. Je suis Bari Bain.

Il se dirigea immédiatement vers Jay et Maximus avec une ferveur non dissimulée et serra leurs deux mains, les laissant pantois.

— Quel plaisir de rencontrer enfin nos voisins de Brookdale. Laissez-moi deviner, vous ne saviez pas non plus que nous étions jumeaux ?

— Je… le savais, dit Jay, se reprenant rapidement. Je n'avais juste pas réalisé que vous étiez identiques.

— Oh, nous ne sommes pas identiques. J'ai le meilleur sens de l'humour. C'est une belle chemise, au fait.

— Bari, dit son frère en résistant à l'envie de lever les yeux au ciel, mais Jay et Maximus pris au dépourvu n'était pas la pire chose.

Mais qu'Ethan soit sur le point de perdre son déjeuner l'était.

156

— Nous avons eu une altercation, expliqua Bari en faisant un signe de la main à Deanna, qui lui adressa un sourire. Nous pensons que c'est avec le sire d'Ethan.

— Vous *quoi*?

— Non, ce n'est pas possible, dit Ethan en secouant la tête. C'était quelqu'un d'autre.

— Pourquoi dites-vous ça? demanda Jay.

— Il ne sentait pas bon.

— C'est le but, grogna Maximus. Il peut être invisible pour nos sens.

— Ce n'est pas lui.

— Tu le connaissais? demanda Bash.

— Ce n'était pas lui, dit le vampire, son regard sauvage et coupable. C'était mon oncle Leo, mais ce n'était pas lui!

Les autres échangèrent des regards étonnés, même Bari qui n'avait pas dû en obtenir autant d'Ethan auparavant.

— Ça ne peut pas être lui, poursuivit Ethan en secouant la tête. Il ne me ferait pas ça. Il a toujours voulu ce qu'il y avait de mieux pour moi, me protéger.

Une partie de Bash voulait saisir l'épaule de l'autre homme pour le soutenir, mais il n'était pas comme son frère, et ce genre de réconfort, surtout en public, n'était pas facile à faire. Il parla doucement pour offrir ce qu'il pouvait.

— Il pense peut-être qu'il l'est.

Des larmes remplirent les yeux d'Ethan alors qu'il réalisait ce qu'il avait sans doute nié depuis la rencontre.

— Dans mes rêves... il... mon sire... il continue de dire quelque chose, je... je peux presque me souvenir. À propos de moi ayant tout ce que j'ai toujours voulu; tout ce que je mérite.

Il chassa l'humidité de ses yeux et regarda Bash avec tristesse.

L'électricité de la pièce s'intensifia, et Bash pouvait sentir les yeux de Jay brûler sur le côté de son visage. Il avait fait des pactes avec des démons au fil des ans, mais jamais pour une offre aussi alléchante que celle d'Ethan au prix de son royaume.

— La nuit a été longue, dit Bari en se plaçant au milieu de tout le monde. Ethan a besoin de repos, même si ce n'est pas beaucoup, comme nous tous, alors pourquoi ne pas regarder cela avec des yeux neufs demain?

— S'il s'agit de ton oncle, nous devrons tendre un piège, le coincer, et nous assurer que c'est bien lui, dit Bash en s'adressant calmement à Ethan. Ce n'est qu'à ce moment-là que nous agirons contre lui, je te le promets, et même s'il est prouvé qu'il est ton sire…

Il parla plus ouvertement afin d'être sûr que Jay et Maximus l'entendent.

— … je veux savoir ce qu'il veut de tout ça et pourquoi, plus que je ne veux sa mort.

Maximus lui jeta un regard noir, mais Jay ne s'opposa pas à Bash.

Finalement, Ethan hocha la tête.

— D'accord, mais je veux être sûr qu'il n'existe pas d'autres pistes avant même d'envisager un piège. S'il te plaît ?

Bash marqua un temps d'arrêt, mais il lui retourna bientôt son signe de tête.

— Bari, tu veux bien… ?

— Bien sûr, répondit son frère en se dirigeant vers Ethan pour le faire sortir de la pièce, mais il s'arrêta pour regarder les autres – Jay en particulier. Un vrai plaisir de vous rencontrer.

— Bashir, dit Jay dès qu'ils furent partis.

— Je sais. Mais agir de manière irréfléchie n'est pas la solution, pas avec quelque chose d'aussi dangereux. Nous pouvons attirer le sire en utilisant Ethan, et gérer ça pacifiquement. Des vies seront en danger si nous lançons une attaque agressive. Je ne serai pas négligent avec ma meute en jeu.

— Je comprends. Je vous soutiendrai vous et votre décision. Je voulais juste dire que c'était… sympa de rencontrer enfin votre frère.

Jay ne se rendait pas compte à quel point il était un meilleur homme, pour sourire à Bash même maintenant.

— Sympa. Oui, eh bien, il a tendance à obtenir cette réaction plus que moi. Maximus, dit Bash en se tournant vers lui avant que Jay ne puisse protester, car le Second affichait une expression méfiante. Je sais que vous doutez de moi, peut-être maintenant plus que jamais, mais si vous avez vraiment si peu d'estime pour moi, laissez votre femme et votre fils vous conduire au Refuge. William a ma permission pour réaliser sa petite expérience scientifique, et l'occasion pourrait vous montrer que vous n'avez pas autant raison à mon sujet que vous le pensez.

Il inclina la tête, puis partit avec Deanna à ses côtés sans attendre la réponse de Maximus.

Jay l'arrêta à la porte, une main douce sur son poignet.

— Avez-vous pensé à ce que j'ai dit ? demanda-t-il, seulement une fois que Bash eut fait signe à Deanna de continuer sans lui.

— Il ne s'est pas passé une seconde où je ne l'ai pas fait, répondit-il avec ferveur, souhaitant pouvoir donner à cet homme ce qu'il voulait, mais ne sachant toujours pas comment. Vous serez le premier informé une fois que j'aurais la réponse.

ETHAN SE sentait engourdi, bien plus qu'il ne l'était lorsqu'il avait vu Leo pour la première fois dans la ruelle et avait dû se demander si tout ce qu'il avait jamais su n'était qu'un mensonge.

Il en avait la preuve, maintenant. Il existait un pacte entre le vampire et l'Alpha de Glenwood pour l'âme d'Ethan, le gardant caché et antipathique à tout le monde comme si cela importait peu qu'il soit ignoré et gardé prisonnier.

Si Leo n'était pas son sire, alors quoi et qui était-il, et qu'est-ce qu'il ne lui disait pas ? Pourquoi ? Il devait y avoir des réponses.

— Tu avais raison sur une chose, déclara Bari pendant le trajet en taxi, Ethan ayant insisté pour qu'ils ne rentrent pas avec Bash et Deanna. Monsieur Russell est assez enchanteur, bien que tu ne veuilles probablement pas entendre cela en ce moment.

Ethan renifla, étonné de la facilité avec laquelle l'autre homme pouvait détendre une humeur.

— Cela ne me dérange pas de l'entendre de ta part. Si tu étais l'Alpha ici, au lieu de Bash, tout serait plus facile.

— Pour tout le monde à part moi, tu veux dire. Un Alpha a beaucoup de responsabilités. Je préfère les coulisses, merci, mais Bash ne respecte pas beaucoup d'autorité autre que la sienne.

Il se tut, et après un moment, Ethan sentit des doigts doux prendre sa main, un geste si simple, et si manifestement un geste d'amitié alors qu'ils ne s'étaient rencontrés que depuis quelques heures seulement.

— Je suis désolé pour tout ce que tu as dû apprendre ce soir, Ethan, indépendamment de la vérité qui n'a pas encore été révélée, ça fait beaucoup à assimiler.

— Oui, répondit-il, serrant la main de Bari et reniflant pour retenir ses larmes. Merci.

— Tout ira bien. Tu as le meilleur de Centrus City à tes côtés pour comprendre cela, et moi, bien sûr.

Il souriait si gentiment, si contrairement à son frère, et même si Ethan pouvait imaginer qu'un autre homme pourrait tomber amoureux de Bari Bain assez facilement, il ne s'agissait que d'amitié entre eux, pas d'attirance supplémentaire, ce qui disait au vampire que, aussi beau que soit son visage, il voulait plus de Bash que ce qu'il pouvait toucher.

Ethan ne fut pas obligé de dormir au sous-sol cette nuit-là. Il y avait trois chambres d'amis, toutes au bout du couloir à l'étage. Alors il choisit celle qui était la plus au fond, et Bari choisit celle à côté de lui. Il était vraiment gentil, mais sa présence à proximité n'aidait pas Ethan à s'endormir aussi facilement que les autres nuits lorsqu'il avait dormi à côté de Bash.

Il resta allongé pendant un certain temps, jusqu'à ce que ses sens commencent à se propager à travers la maison.

Il pouvait entendre Luke ronfler et finalement Preston grogner et le pousser pour l'arrêter.

Il pouvait entendre Nell et Deanna dans la cuisine, trinquant, prenant un verre tard dans la nuit.

Il pouvait entendre Siobhan regarder la télévision, décompressant après être revenue de sa patrouille.

Le reste de la maison était calme – à part le murmure des voix qu'il avait évité, parce qu'elles venaient de la porte à côté.

— Je demande seulement une réponse honnête, dit Bari.

— Eh bien. Oui, je le veux, répondit Bash, faisant bégayer le cœur d'Ethan. Mais j'ai une obligation.

— Nous pouvons trouver une solution.

— Quoi ? Je suis à court d'options. Mais si tu as une idée, fais-le-moi savoir. Je suis vraiment content que tu sois là.

— Et je n'ai pas l'intention de partir de sitôt.

— Bien. Je pourrais avoir besoin que tu m'enfermes dans ma chambre pour t'assurer que je me comporte bien, soupira Bash, et Ethan entendit un flottement comme s'il s'était jeté en arrière sur le lit de Bari. C'est mieux si je reste loin de lui pour l'instant.

L'espoir qu'Ethan avait ressenti sombra comme il le faisait toujours. Il écouta encore un moment les bavardages futiles entre frères avant que Bash ne se retire dans sa propre chambre, bien qu'il aurait pu jurer que

160

l'Alpha s'était arrêté dans le couloir, se demandant s'il devait se tourner vers la porte d'Ethan.

Ce dernier rêva à nouveau cette nuit-là, mais bien qu'il ait envie de voir le visage de son sire, il ne le pouvait toujours pas. Tout ce qu'il entendait était une voix dont seul son subconscient se souvenait au matin.

— Attends. Sois patient, mon garçon. Jusqu'à ce que tes désirs soient tout ce qui reste.

LES JOURS passèrent sans que rien ne se produise, et Bash se rendit bientôt compte qu'une semaine s'était écoulée depuis le soir d'Halloween. C'était étrange, alors qu'il avait attendu tant d'années pour cette soirée. Siobhan avait du mal à suivre la piste de Leo. Il y avait quelques signes d'autres étrangers potentiels dans la ville, mais aucune des pistes qu'ils suivaient ne menait à autre chose qu'à des impasses. La seule option était d'attirer Leo avec la promesse de voir Ethan pour confirmer qu'il était son sire.

— Ça ne peut pas être lui, n'arrêtait pas de répéter celui-ci.

Il avait d'innombrables appels manqués et des SMS urgents de son oncle, demandant à le revoir, à l'informer qu'il était là. La seule réponse d'Ethan, qu'il avait montrée à Bash avant de l'envoyer, était la suivante :

Si tu es de mon côté, pourquoi t'es-tu enfui ?

Leo n'avait pas encore répondu à cette question, mais même le silence n'était pas suffisant pour qu'Ethan admette sa défaite.

Bash avait de la peine pour lui, mais il n'était pas sain qu'en dépit des preuves, le jeune vampire continue à croire que son sire pouvait être quelqu'un d'autre.

Jay était toujours en ville, patient, mais nerveux. Maximus devait murmurer à son oreille de tout laisser tomber et de partir, d'abandonner l'idée d'un mariage, mais Jay restait, se contentant de hocher la tête avec tristesse lorsque Bash disait qu'ils n'avaient toujours rien.

Tous les autres travaillaient, faisant leur part, à la recherche du sire, de Leo, qu'ils soient ou non le même homme, mais il était rapide et indétectable et s'échappait toujours.

C'était aussi une aide et un obstacle que la meute se soit prise d'une telle affection pour Ethan, parce que tous voulaient le rendre heureux. Et Bari n'était d'aucune aide, car pour lui, la seule réponse au bonheur d'Ethan était que Bash lui cède, quelles qu'en soient les conséquences. S'il ne tenait qu'à lui, il aurait fermé la porte derrière Bash et l'aurait laissé aux caprices d'Ethan, en supposant qu'ils étaient faits l'un pour l'autre, simplement parce que…

Parce que…

Parce que c'était ce qu'ils ressentaient, mais le prix des contes de fées était trop élevé.

Alors, Bash restait à l'écart. Du moins, c'était ce qu'il faisait, jusqu'à ce que les autres membres du cercle s'inquiètent du fait que chaque jour qui passait rendait Ethan plus irritable et plus renfermé, jusqu'à ce qu'il s'enferme dans sa chambre, refusant même d'aller au salon de tatouage pour son service.

— Ethan ? demanda Bash en frappant à sa porte.

Pas de réponse.

— *Ethan*, dit-il avec plus d'autorité.

Toujours rien.

— J'entre, déclara-t-il à voix haute, et il entra pour trouver les lumières éteintes et une masse dans le lit d'Ethan. J'espère que ce n'est pas une ruse et que je ne parle pas à un tas de vêtements.

— Je suis là, grommela Ethan, d'une façon distante, comme s'il était malade, ce qui était impossible pour un vampire. Je veux être seul, d'accord ?

— Tu as été seul pendant des heures, selon Luke. Tu crois que je vais continuer à t'apaiser au sujet de ton oncle si tu arrêtes de faire des efforts pour prouver son innocence ?

— Vous n'avez trouvé aucun mort, contesta-t-il, sa voix faible et désincarnée de sous les couvertures.

— Le danger demeure que Leo soit ton sire ou non, alors pourquoi ne pas en finir et confirmer la vérité ? Laisse-nous mettre le piège en place et tu n'auras plus à te poser de questions, dit Bash en s'asseyant sur le bord du lit, ne sachant pas s'il parlait à l'avant ou au dos d'Ethan, puisqu'il pouvait à peine voir une touffe de cheveux roux.

— Tu as mon téléphone. Tu n'as pas besoin de ma permission pour poser le piège.

— Non, je n'en ai pas besoin, mais je préférerais être sur la même longueur d'onde et que tu sois là lorsque cela arrivera. Écoute, dit Bash en tendant la main pour le secouer, les couvertures tombant suffisamment pour qu'il puisse voir qu'il parlait effectivement au dos d'Ethan. Regarde-moi.

— Je… ne peux pas.

— Tu es ridicule, répliqua Bash en soupirant, tirant sur l'épaule du vampire pour qu'il se retourne. Je sais que c'est difficile pour toi…

— Tu ne comprends pas ! protesta Ethan en se dégageant pour rester où il était.

— Si tu veux faire partie de cette meute, alors je suis ton Alpha. Maintenant, dit Bash en utilisant toute sa force pour jeter Ethan sur son dos. Pourquoi…

Mais il se tut, car il comprit en un instant pourquoi Ethan ne voulait pas qu'on le voie.

Il n'avait rien dit, souffrant simplement en silence, jusqu'à ce que ses yeux brillent de puissance, pas jaunes comme ils devaient l'être, mais ambrés, presque rouges, parce que cela faisait une semaine depuis Halloween, une semaine depuis la dernière fois qu'Ethan s'était nourri.

Et il avait faim.

XVIII

BASH REFERMA ses mains sur ses épaules avant qu'Ethan ne puisse se lever pour s'échapper du lit.

— Espèce d'idiot. Tu es presque sauvage, tu ne le vois pas ? siffla-t-il, avec autant de colère que d'inquiétude dans son expression.

— Lâche-moi, dit Ethan, luttant pour se débarrasser de lui et se retourner sur le côté, mais le loup-garou s'accrocha. Je...

— Tu dois te nourrir. Pourquoi n'as-tu rien dit ?

— Je... je... je ne sais pas, dit-il, ne voulant pas regarder Bash tant qu'il était comme ça. Je ne pouvais pas.

— Je ne pouvais pas, répéta Bash, la fureur faisant rage dans ses yeux s'adoucissant seulement pour scruter le visage d'Ethan.

Ses mains se desserrèrent aussi.

— Parce que tu ne voulais pas ? Ou parce que tu t'y es senti obligé ?

La réponse resta coincée dans la gorge d'Ethan.

— Tu ne vois pas ce qu'il te fait ? dit Bash, le libérant finalement, mais restant proche. Il te rend désespéré, il te force à obtenir les résultats qu'il veut parce que tu ne veux pas agir. Nous devons l'arrêter. Tu dois accepter...

— Je sais, dit Ethan en étouffant un sanglot.

— Et tu dois te nourrir, dit Bash plus calmement. Si je ne t'avais pas trouvé, qu'est-ce qui se serait passé si c'était Luke, ou Bari, ou n'importe lequel d'entre nous, dans les heures qui viennent ou demain matin, quand tu étais sauvage ? Tu ne réalises pas ce qui aurait pu se passer ?

Il aurait pu tuer quelqu'un. Il savait que c'était stupide de garder sa faim pour lui, mais une partie de lui avait pensé que ce serait mieux s'il disparaissait. Une autre partie... était peut-être sous le charme de son sire.

— Je suis désolé, dit-il, se détournant de Bash, se sentant vulnérable et vide. Je ne... je n'ai pas...

— Ça n'a pas d'importance, dit Bash en se rapprochant, la main posée sur la joue d'Ethan pour l'inciter à croiser à nouveau son regard. Je t'ai dit que je prendrais soin de toi. Quand tu as faim, dis-le-moi. C'est tout ce que tu as à faire. Nous autres aurions dû être plus vigilants au temps qui passe, mais malgré tout, je pense que la meute oublie ce que tu es. Pour l'instant, tu te nourriras de moi.

— Je ne peux pas, assura Ethan en reculant. Je ne veux pas que ce qui s'est passé la dernière fois se reproduise. Je veux dire, je le veux, mais c'est le problème. Je ne veux pas te forcer à faire quoi que ce soit.

— Alors, contrôle-toi.

— Je ne sais pas comment.

Bash laissa tomber sa main sur son côté, et parla franchement.

— Tu étais sauvage la dernière fois. Tu en es proche, cette fois, mais tu n'y es pas encore. Tu pourras sentir quand tu commenceras à me captiver, tu le verras dans la rune, tu dois juste reculer. Si je commence à… m'agiter, tu sauras que tu en prends trop. Recule suffisamment, et ce sera toujours agréable pour moi, pas douloureux, et cela se terminera sans problème.

— Mais mon sire… dit Ethan, parlant dans son oreiller. S'il pousse à ça, comment puis-je le combattre ? Tu as dit que c'était impossible.

— Presque impossible. Tu peux le battre si ta volonté est plus forte, affirma Bash en tendant la main vers Ethan, mais donna un coup de coude sur ses épaules afin de le soulever en position assise au lieu de les maintenir, rapprochant leurs visages à quelques centimètres l'un de l'autre, le forçant à croiser son regard.

— Tu dois te nourrir. C'est tout ce qui compte. Tu peux le faire.

— D'accord… dit-il, acquiesçant parce qu'il avait tellement faim, et qu'il ne voulait pas blesser quelqu'un, surtout pas Bash, juste parce qu'il avait peur.

Juste le captiver un peu, pensa-t-il, regardant d'abord sa main pour évaluer la réaction de la rune. Elle se mit presque instantanément à briller, mais il recula jusqu'à ce qu'elle n'émette qu'une faible luminescence.

— Je veux que tu te sentes bien, dit-il, en levant les yeux vers Bash avec hésitation. Je ne veux pas que cela te fasse souffrir.

— Ça ne sera pas douloureux, répondit celui-ci, un peu dans le flou, mais toujours en contrôle.

La contrainte qu'Ethan avait ressentie auparavant de garder sa faim secrète avait disparu maintenant, et l'odeur de Bash si proche était enivrante, encore plus que d'habitude, sachant ce qui l'attendait.

Ethan se pencha sur le cou de Bash, gardant sa main avec la rune levée. Il se souvenait à peine de l'avoir fait la première fois, mais l'instinct ouvrit ses lèvres et le conduisit vers les bonnes veines, plutôt que vers une artère qui aurait causé plus de dégâts. Ses crocs s'étaient déjà allongés, sa bouche salivant au mélange de l'odeur et du goût dont il se souvenait.

La première gorgée d'élixir, chaud et capiteux, lorsqu'il perça la peau de Bash, lui donna envie d'oublier toute retenue, mais le gémissement de Bash et le poids de sa main sur sa taille le retinrent.

Il enroula ses bras autour du loup-garou pour le serrer contre lui, gardant les yeux ouverts toujours sur la rune qu'il avait levée derrière le dos de Bash.

Elle n'émettait que de faibles pulsations lumineuses.

Ethan but, savourant la saveur riche, et essayant d'être conscient de la quantité qu'il prenait, comptant sur Bash pour savoir quand lui dire d'arrêter s'il allait trop loin.

Mais au fond de son esprit, à travers l'afflux de sang sur sa langue, une voix autre que la sienne l'appelait.

Oui. Ça. Maintenant. Il est ce que tu désires. Revendique-le et tu revendiqueras tout ce que tu ne pourras jamais espérer avoir. Toute la ville de Centrus sera à tes pieds. Rien ni personne ne pourra jamais plus te faire du mal ou s'opposer à toi. Ensemble – avec moi – ils tomberont à genoux et te vénéreront.

Oui, répondit Ethan en écho, parce qu'il voulait cela. Pas exactement la dévotion, mais l'assurance d'un avenir qu'il pouvait contrôler. Il avait été seul pendant si longtemps, ignoré, évité, oublié par tous, à part son oncle. Il était libre à présent, et déjà presque toutes les personnes qu'il avait rencontrées avaient été attirées par lui. Il en voulait plus. Il voulait Bash à ses côtés et un royaume sur lequel régner…

— Ethan… souffla Bash, le ramenant à la réalité. Tu ne… ne recules pas assez.

Ethan avala une autre gorgée gratifiante, puis il lécha la plaie d'un tour de langue langoureux. Il avait fermé les yeux. Il n'en avait pas l'intention, mais lorsqu'il les rouvrit, il put voir la lueur plus vive de la rune, et ce fut plus difficile de la faire diminuer cette fois.

— Je suis désolé, chuchota-t-il, en léchant encore une fois la blessure de l'autre homme. Je sais que tu ne veux pas de moi, pas vraiment, et j'en profite.

Son autre main était descendue dans le dos de Bash et avait glissé le long de son tee-shirt pour toucher sa peau.

— Captivé ou pas, je te veux, mais nous ne pouvons pas, dit Bash en frissonnant à son contact. Tu le sais bien. Nous ne devrions pas.

Il semblait incertain, souhaitant plutôt qu'Ethan le convainque du contraire.

Ethan, ayant assouvi sa soif de sang, mais toujours avide d'autres choses, souhaita que la rune s'éteigne complètement. Ce n'était pas du sang qu'il désirait maintenant, mais ce qui venait ensuite devait être purement consenti.

— Je sais quelle faim est la plus forte en toi, assura-t-il en reculant afin que Bash puisse voir ses yeux – dorés et non plus ambrés – tandis qu'il léchait le sang restant sur ses lèvres. Et toi ?

Bash semblait étourdi par le don, rougissant, haletant, ou ce n'était peut-être que du désir, alors qu'il observait la trace de la langue d'Ethan.

— Je ne… commença-t-il, mais son expression disait le contraire, jusqu'à ce qu'il secoue la tête comme s'il ne savait pas pourquoi il se battait. Je m'en moque.

Il s'élança en avant et captura les lèvres d'Ethan comme s'il poursuivait son propre goût. Le sang avait disparu, absorbé presque instantanément afin que le vampire se sente plus fort, invincible, et ce qui restait alors qu'ils se connectaient avait un goût encore meilleur.

Leurs mains se dirigèrent de l'un vers l'autre avec autant d'urgence que le mouvement initial de Bash, tordant le tissu et se rapprochant pour se connecter à fleur de peau. C'était l'attraction, comme Bari l'avait dit, la compatibilité, et une étincelle si chaude qu'elle aurait pu déclencher un feu de forêt. Ce devait être le destin, et si ce n'était pas le destin, si ce qui les avait mis ensemble était une force invisible avec la ruse sous-jacente, Ethan s'en moquait aussi ; il voulait juste garder Bash et profiter de cela aussi longtemps que possible.

Bash s'arrêta pour reprendre son souffle – un souffle dont Ethan n'avait plus besoin – celui-ci en profita pour ôter son tee-shirt, mais Bash le ramena à lui avant qu'il ne puisse lui enlever le sien ensuite. Les mains d'Ethan trouvèrent quand même refuge sous le tissu, enflammant la peau de l'Alpha jusqu'à ce qu'ils aient à peine besoin de se séparer pour qu'il puisse arracher l'article incriminé.

Bash l'enlaça, un bras autour de ses épaules, l'autre à sa taille afin de le soulever et le jeter sur le matelas, l'étalant pour pouvoir grimper sur lui. Il s'assit sur les hanches d'Ethan et passa des doigts agiles le long de la poitrine de celui-ci comme s'il essayait de cartographier les creux.

— Les voilà, dit Bash, ses pouces traînant sur les éclairs jaunes sur les hanches d'Ethan, la majorité du dessin disparaissant dans son bas de pyjama.

C'étaient des tatouages en miroir, un sur chaque rainure de son V.

— Des éclairs aux hanches, c'est ça ? continua-t-il en tirant la ceinture plus bas afin de révéler l'image complète.

— J'étais peut-être un peu ivre.

Bash rit, caressant ensuite les tatouages qu'il connaissait déjà sur les avant-bras d'Ethan.

— D'autres œuvres d'art cachées ?

— Tu devras regarder, répondit Ethan, l'air timide.

Un rictus se dessina sur les lèvres du loup-garou, mais il s'effaça alors que l'indécision brillait dans ses yeux. Ethan regarda la rune, mais elle ne brillait pas. Il ne voulait pas qu'elle le fasse, même si Bash reculait. Il attendit donc que l'autre homme prenne sa décision.

Le métamorphe déplaça ses yeux d'Ethan vers sa main et son hésitation sembla s'estomper alors qu'il tendait la main pour nouer leurs doigts les uns aux autres en signe de confiance, couvrant l'endroit où la rune serait visible.

— Nous ne devrions pas, mais je m'en moque, pas alors que je t'ai comme ça. Tu ne me contrôles pas. Tu ne le feras pas. Réclamer ça pour nous est peut-être le seul moyen de battre ton sire.

La promesse de cela, d'être capable d'avoir ça, était tout ce qu'Ethan avait besoin d'entendre.

Il tira Bash par le cou, l'embrassant fiévreusement. Ils se débarrassèrent de leurs pantalons et de leurs sous-vêtements, le choc de leurs peaux faisant ressurgir des flashs de la première fois qui semblait encore être un rêve pour Ethan. Il n'avait plus faim, il était lucide et était impatient de se souvenir de chaque détail.

Chaque baiser enflammait ses lèvres jusqu'à sa poitrine, le faisant s'agripper plus fort à Bash alors qu'il sentait le côté animal de son corps. Une piqûre occasionnelle des griffes ou des crocs prouvait que Bash ressentait la même chose, ce qui était suffisant pour qu'Ethan désire encore plus ce qu'ils faisaient ressortir l'un de l'autre.

Mais les mains du loup-garou n'étaient pas hérissées de griffes lorsque l'une d'elles descendit le long du corps d'Ethan afin de se glisser entre eux. Ils se tortillèrent ensemble comme ils l'avaient déjà fait à Halloween, mais le vampire voulait plus que des doigts agiles et une

168

friction désordonnée. Il écarta les jambes et leva les hanches, encourageant Bash à le toucher plus bas.

Le manque de matériel aurait gêné Ethan lorsqu'il était humain, mais il découvrit que l'humidité déjà présente était suffisante pour que Bash l'ouvre facilement, suscitant des gémissements de plaisir éhontés de sa part. Ethan ne s'était jamais senti aussi proche du bord juste parce que quelqu'un l'étirait, mais il n'avait jamais été comme cela avec Bash, dont les mains étaient si belles qu'il voulait les dessiner.

Il en voulait plus et balança ses hanches contre les doigts en lui pour montrer son impatience.

— Tu pourrais être ma mort, dit Bash en soulevant une des jambes d'Ethan pour s'aligner.

Je suis déjà mort, pensa Ethan, un peu hystériquement, mais il ne se souciait pas de ce qu'il avait perdu lorsqu'il était avec Bash, commençant une nouvelle vie où il était plus lui-même qu'il ne l'avait jamais été lorsqu'il était humain.

Sentir son compagnon le pénétrer, l'étirer à fond, le faisait s'accrocher aux draps, claquant des dents dans sa passion. Le rut fébrile dans la cave avait été bon, mais ça, c'était mieux.

Ils se balancèrent, et tandis qu'Ethan tordait ses doigts pour trouver un appui, Bash tenait sa jambe d'une main et traçait les éclairs de l'autre. Leur rythme commença à s'accélérer, si bien qu'Ethan savait qu'il ne tiendrait pas longtemps, mais il en voulait toujours plus.

— Attends, souffla-t-il. Retire-toi. Je te veux plus profond.

Bash leva un sourcil, mais s'exécuta avec un léger sourire en coin.

Ethan se retourna, appuyant son visage sur le matelas afin de laisser son amant s'emparer de ses hanches par-derrière. Celui-ci passa une main sur l'omoplate d'Ethan plutôt que de les reconnecter immédiatement.

— Et moi qui pensais que le prochain serait plus bas, dit-il en serrant les fesses d'Ethan. Les lignes semblent… ah.

Il rit, arrivant à la conclusion évidente du dernier tatouage de ce dernier – évidente, du moins, pour tout geek entraîné.

— Avengers Rassemblement ?

Une réponse sous forme de rire sortit d'un gémissement lorsqu'il appuya dessus. Le tatouage était fait de simples lignes noires, mais le dessin représentait chacun des Avengers d'une manière ou d'une autre, comme une étoile pour Captain America, un réacteur pour Iron Man, une flèche pour

Hawkeye, et ainsi de suite. C'était le premier tatouage d'Ethan pour ses dix-huit ans, bien avant la prison.

— Les ai-je tous trouvés ? ronronna Bash, se penchant plus près de son oreille avec une poussée de ses hanches.

Ethan gémit et se poussa contre l'autre homme.

— Je veux t'en offrir un… un jour.

— Me marquer n'est pas quelque chose que je permettrai à la légère.

— À la légère, ce n'est pas notre style, haleta Ethan en retour.

Bash soupira avec humour, se balançant plus fort et serrant les hanches du vampire à chaque fervente poussée.

La voix n'était plus là – ou peut-être qu'elle l'était, mais Ethan ne pouvait pas lui prêter attention quand les mêmes pensées traversaient son esprit avec sa propre voix.

Ceci. Bash. Mien.

La rune ne brillait pas, car elle n'en avait pas besoin. Ethan avait Bash, depuis ce baiser brûlant jusqu'au moment où le métamorphe s'était répandu en lui.

XIX

Bᴀsʜ s'ᴇꜰꜰᴏɴᴅʀᴀ en avant, sa tête pressée entre les omoplates d'Ethan. Il se sentait collant, chaud et tellement satisfait qu'un grognement s'échappa de sa gorge. Il se retira pour tomber sur le côté. Il savait parfaitement à quel point ils étaient tous les deux sales, mais il s'en moquait. Sa tête bourdonnait d'une manière si agréable, et alors qu'il jetait un coup d'œil à la main dormante d'Ethan, il savait qu'il n'y avait rien d'autre à blâmer que l'alchimie entre eux.

Bash rêvassait lorsqu'il sentit Ethan glisser une main le long de son flanc, trouvant la chair cordée de la cicatrice sous ses côtes. Il se demanda si Ethan reconnaissait la ressemblance entre un des dessins de son portfolio et cette cicatrice.

On frappa à la porte, et Ethan poussa un gémissement suivi d'un rire tremblant.

— C'est peut-être Bari qui veut faire un high five.

Bash renifla, se levant avec effort pour regarder Ethan, dont les yeux brillaient toujours d'une lueur jaune et des crocs dépassaient de ses lèvres.

— C'est drôle. Attendez ! lança-t-il vers la porte, passant le drap sur sa peau avant de le jeter sur Ethan afin de le couvrir, ce à quoi ce dernier fronça les sourcils, mais ne le rejeta pas.

Bash attrapa le vêtement le plus pratique qui se trouvait être le bas de pyjama d'Ethan, et il se dirigea vers la porte, reconnaissant de l'avoir fermée plus tôt.

— Quoi ? aboya-t-il en ouvrant la porte, pour se retrouver face à toutes les conséquences qui s'abattaient sur lui en un seul bloc.

Jay.

L'expression de Jay passa du calme et du sérieux à la colère, puis à une profonde tristesse en quelques secondes, alors qu'il prenait connaissance de l'état de Bash, d'Ethan derrière lui, et qu'il sentait les preuves dans ce qui devait être une vague effrayante.

— Jay…

Jay se retourna et partit en trombe dans le couloir.

— Attendez! s'écria Bash en se lançant à sa poursuite, enregistrant à peine Ethan se redressant dans le lit derrière lui et rassemblant les draps autour de son corps. Bash ne regrettait pas d'avoir cédé à Ethan, vraiment pas, mais il ne voulait pas que les choses se passent ainsi après.

— Stop. Stop, dit-il en rattrapant l'autre Alpha, juste avant qu'il n'atteigne les escaliers, attrapant son poignet pour le tirer en arrière.

Jay se retourna avec un grognement...

— Vous avez juré...

— Je sais...

— Vous ne voulez pas de moi, je comprends, mais vous auriez pu rompre officiellement au lieu de... dit-il en fronçant son nez de dégoût alors qu'il regardait en arrière dans le couloir. Au lieu de m'humilier comme ça.

— Ça n'a jamais été mon intention. C'est juste... arrivé.

Bash chercha une réponse.

— J'ai accepté nos négociations parce que je pensais que vous étiez un Alpha digne de confiance, quelqu'un qui valait la peine de fusionner nos meutes. Maintenant, je n'en sais rien, parce que, soit vous ne pouvez pas tenir votre parole...

Il se rapprocha pour se tenir droit devant Bash, les yeux scintillants d'une lueur intermittente de colère.

— ... soit vous êtes tellement fasciné par ce vampire que vous ne reconnaissez pas ce que vous faites, et je ne sais pas ce qui est le pire. C'est exactement ce que son sire veut de vous.

— Ethan n'est pas activement...

— Je m'en moque. Ses intentions ne comptent pas, seulement le résultat. Vous le savez, et pourtant, vous êtes toujours aussi téméraire parce que vous...

— Quoi?

Jay reprit son souffle, calmé, mais toujours déterminé.

— Parce que vous pensez que vous êtes amoureux de lui.

— Je ne suis pas amoureux, répliqua Bash en éclatant de rire, aussi plat que cela puisse paraître. Je vous l'ai dit.

— Vous le serez pour lui. Je ne pense pas qu'il vous manipule, mais son sire, si. Il a peut-être choisi Ethan pour vous. Je ne sais pas, mais je ne veux pas être pris au milieu. Je vous aiderai à trouver et à vaincre le sire. Je repousserai toujours les autres meutes si elles essayent de s'en prendre à vous après ça, mais une union officielle est hors de question.

— Jay, dit Bash en tendant à nouveau la main vers lui, mais il garda intelligemment ses mains pour lui lorsque l'autre homme tressaillit. Ma ville a besoin de ça. S'il vous plaît.

— Je vous aiderai quand même…

— Non, vous ne le ferez pas. Pas si ça devient mauvais. Je ne le ferais pas non plus sans un serment entre nous.

La myriade d'émotions sur le visage de Jay se durcit.

— Alors, je suppose que c'est une autre différence entre vous et moi. Je suis désolé si ma parole n'est pas assez bonne pour vous. Mais la vôtre ne l'est pas non plus.

Il termina sa fuite dans l'escalier, et Bash n'essaya pas de le suivre.

ETHAN SE sentait comme un moins que rien. Il avait obtenu tout ce qu'il voulait, mais il ne pouvait pas en profiter alors que quelqu'un d'autre souffrait. Tout ce qu'il savait sur Jay Russell indiquait que l'Alpha de Brookdale était un homme bon, et Ethan était le voleur de la nuit qui avait dérobé son avenir.

Le sexe avait été incroyable, mais il était difficile de se délecter après coup, peu importe combien Bash disait qu'Ethan n'avait rien à se reprocher.

— J'ai fait mon choix. Nous allons de l'avant maintenant, et ce qui se passera après dépendra de Jay.

Le vampire, se sentant au moins ragaillardi, accepta d'envoyer un message à Leo afin de le rencontrer plus tard dans la soirée à l'endroit choisi par Bash, un café. Ils s'apprêtaient à déclencher le piège. Il ne restait plus qu'à s'y préparer.

Ils étaient actuellement assis dans l'atelier de Nell. Toutes les personnes de la meute savaient ce qui s'était passé – qu'Ethan avait refusé de se nourrir, qu'il s'était nourri de Bash, qu'ils avaient recouché ensemble, et que Jay était au courant. Il n'y avait pas eu de high five, mais des tapes sur l'épaule et des mots d'encouragement.

Bari voulait peut-être encore donner un high five à son frère.

Ou à Ethan.

Les deux peut-être.

— Je m'en veux de ne pas avoir réalisé que tu te privais de nourriture, dit Bari alors qu'ils attendaient que Nell termine ce sur quoi elle travaillait pour le piège. Je pensais que tu étais malheureux à cause de votre triangle amoureux. Je n'avais pas réalisé que tu avais faim.

— C'est bon, assura Ethan. Je pense que le mot pour cette situation est… fiasco.

Bari rit, tandis que Bash affichait un petit sourire en coin.

— Sois assuré, Ethan, que je jouerai mon rôle, tout comme Deanna. Elle est partie fraterniser avec son fleuriste, comme tu le sais, en partie pour garder un œil sur lui, puisque sa présence semble aussi fatale que la tienne, mais ça reste un rendez-vous. Pour ma part, si le plus important est de sécuriser ton sire, nous devons également maintenir des relations amicales entre Centrus City et Brookdale.

— Ce qui veut dire ? intervint Bash sur un ton grondant. N'essaye pas de te faire des amis, Bari. C'est une question de politique, et tu n'as pas l'esprit politique. Tu ne peux simplement pas charmer Jay et Maximus pour qu'ils t'adorent et régler toutes ces tensions.

— *Tu* ne pourrais peut-être pas, mais mon charme est d'une classe à part, répliqua Bari en embrassant Bash sur la joue, ce qu'Ethan trouva ridiculement adorable, d'autant plus que l'Alpha leva les yeux au ciel au lieu de se plaindre.

Puis Bari prit la main d'Ethan et la tapota doucement.

— Tu me diras si je peux faire quelque chose pour toi pendant la préparation de cette soirée. Je sais combien cela te pèse, mon cher, mais tu fais partie de cette meute maintenant, et cela signifie que nous sommes une famille, dit-il en rapprochant le vampire pour un câlin serré. Maintenant, nous ne pouvons pas laisser nos ambassadeurs de Brookdale tout seuls. Siobhan et Luke m'ont dit qu'ils étaient au Refuge avec la femme et le fils de Thornton. Je vais simplement m'assurer qu'ils sont bien accueillis.

— Maximus a accepté de laisser William et Theresa retourner au Refuge ? dit Ethan en se redressant, recevant un regard timide de Bash.

— J'ai pu mentionner quelque chose, dans l'espoir de le faire changer d'avis.

— Vraiment ? Pour moi ?

— Pour William, dit-il, même si le mouvement de ses lèvres indiquait que ce n'était pas la seule raison. Il est probable qu'il devienne assez influent un jour. Mieux vaut se faire des amis que des ennemis.

— Et sur cette note, dit Bari en faisant une petite référence en s'éloignant. Tenez-moi au courant, et je ferai de même. Ça va se passer merveilleusement bien ce soir, Ethan. J'en suis sûr.

Ethan ne savait pas à quoi ressemblait «merveilleusement» étant donné la situation. Il avait envoyé un message à son oncle en toute bonne foi, disant qu'il voulait simplement le voir et parler, mais il mentait pour lui tendre un piège. Même si Leo était son sire, cette pensée retournait son estomac de colère.

— C'est bon, dit Nell en revenant de l'endroit où elle avait mélangé quelque chose avec un mortier et un pilon en pierre.

Ethan jeta un coup d'œil à l'intérieur alors qu'elle s'approchait, et vit une pâte rouge foncé.

— Tends ta main. La gauche, puisqu'il y a déjà un sort lancé sur la droite.

Il fit ce qu'elle demandait et elle utilisa le pilon afin d'étaler un peu de la pâte sur sa paume. Elle ne garda pas sa couleur rouge, mais se fondit dans sa peau, chatoya, puis ne laissa aucune trace de sa présence.

— Il a essayé de te toucher, as-tu dit? Il a probablement préparé quelque chose de similaire sur sa peau pour dessiner un voile sur toi comme il l'a fait quand tu étais enfant. Mais avec ceci, c'est toi qui lèveras le voile. Quand tu seras prêt, touche sa peau avec ta paume, et tu seras capable de sentir ce qu'il est vraiment.

— Merci, dit-il, bien que son estomac se torde, puis il se tourna vers Bash. Devons-nous aller au café maintenant?

— Pas encore, dit Bash. J'avais espéré faire quelque chose avant. Tu as pris tout le sérum que Nell t'a donné avant, n'est-ce pas?

— Oui, répondit Ethan en jetant un regard entre eux comme si c'était une question piège. Je l'ai terminé il y a quelques jours. C'était censé m'aider à mieux refermer les blessures d'une personne après m'être nourri d'elle, non?

— C'est exact. On dirait qu'il a fait son travail aussi. J'ai guéri encore plus vite que ma constitution de loup ne le permettait, mais je veux être sûr que cela signifie que tu peux te nourrir des humains en toute sécurité, dit Bash en regardant Nell, qui hocha la tête.

— Il devrait pouvoir se nourrir en toute sécurité, si tu veux le tester. Espérais-tu que je me porte volontaire?

Ethan écarquilla les yeux.

— Ce n'est pas la peine, dit Bash, mais Ethan se tendit davantage lorsqu'il poursuivit. J'ai un meilleur candidat. Il n'y aura plus d'attente, Ethan, pas quand tu auras faim. Je sais que ce n'est pas encore le cas, mais c'est pourquoi c'est le meilleur moment pour faire un essai.

— LE MAIRE ? dit Ethan en rechignant alors qu'ils étaient assis au bar de l'hôtel même où Ethan avait séjourné lorsqu'il était arrivé en ville. Bash avait expliqué, après tout, que c'était un de ses repaires fréquents dans ce but. Tu veux que je morde le maire ?

— Monsieur Hedin est un homme bon, pour un politicien. Je peux t'assurer que c'est aussi rare que les stéréotypes le suggèrent. Mais ça ne veut pas dire qu'il n'a pas besoin d'un petit coup de pouce de temps en temps pour faire ce qu'il faut.

— La bonne action, c'est de fermer les yeux sur le vol, la contrebande ou les autres activités illégales de la meute ?

Bash prit une gorgée de sa boisson – scotch, juste un doigt pour calmer sa nervosité, tandis qu'Ethan n'avait rien. Il ne pouvait plus se saouler, mais Nell pourrait éventuellement trouver d'autres moyens, puisque sa moue laissait entendre qu'il le souhaitait.

— Je ne peux ni confirmer ni infirmer, dit Bash avec un clin d'œil.

Ethan se fendit d'un sourire, tapant des doigts sur le bar.

— Tu l'as vraiment aidé à être élu ? Tu lui as demandé des faveurs ? Pourquoi ? Si c'est un type bien, c'est génial, je suis content, mais j'ai l'impression que c'est quelque chose de plus que ça.

Il était clair qu'il n'avait pas été un expert en police scientifique seulement parce qu'il était bon dans un laboratoire ; les instincts de détective feraient de lui un bon policier un jour.

— Tu as raison, il y avait plus que cela. Lorsque le titulaire a décidé qu'il était temps de prendre sa retraite et que les candidats ont commencé à s'aligner pour le remplacer, je savais que je devais avoir un intérêt direct dans le gagnant. Hedin a d'abord attiré mon attention à cause de son passé d'enfant des rues. Un peu voleur, même. Il a quitté le caniveau pour s'en sortir, mais aussi pour s'occuper de sa mère. Tout cela est très vendeur pour les électeurs et tout à fait authentique. Il n'était pas le candidat favori au départ, alors j'ai envoyé Siobhan se faire une idée de lui. Elle n'a pas pu. Ce n'est pas la même chose que le sort sur ton oncle, mais elle n'a rien ressenti de lui et ne pouvait pas expliquer pourquoi. Je suis devenu curieux. J'ai eu

176

une intuition sur ce qui pouvait se passer, et une fois que j'ai eu raison, j'ai mis toutes les ressources possibles pour être sûr qu'il gagne.

— Mais pourquoi ? demanda Ethan. Qu'as-tu découvert sur lui ?

— Tu l'apprendras bien assez tôt, dit Bash en laissant son sourire s'élargir.

Il hocha la tête par-dessus l'épaule d'Ethan.

Le maire Robert Hedin venait d'entrer et se dirigeait vers eux au bar d'une démarche assez nerveuse. Il était plus grand qu'Ethan, plus mince aussi, avec des traits anguleux et un long menton, mais il était assez à son avantage dans un costume, même s'il portait actuellement un long manteau par-dessus, des lunettes de soleil et un trilby comme s'il sortait d'un film d'espionnage des années 50.

— Qui est le nouveau ? chuchota Robert en prenant place à côté d'Ethan, puisque Bash avait délibérément choisi le tabouret du bout.

— Nouveau en ville, mais pas un métamorphe, si vous êtes curieux, dit Bash, sans prendre la peine de baisser la voix, ce qui fit grimacer l'autre homme.

Il n'y avait personne d'important dans le bar. Il n'y avait presque personne d'autre.

— Comme je l'ai déjà dit, l'accoutrement attire plus d'attention, ni plus ni moins.

— Oui, oui, répliqua Robert en arrachant le chapeau de sa tête pour le jeter sur le comptoir avec ses lunettes de soleil.

Puis il indiqua le verre de Bash au barman.

— Un autre, s'il vous plaît ? demanda-t-il avant de jeter un coup d'œil à Ethan, bien qu'il se soit déjà détendu, supposant maintenant qu'Ethan était un tampon humain entre Bash et lui. Vous ne buvez pas, le bleu ?

— Oh, hum… je ne bois plus *d'alcool* ?

— C'est quoi votre histoire ? Le Gros-Yeux là-bas ne l'a pas dit, mais c'est généralement pour une faveur. Vous n'êtes pas un ex-taulard ou autre, hein ?

— Euhhh…

— Ah, merde, Bain. Vous ne pouvez pas…

— Il n'y a rien d'illégal dans ma demande ce soir, Monsieur le Maire, le coupa Bash. Ethan est un ex-détenu, mais un bon genre. Ancien expert de la police scientifique de Glenwood, il veut se lancer dans l'investigation privée. Vous voyez le genre.

177

— Oui ? dit Robert en se détendant davantage, se penchant plus près d'Ethan avec un sourire. J'ai été détective privé, vous savez. Si vous cherchez de l'aide pour obtenir une licence, c'est une faveur facile. Tout pour garder la racaille en échec ici, non ? Non pas que Bain ou n'importe lequel de ses gens… soient des racailles, je n'ai pas dit ça.

Il prit le verre que le barman avait placé devant lui et le descendit entièrement. Il avait tendance à boire beaucoup en présence de Bash.

Ethan déplaça son regard de Robert à Bash avec une interrogation dans les yeux qui prouvait qu'il pouvait déjà le sentir. Ou plutôt ne pas le sentir. Le maire le remarqua après avoir demandé un autre verre au barman d'un signe de tête. Il était aussi un bon observateur.

— Pas sûr de ce que vous ressentez pour moi, hein ? Ne vous en faites pas, petit. On me le dit tout le temps.

— Désolé, dit Ethan. Ce n'est pas vous, mais… eh bien, je suppose que c'est vous.

Robert haussa les épaules, regardant Bash pour savoir où aller, mais celui-ci secoua la tête. La règle numéro un était que Robert ne devait jamais divulguer ce qu'il était vraiment – à personne.

— Ça me permet d'équilibrer mes sondages, dit ce dernier. Est-ce tout ? Vous avez juste besoin d'une licence ?

— Ce serait utile, mais hum… dit Ethan en regardant également Bash qui buvait son verre en souriant. Je suis, euh… censé tester quelque chose sur vous.

— Que dites-vous maintenant ? dit Robert avec un sourire nerveux.

Ethan jeta un coup d'œil autour de lui, mais le seul homme assis à une table au fond ne les regardait pas, et le barman était allé à l'autre bout du comptoir après avoir déposé le verre de Robert. Il ferma un instant les yeux et les rouvrit afin d'en montrer l'or vibrant et laisser ses crocs s'allonger.

Le maire faillit laisser tomber sa nouvelle boisson.

— Même le nouveau ? Attendez, vous avez dit qu'il n'était pas…

— Un métamorphe. Il ne l'est pas. Robert Hedin, voici Ethan Lambert, un vampire.

Robert laissa tomber son verre cette fois, le renversant légèrement avant de le reprendre et de le boire comme le premier.

— Bien sûr, ceux-là existent aussi. Vous n'avez pas besoin de me forcer, vous savez, je…

— Ce n'est pas du chantage, Monsieur Hedin, dit Bash. En fait, si vous me faites cette faveur, je vous en devrai une pour une fois. Et c'est une simple demande, vraiment. Vous n'avez même pas besoin de bouger. En fait, c'est vous qui vous êtes interrogé sur la boisson d'Ethan.

Robert cligna des yeux, puis se crispa, s'éloignant subtilement d'Ethan comme s'il comprenait.

— Vous êtes sûr que la faveur que vous voulez n'est pas un vol qualifié ?

— Ça ne sera pas douloureux, dit Ethan, regardant déjà le poignet de Robert et le sang pompant sous ses veines. Je n'en prendrai pas beaucoup. Je ne veux faire de mal à personne, jamais. C'est pourquoi j'ai besoin de m'entraîner.

— Ça pourrait faire mal, en fait, dit Bash, et les deux hommes portèrent tous les deux leur attention sur lui. Tu peux utiliser ton pouvoir, Ethan, mais ça ne fonctionnera pas sur lui. Tu pourras quand même refermer la plaie.

C'est tout ce que Bash voulait dire.

Robert tendit la main devant Ethan pour voler le verre de Bash, il le réclama et le termina aussi.

— Tout ce que je veux ? demanda-t-il à Bash.

— Une faveur est une faveur, Monsieur le Maire.

— Alors, je vais garder celle-ci pour un jour de pluie. Est-ce que je dois, genre... dénuder ma gorge et trouver un coin tranquille.

— Non, c'est très bien, affirma Ethan, prenant doucement le poignet de Robert et le portant à sa bouche.

Il inhala d'abord, comme pour juger du bouquet d'un vin particulièrement parfumé. Puis il retroussa ses lèvres et mordit.

Robert haleta, mais ce n'était pas de douleur. Il haleta à nouveau comme s'il appréciait peut-être un peu trop la sensation d'Ethan, sans tenir compte de l'absence d'asservissement. Robert devait avoir quelques secrets que Bash ne connaissait pas.

Ethan se retira sur un coup de langue et Robert cligna encore rapidement des yeux.

— Vous organisez des fêtes ?

— Monsieur Hedin.

— Je plaisante, assura-t-il en secouant la tête, essayant de soulever un des verres devant lui avant de se rappeler qu'ils étaient vides.

Il fit signe au barman de revenir, et Ethan avait de nouveau apparence humaine sans presque aucun effort lorsque ce dernier arriva.

Robert cacha son poignet jusqu'à ce que le barman se retourne, mais ce n'était pas nécessaire. Il n'y avait rien lorsqu'il regarda les marques de morsure. Ethan avait, comme promis, refermé la plaie pour retrouver une peau lisse.

— Waouh. Je suis, soit déjà bourré, soit définitivement pas assez. Avez-vous besoin d'autre chose ?

— Vous êtes difficile à lire, Monsieur le Maire, mais vous avez un goût incroyable, dit Ethan avant de rougir en réalisant ce qu'il avait dit.

— Merci ?

— J'apprécie que vous m'ayez consacré du temps, dit Bash. Les boissons sont pour moi, et vous pouvez demander ce retour de faveur à tout moment. La licence de détective peut être envoyée chez moi. Je vous recontacterai pour tout détail supplémentaire. Oh, et…

Il serra sa main sur le poignet de Robert – le même qu'Ethan avait mordu – avant qu'il ne puisse s'enfuir.

— Gardez votre téléphone près de vous et un chauffeur à portée de main. Je pourrais avoir besoin de vous à court terme, dans les jours à venir.

— Bien sûr, Bain, tout ce dont vous avez besoin, acquiesça consciencieusement Robert.

— Toujours un plaisir.

— Oui. Et euh… ravi de vous avoir rencontré, le bleu. Mais ne me coincez pas dans des ruelles sombres. J'ai un peu peur de ne pas pouvoir me défendre.

Il descendit le dernier verre, replaça ses lunettes de soleil et son chapeau, et partit, un peu plus instable, mais aussi rapidement qu'il était arrivé.

— Je ne comprends pas, dit Ethan en se retournant vers Bash, les sourcils froncés. Je me sentais presque humain avec lui, mais je ne pouvais pas dire si je l'aimais ou…

— Si tu avais vraiment envie de le frapper au visage ?

— Oui ?

— Effet secondaire de ce qu'il est. Soit on l'aime, soit on le déteste, soit on ne ressent rien du tout, généralement en même temps. Vraiment parfait pour un politicien.

— Il n'est pas humain ? Ou un métamorphe ? Alors, qu'est-ce qu'il est ?

— Il est humain, mais Robert Hedin est aussi quelque chose de très rare, presque aussi rare que toi et moi. Tout ce que tu dois savoir, c'est que ce qu'il t'a fait ressentir, il le fait ressentir à tout le monde, ce qui le rend aussi incorruptible à une influence surnaturelle et le maire parfait à avoir dans ma poche.

La compréhension brilla dans les yeux d'Ethan, bien qu'une espièglerie touche également son expression.

— Il semble assez corruptible pour toi.

— Bari a peut-être ses charmes, mais le prix du plus corrupteur est pour moi, répondit Bash en souriant.

Il prit Ethan par le cou, fit courir son pouce le long de sa mâchoire. C'était tentant de l'embrasser à cet instant, mais pas ici.

— Viens. J'ai confiance en toi. Maintenant, il est temps de découvrir la vérité sur ton oncle.

XX

Ethan n'avait jamais eu d'oreillette avant. Et il y avait tellement de voix. C'était comme si tout le cercle intime était lié, parce qu'il pouvait les entendre presque toutes pendant qu'il attendait dans un box d'angle du café que Leo arrive.

— Je persiste à dire qu'il faut sauter sur ce bâtard et le tuer. Désolé, Ethan, dit Preston.

— Pense tactiquement, répliqua Siobhan. Le tuer ne nous donne aucune réponse, ce qui pourrait nous retomber dessus.

— Les lézards pensent toujours ainsi.

— Intelligemment, veux-tu dire ? C'est tout à fait ça.

— Je suis tactique, dit Luke.

— Tu es un chaton, mon chéri. Tu sautes sur ta propre ombre.

— Hé !

— Assez, intervint Bash, sa voix coupant à travers le reste. Vous êtes tous anxieux, je comprends, mais il faut qu'Ethan reste calme. Nous sommes tous à l'extérieur de la boutique, Ethan, prêts à entrer au moment où tu auras besoin de nous. L'endroit est rempli d'autres métamorphes, donc il ne sentira pas que quelque chose ne va pas.

Ethan acquiesça. Ils avaient répété le plan plusieurs fois, et le fait que presque tout le monde était là pour le soutenir, sauf Deanna et Bari qui gardaient respectivement Rio et Jay occupés, le rendait moins insupportable.

Même lorsque la porte sonna en s'ouvrant et qu'il regarda pour voir son oncle entrer.

Leo se précipita vers Ethan, mais celui-ci se sentait nerveux et incertain et ne put se résoudre à se lever. Il raidit son corps et garda ses mains pour lui pendant que Leo s'asseyait.

— Merci d'avoir accepté de me revoir, Ethan, mais c'est trop public. Nous devons…

— Tu m'as gardé caché. Tu m'as gardé prisonnier.

— Ce n'était pas comme ça, répondit son oncle, si sincèrement crédible que cela rendait cela presque pire. Je te protégeais…

— Et je me sentais seul. Tout le temps. À cause de toi.

— Ethan…, dit-il en tendant la main comme il l'avait fait l'autre fois, mais le jeune vampire recula.

— As-tu tué mes parents ? Dis-moi simplement. Es-tu un vampire ? Est-ce toi qui m'as fait ça ?

Il voulait une réponse honnête, la vérité, toute la vérité, mais il avait besoin que Leo la verbalise.

Il ne le fit pas. Il étendit les mains sur la table comme pour se stabiliser et parla.

— Je ne peux pas expliquer. Pas ici. Mais si tu viens avec moi…

— Non, dit Ethan en posant sa main gauche sur la table au-dessus de celle de Leo, faisant claquer ses doigts. Je ne vais nulle part avec toi.

Leo ouvrit la bouche pour répliquer, mais se tut, car le voile se leva comme Nell l'avait dit. Il devait le sentir, puisqu'Ethan le ressentait. Le coup de poing de la familiarité le frappa comme s'il se heurtait à un mur. Familiarité parce que c'était sa propre odeur qui lui faisait écho.

— Tu es un vampire. Tu as fait ça.

— Écoute-moi, Ethan, dit Leo en essayant de se libérer de son emprise, mais son neveu ne le laissa pas faire. Tu ne comprends pas. Rien de tout cela n'est ce que tu penses.

Le bruit de pas résonna avant qu'aucun d'eux ne puisse reprendre la parole.

— Oh, mais ça l'est, dit Bash en s'approchant de la table, suivi de Siobhan, les autres se tenant près de l'entrée afin de ne pas attirer l'attention sur leur nombre. Mais venez tranquillement et nous serons heureux d'entendre votre explication.

Ethan était prêt à se battre. Les autres l'étaient aussi. Mais Leo ne se battit pas. Il fit glisser sa main hors de la prise relâchée d'Ethan et s'affaissa sur sa chaise comme s'il avait accepté sa défaite.

— Tu n'as aucune idée de ce que tu fais, dit-il.

— Alors, défends-toi, cracha Ethan.

Il le voulait, pour croire que son oncle n'était pas aussi cruel, mais Leo refusa d'en dire plus.

Siobhan s'avança pour le soulever de son siège, mais il ne se débattit toujours pas. Il la laissa le conduire du café à la camionnette à l'extérieur. Les autres suivirent, mais Bash resta avec Ethan, attendant qu'il soit prêt.

Tout ce qu'il pouvait faire, c'était fixer son oncle, engourdi maintenant par le fait d'accepter que l'homme qui l'avait élevé avait ruiné sa vie plusieurs fois et ne voulait même pas le nier.

Ethan se leva pour suivre Bash dehors, ne remarquant pas l'autre paire d'yeux qui l'observait.

BIEN QU'ETHAN ait emménagé dans sa chambre à l'étage, le lit était toujours au sous-sol. Leo était assis sur le bord du lit alors que Bash se tenait devant lui, Ethan s'appuyant contre la porte. Bash lui avait demandé des informations, mais il n'avait pas donné grand-chose.

— Tu es un vampire, dit Ethan. Tu m'as fait ça. Dis-moi juste pourquoi. Dis-moi la vérité. As-tu tué mes parents ? Pourquoi ne dis-tu rien ?

Leo sursauta au cri de son neveu, mais il détourna le regard, ne croisant ni son regard ni celui de Bash.

— Laisse-moi partir. Tu ne me reverras plus jamais si c'est ce que tu veux.

— Vous n'allez nulle part, dit Bash.

— Le sort qui était sur moi, je suis sûr que votre Chamane peut faire quelque chose de similaire, dit-il en levant les yeux au ciel. Faites-le pour Ethan. Faites-le disparaître. C'est comme ça que je l'ai gardé en sécurité.

— C'est comme ça que tu m'as gardé prisonnier, grogna Ethan. Et seul.

L'expression de Leo n'était empreinte d'aucune ruse, et alors que cela aurait dû rendre Ethan plus furieux que son oncle fasse encore semblant au lieu d'admettre la vérité, cela ne faisait que le déstabiliser davantage.

— Je suis désolé que cela ait fait fuir les gens, Ethan, mais c'était la seule solution. C'est trop tard maintenant, mais tu peux peut-être te cacher. Prends l'Alpha avec toi si c'est ce que tu veux, mais rends-toi invisible…

Ethan frissonna à cause de l'intensité dans les yeux de son oncle.

— … et cours.

PLUS TARD, Ethan était affalé dans un fauteuil. Il n'avait pas pu rester plus longtemps dans la cave, même si Bash y était resté, cherchant à obtenir tout ce qu'il pouvait de Leo. Preston et Luke étaient avec lui, mais ils étaient tombés dans un silence complice après qu'Ethan s'était montré peu bavard.

Le couple partageait le canapé, Preston travaillant sur son ordinateur portable, probablement pour faire la comptabilité, comme Bash l'avait mentionné, tandis que Luke somnolait à côté de lui. C'était agréable de les voir si normaux et domestiques. Enfin, si Preston allumant une bougie parfumée sur la table basse d'un simple geste de la main était normal.

Un faible grognement retentit après un moment.

— Est-ce que Luke… ronronne ? demanda Ethan.

C'était le cas, mais avant que Preston ne puisse répondre, le son de nouvelles voix filtra… et ce n'était aucun des membres habituels.

C'était Bari, Maximus et Jay.

Bari avait l'air joyeux, riant même, alors qu'ils entraient dans le salon, mais la vue de Maximus, et surtout de Jay, fit se dresser les poils de la nuque d'Ethan d'incertitude et de honte.

Jay souriait lui aussi au début, riant avec Bari de ce dont ils avaient discuté – même Maximus semblait quelque peu aimable – mais dès que Jay vit Ethan, il se figea et son expression s'assombrit.

— Sa… salut, dit bêtement Ethan, puisque tout le monde s'était tu. Bash est, humm, toujours au sous-sol avec mon oncle.

— Et personne ne garde la porte, aboya Maximus en claquant des doigts, redevenu hargneux.

— Siobhan est là, répondit Preston, pas du tout impressionné, Luke remuant en grognant aux nouvelles voix autour de lui. Pas la peine de péter les plombs.

— Preston, mon cher… intervint Bari en riant au langage du Magister. Est-ce une façon de parler devant un Alpha ?

— Je ne voudrais pas que quelqu'un se censure à cause de moi, dit Jay en arrachant ses yeux d'Ethan avec une douleur évidente. Je ne demande pas cela à mon cercle, et j'apprécie la liberté que Bashir accorde… à la plupart d'entre vous.

Il était sur le point de dire « vous tous ». Ethan avait une bonne idée de la raison pour laquelle il avait retenu ces mots.

Maximus semblait contrarié d'avoir été si efficacement contré et il grogna un peu avant de traverser la pièce, probablement pour rejoindre Siobhan.

— Jay, pourquoi n'irions-nous pas nous chercher un verre en attendant ? Quelqu'un d'autre ? demanda Bari en se tournant vers la salle.

Preston leva la main, mais tous les autres restèrent silencieux, Ethan ne pouvant s'empêcher de fixer Jay et la façon dont celui-ci évitait délibérément de le regarder maintenant.

Les deux hommes partirent vers la cuisine, et Ethan se leva comme s'il était tiré par une longe invisible. Il n'alla pas plus loin que le seuil de la porte, la plupart du temps hors de la ligne de mire, afin de pouvoir les observer depuis l'autre pièce sans être trop visible.

La posture de Jay se détendait loin d'Ethan, la tension disparaissant aussi de son visage. Il portait une tristesse non dissimulée dans son expression qu'Ethan savait être sa faute. Celle de Bash aussi bien sûr ; ce n'était pas comme si Ethan avait brisé une grande romance – Bash n'aimait pas Jay – mais cela n'apaisait pas sa culpabilité.

La tristesse de Jay ne décourageait pas Bari, mais semblait l'inspirer, toujours prêt et désireux de détendre l'atmosphère et de faire naître de nouveaux sourires et rires. Ils étaient déjà à l'aise l'un avec l'autre, ce qui indiquait que les derniers jours les avaient soudés. Et alors qu'Ethan pensait que Bari était doué pour se lier avec la plupart des gens, il se demandait…

Leurs yeux se croisèrent alors que Jay lui jetait un regard rapide. Ethan, comme un idiot, se réfugia dans le salon.

Espionner comme cela n'aiderait pas la situation.

Ce qui n'aida pas, c'est que quelques minutes plus tard, Bari et Jay revinrent et que ce dernier s'adressa à Ethan.

— Je peux vous parler un instant ?

Si Maximus avait été à portée de voix, il aurait probablement protesté, mais il ne l'était pas, ce qui signifiait qu'Ethan n'avait aucun recours pour s'échapper.

— Euhh…

— Juste un instant, répéta Jay en faisant un geste vers le foyer.

Tous les regards se tournèrent vers Ethan. Il ne pouvait pas dire non, alors il hocha la tête et laissa Jay l'entraîner hors de la pièce, se demandant si c'était en l'éloignant des autres que Jay comptait l'assassiner.

— Je… je… je, hum… je veux juste que vous sachiez que… Euhhh.

— Vous n'avez pas à avoir peur de moi, Ethan, dit Jay d'une voix basse et patiente, bien que pas tout à fait amicale. D'habitude, même en tant qu'Alpha, le loup est celui qui est censé avoir peur du vampire.

Peut-être, si Ethan avait envie de se battre si Jay décidait de l'attaquer.

Mais non, ce n'était pas ce que l'autre homme voulait.

— C'est plutôt que je pense que vous me détestez, dit Ethan, s'appuyant sur la rampe de l'escalier pour trouver quelque chose à quoi se raccrocher.

— Parce que vous êtes un vampire ? Ou parce que vous avez couché avec mon fiancé ?

Le sang quitta le visage d'Ethan, une sensation à laquelle il était plus habitué, n'étant plus humain.

— Les deux ? Mais je croyais qu'il n'était plus votre fiancé.

Le visage de Jay se durcit, et Ethan se sentit comme un crétin pour avoir dit quelque chose d'aussi irréfléchi.

— Il ne l'est pas. Il ne peut pas l'être. Pas maintenant.

— Je suis désolé.

Jay soupira, perdant sa position puissante, et avec elle, sa dureté se fissura.

— Je sais que vous êtes une victime dans tout ça autant que n'importe lequel d'entre nous. Je ne suis pas amoureux de Bashir. Il ne m'aime certainement pas. C'était politique, le devoir. J'espérais juste que ce devoir aurait pu se terminer de façon romantique aussi, dit-il en souriant, bien que sombrement, ce qui incita Ethan à sourire en retour. C'était un joli fantasme tant qu'il a duré. Presque un conte de fées de métamorphes – deux Alphas rapprochant leurs meutes par nécessité et par parenté pour trouver l'amour là où cela aurait pu rester froid.

Son sourire se contracta alors qu'il jetait un coup d'œil de côté avant de poursuivre.

— Ce n'est pas le style de Bashir, je sais. Mais c'était amusant de l'imaginer pendant un moment. En plus, il est *super sexy*, dit-il d'une façon tellement béguin d'adolescent qu'Ethan rit avant de pouvoir s'en empêcher et il plaqua ses mains sur sa bouche.

Jay rit aussi. Puis ils rirent ensemble, et cela ne semblait pas si terrible entre eux.

— C'est à peu près la seule chose que Bari et lui ont en commun, dit Ethan.

— J'ai remarqué, répondit Jay en jetant un regard en arrière dans le salon, où ils pouvaient tout juste distinguer le profil de Bari qui buvait son verre, tout en tenant celui de Jay dans son autre main avec un large sourire impudent qui n'aurait pas été le même sur le visage de Bash.

— Est-ce tout ce que vous vouliez ? demanda Ethan, ramenant l'attention de l'autre homme sur lui.

Il ne semblait pas aussi raide ou hostile, mais il était toujours un Alpha, et il s'appuyait sur une façade forte, comme s'il s'agissait d'une manifestation de son titre.

— C'est difficile pour moi. J'essaye de ne pas vous détester parce que je sais que ce n'est pas votre faute. Mais j'ai aussi besoin que vous compreniez quelque chose, dit-il en faisant un pas de plus vers Ethan, devenant immédiatement plus imposant, et Ethan se cramponna plus fort à la rampe. Si votre sire vous pousse à agir contre nous, et que Bashir ne peut ou ne veut pas intervenir… je le ferai.

— Merci, dit Ethan, un frisson parcourant son corps. Les autres membres du cercle pourraient hésiter. Je suis content qu'il y ait quelqu'un qui n'hésitera pas.

Jay acquiesça, semblant tout aussi reconnaissant qu'ils se comprennent. Quand il s'éloigna à nouveau, il s'adoucit et offrit un petit sourire.

— Non pas que nous devions nous inquiéter. Votre oncle a été capturé et ne se bat pas, il paraît.

— Oui…

— Vous êtes sceptique ?

— Je ne sais pas, dit Ethan en s'affaissant. Il est mon sire, il doit l'être, mais il continue de parler par énigmes et ne veut rien admettre.

— Il veut peut-être vous déstabiliser pour que vous baissiez votre garde.

— Peut-être.

Jay l'étudia, considérant la situation avec attention, comme Ethan imaginait qu'il le faisait pour toutes ses décisions en tant qu'Alpha.

— Si chaque réponse dans la vie était facile, mon espèce n'aurait pas besoin de la meute, dit-il avec un signe de tête vers l'autre pièce.

Bien que Preston et Luke soient visibles d'où ils se tenaient, les yeux de Jay dérivèrent à nouveau vers Bari. C'était un visage injustement familier pour lui, après tout, celui qui lui avait menti et l'avait laissé tomber, mais ce n'était pas ce qu'Ethan voyait dans l'expression de Jay. Il n'y avait rien d'aigre ou de rancunier. Il y avait de la nostalgie.

Et pas seulement pour un visage ressemblant.

— Hum, aimez-vous la mode et les romans d'amour ? demanda-t-il.

Jay cligna des yeux en le regardant.

— Où sont-ils ? demanda Bash, sa voix résonnant dans le salon, distinctement différente de celle de Bari.

Ils se précipitèrent à l'intérieur, trouvant Bash à l'autre entrée avec Siobhan et Maximus derrière lui.

Siobhan ne broncha pas, mais les deux hommes sursautèrent en voyant Jay et Ethan entrer ensemble.

— A-t-il dit quelque chose d'autre ? demanda Ethan avec espoir.

— Non, répondit Bash. Il ne fait que répéter que je dois te cacher et t'emmener loin d'ici, mais il ne veut rien admettre. Il dit que c'est pour te protéger, et je pense qu'il le croit, mais ce qu'il ne nous dit pas… je ne peux pas en être sûr.

— Alors, tuez-le, grogna Maximus. Qui se soucie s'il ne parle pas ?

— Ne fais pas ça, s'il te plaît, dit Ethan en se précipitant vers Bash. Ne fais pas ça. C'est toujours mon oncle.

— Et ton sire, lui rappela celui-ci. Qui a peut-être tué tes parents et t'a menti pendant la moitié de ta vie.

— Je sais, mais… pas encore, s'il te plaît. Il n'a rien avoué, même si ça doit être lui. Nous n'avons pas de preuve.

— Vous plaisantez ? se moqua Maximus. Pourquoi ne suis-je pas surpris que vous le défendiez.

— Le sous-sol est sécurisé ? demanda Jay, parlant par-dessus son Second, s'adressant à Bash avec cette façade d'Alpha fort à nouveau en place.

— Oui. Il ne peut aller nulle part.

— Alors, je suis d'accord avec Ethan.

Ethan fut surpris que Jay soit d'accord avec lui, même s'ils s'étaient expliqués auparavant. Bash et Maximus semblaient penser la même chose.

— Nous attendrons et verrons ce que nous pouvons découvrir d'autre, continua Jay. S'il existe des preuves, nous les trouverons et nous déciderons ce que nous ferons de lui.

Il était déjà tard. Ethan se sentait épuisé lorsqu'il se dirigea finalement vers sa chambre, même s'il n'avait plus besoin de beaucoup de sommeil. L'épuisement émotionnel était plus important que l'épuisement physique.

Comment pourrait-il dormir alors que Leo était deux étages plus bas, emprisonné ?

Maintenant qu'ils étaient si proches l'un de l'autre, Nell avait placé une nouvelle rune sur Ethan, une rune bloquant tout signal de Leo afin de s'assurer qu'il ne tenterait rien dans la nuit. Cela signifiait qu'il ne devrait plus faire de rêves étranges, même si Nell admettait qu'une vraie séparation entre l'oisillon et le sire était au-delà de son pouvoir.

Ethan voulait demander à Bash de rester avec lui ou s'il pouvait rester avec lui dans sa chambre, mais il voulait aussi réfléchir à la façon d'amener Leo à lui dire la vérité. Finalement, il choisit la solitude et s'allongea seul sur son lit. Il sentait l'odeur de Bash et de ce qu'ils avaient partagé plus tôt, ce qui le réconforta un peu, au moins.

Il s'endormit, et alors que cela aurait dû être impossible, il rêva.

IL MARCHAIT dans les mêmes allées et rues secondaires, entendait la même voix qu'il ne pouvait pas situer, mais cette fois, il savait, même si ce n'était que dans le rêve, que la voix n'appartenait pas à Leo.

— Il est temps, Ethan. Tu t'es si bien débrouillé. Tout le monde te fait confiance. Ils t'écouteront. Ils seront tellement plus en sécurité s'ils t'écoutent. Tu veux qu'ils soient en sécurité, n'est-ce pas ? Avoir une maison qui t'appartienne, un royaume où on te traite comme il se doit ? Il suffit que ton cher Bashir se débarrasse de ceux qui t'en empêchent.

— Que voulez-vous dire ? demanda Ethan, souhaitant pouvoir se rapprocher des yeux brillants dans l'obscurité afin de pouvoir enfin voir l'homme.

— Oh, Ethan, mon beau garçon, tout ira bien, je te le promets. Tout ce que tu dois faire est de faire ce que je te dirais. Laisse Leo moisir, et tue Jay et Maximus.

XXI

ETHAN SE réveilla plus lentement que d'habitude pour constater qu'il n'était plus dans son lit, mais dans celui de Bash.

Il ne se souvenait pas d'y être allé pendant la nuit, mais il avait dû le faire, peut-être dans une crise de somnambulisme. Les bras de Bash l'entouraient à présent, la tête d'Ethan était calée sous son menton, et il était blotti contre lui. Il savait qu'il avait encore rêvé, quelque chose d'important, mais il ne se rappelait pas quoi. Il devrait parler à Nell, car quoi qu'elle ait fait pour bloquer les signaux de Leo, cela n'avait pas fonctionné.

Bash était réveillé, lui aussi, et il embrassa le sommet de la tête d'Ethan, comme s'ils s'étaient endormis ainsi. Avaient-ils fait cela, et Ethan avait juste oublié?

— Nous avons beaucoup à faire aujourd'hui, dit Bash. Es-tu prêt?

— J'ai l'impression que nous repartons de zéro, que nous refaisons les mêmes pas pour en apprendre plus, répondit Ethan en hochant la tête vers lui.

— Les enquêteurs reviennent souvent sur leurs pas pour trouver de nouvelles preuves.

— Je sais.

— Mais tu n'as pas besoin de t'inquiéter, Ethan. J'ai un autre plan.

— Tu en as un?

— Nous irons au Refuge, dit-il en prenant la joue d'Ethan en coupe, caressant sa mâchoire comme hier.

— Pourquoi? demanda le vampire en fronçant les sourcils. Jay y est peut-être avec Maximus et sa famille. William termine son expérience aujourd'hui. Je pensais que nous leur laisserions de l'espace.

— J'ai changé d'avis. Tout ce dont nous avons besoin est là-bas.

— Mais qu'en est-il de Leo? Il…

— Laissons Leo moisir, dit Bash, déclenchant chez Ethan une familiarité et une méfiance qu'il ne pouvait expliquer. Il ne peut plus te faire de mal.

Ethan ouvrit la bouche pour protester, mais la langue de Bash était là, les lèvres se pressant contre les siennes et lui volant le souffle pour un baiser torride. Quelque chose s'immisça dans l'esprit d'Ethan. Il devrait pousser pour en savoir plus, mais tout était si facilement oublié dans les bras de Bash.

Tout allait bien. C'était obligé. Ethan imaginait des choses. Des restes de son rêve lui donnaient l'impression d'être désorienté et à moitié endormi. Bash semblait parfaitement normal alors qu'ils s'habillaient et descendaient afin de rejoindre tout le monde pour le petit déjeuner.

Bash mangea avec les autres, Ethan, heureux de s'asseoir parmi eux, même s'il ne pouvait pas apprécier les œufs ou le bacon ou même une gorgée de café. Cela ne lui manquait pas vraiment, pas alors qu'il était entouré d'un type de nourriture qu'il n'avait jamais connu auparavant.

La camaraderie.

— Le Refuge ? demanda Deanna lorsque Bash dit que ce serait leur premier arrêt de la journée. Jay et Maximus y sont allés ce matin.

— Et nous les rejoindrons.

— Mais je pensais…

— Est-ce une demande si ridicule ? dit Bash avec un sourire en coin.

— Tout ce que tu veux, patron.

Ce sentiment étrange que quelque chose n'allait pas tiraillait Ethan à nouveau, mais il ne pouvait pas dire pourquoi. Bari était également attablé, ainsi que Luke et Nell.

— Qui va surveiller notre pensionnaire ? demanda cette dernière.

Ah oui, Ethan devait lui demander…

— Laissons-le. Si parler ne nous mène nulle part, peut-être que le laisser transpirer nous aidera, dit Bash en prenant la main d'Ethan tout en finissant son café.

La paume du loup-garou était chaude et recouvrait celle d'Ethan.

— Quelque chose ne va pas, Ethan ? demanda Nell.

— Euh ? Oh, euhh… je ne crois pas. Je ne me souviens pas.

Il serra la main de Bash, aimant la sentir dans la sienne, offerte avec tant de désinvolture, même en présence d'autres personnes.

— Je n'ai pas bien dormi.

— Ce n'est pas étonnant. Quoi qu'il arrive à ton oncle, tu nous as maintenant, assura-t-elle en lui souriant avec sympathie, et Ethan sentit la chaleur le traverser, comme lorsque Siobhan et lui parlaient d'art, ou lorsque Luke lui faisait faire la lecture aux enfants, ou lorsque Bari lui tenait un discours d'encouragement.

La meute était une famille, et Ethan faisait partie de celle-ci maintenant.

— Merci.

— Si vous allez au Refuge, je viendrai, proposa Luke, avalant quelques dernières bouchées de bacon avant de se lever de table, toujours en pyjama. Je vais juste…

— J'ai autre chose à faire pour toi, dit Bash. Pour tout le monde. Tous ceux qui sont disponibles, je veux que vous vous dispersiez et que vous vous rendiez partout où l'oncle d'Ethan a été repéré avant que nous l'amenions ici. S'il ne parle pas, alors nous trouverons le reste par nous-même. Ethan et moi pouvons gérer le Refuge.

— Pas entièrement par vous-mêmes, rétorqua Bari. Vous allez défaire toute la bonne foi que j'ai entretenue avec Jay si vous vous présentez sans prévenir, alors que le jeune William prépare son projet scolaire.

— Tu veux juste plus d'excuses pour le voir, le taquina Deanna en lui donnant un coup sur l'épaule.

— Quelle chose scandaleuse à dire !

Ethan remarqua qu'il n'avait pas nié.

— Je viendrai aussi, dit Deanna avec fermeté.

— Aucun de vous n'a besoin de…

— Bash, accepte le renfort, quoi que tu prévoies. Qu'est-ce que tu prépares ? demanda sa Seconde en se tournant vers lui, les bras croisés. Pourquoi aller au Refuge ?

Ethan avait oublié à quel point il voulait une réponse à cela aussi, et il écouta attentivement.

— Où mieux chercher des pistes que nous aurions pu manquer ?

C'était raisonnable. Ethan voyait trop de sous-entendus. Son rêve avait vraiment dû le secouer.

— Ça marche pour moi, dit Deanna. Je vais chercher la voiture.

RIEN DE ce qui s'était passé la semaine dernière n'avait changé la façon dont les gens du Refuge évitaient Ethan quand ils le voyaient. Il essaya de ne pas le prendre personnellement. Deux ou trois enfants qu'il avait repérés à l'heure du conte se risquèrent même à lui faire un signe de la main. Les autres y viendraient. Il leur montrerait.

Cette pensée fit naître une colère inattendue qu'Ethan n'aima pas ressentir. Ce n'était pas leur faute s'ils pensaient qu'il était dangereux.

Il l'était. C'était à lui de leur démontrer le contraire afin que les futurs vampires soient jugés sur leurs actions et non leur espèce.

Bien que les métamorphes pourraient lui donner une chance au lieu de supposer le pire.

La présence de la fratrie Bain attirait beaucoup de curieux. Deanna fut écartée par une connaissance métamorphe qui passait par là, et Bari repéra Jay et Maximus en premier, renvoyant Bash et Ethan pour qu'ils aillent creuser ailleurs pendant qu'il s'occupait de leurs invités.

— Il est intéressé par Jay, n'est-ce pas ? demanda Ethan, restant aux côtés de Bash, observant la façon dont l'Alpha de Brookdale s'illuminait à l'arrivée de Bari, même si Maximus semblait ennuyé.

Ils ne pouvaient pas vraiment voir dans la pièce d'où ils se tenaient, mais Ethan crut voir Theresa plus loin et William à la tête d'une rangée de personnes assises. Il menait vraiment l'expérience d'interroger les « témoins » et de prendre des notes.

Jay jeta un coup d'œil aux deux hommes, sourit en signe de reconnaissance neutre, puis se remit à discuter avec Bari.

— Ça devait peut-être se passer comme ça. J'avais l'intention de demander…

Il s'interrompit en découvrant que Bash regardait fixement devant lui.

— Bash ?

— Je vais écarter Bari du chemin. Le positionnement est parfait ici. Ce sera vite fini.

— Quoi ?

Bash pivota lentement la tête vers lui, et il sourit, étrangement calme.

— Il est temps de les tuer, Ethan, comme tu me l'as demandé.

Il s'avança sans un mot de plus, et Ethan se sentit propulsé mécaniquement à sa suite, même s'il savait qu'il ne pouvait pas l'avoir demandé.

Le pouvait-il ?

Alors qu'il s'efforçait de se souvenir, une vision le frappa : il s'était levé de son lit la nuit dernière et s'était rendu dans la chambre de Bash, où il s'était allongé et avait passé une main sur le front de l'Alpha, sa paume de main étant faiblement lumineuse. Il avait murmuré quelque chose, et Bash avait hoché la tête. Puis Ethan avait pris une de ses mains, lui avait dit de lâcher ses griffes, et…

— Ethan ? Bash a dit que tu devais me demander quelque chose.

194

Bari. Ethan s'arrêta de marcher, et Bari était devant lui, tandis que Bash était sur le seuil de la porte avec Jay et Maximus.

— Ethan ? dit encore Bari.

C'est pour le mieux, pensa Ethan, comme s'il flottait au-dessus de lui-même, regardant tout se dérouler. *Les tuer. Leur arracher la gorge avant même qu'ils ne réalisent qu'on les frappe.*

Ethan voyait ce qu'il allait se passer, comme un fil les reliant, comment Bash se tenait en retrait tandis que Jay et Maximus regardaient dans la pièce et que sa main droite se transformait en griffes avec une fourrure argentée poussant sur son bras.

— Est-ce que ça va ? demanda doucement Bari, le ramenant à lui et… et lui rappelant qu'il avait aimé voir une étincelle entre Bari et Jay.

Il avait espéré en parler à Bash, pour aider à faciliter quelque chose où tout le monde pourrait être heureux.

Cela ne pourrait pas arriver si Jay était mort.

Jay était un bon Alpha, un homme bon. Il ne méritait pas ça !

— Bash ! s'écria-t-il en se précipitant afin d'attraper celui-ci par le poignet avant qu'il ne puisse finir son coup vicieux à la gorge de Jay. Arrête. Tu ne peux pas.

— Bashir ? dit Jay en se tournant vers eux, surpris de voir la lueur des griffes de Bash suspendues.

— Traîtres ! s'écria Maximus en s'interposant entre eux pour protéger Jay, passant au stade deux, les dents découvertes et les yeux brillants. Je savais que nous ne pouvions pas vous faire confiance !

— Bash ! s'exclama Deanna en arrivant aussi en courant.

— Qu'est-ce que tu fais ? s'alarma Bari.

Bash secoua la tête, mais ses yeux ne s'éclaircirent pas, même lorsqu'il regarda Ethan.

— Tu… m'as dit…

— Non, je ne l'ai pas fait. Ou je l'ai peut-être fait, mais ce n'est pas moi qui ai demandé. Je ne veux pas de ça, Bash. Ça devait être mon… mon sire, dit Ethan en terminant sur un murmure, parce que cela ne pouvait pas être Leo. C'était impossible.

Bash laissa sa main se transformer en humain, toujours en fixant Ethan, puis il la baissa et le vampire retira sa propre main, ce qui lui donna finalement une vue claire de sa paume.

La rune ne brillait pas. Elle ne pouvait pas briller. Elle avait disparu.

C'était ce qu'il avait fait faire à Bash avant qu'ils ne s'endorment – détruire la rune d'un coup de griffes, et il n'y avait plus aucune preuve derrière lorsque les blessures guérissaient.

— Ce n'est pas ce que tu veux ? Bash demanda, dans le vague, comme dans un brouillard.

— Non, dit Ethan en serrant sa main en un poing.

— Je ferai tout ce que tu veux, assura Bash en s'approchant d'Ethan et prenant sa joue avec beaucoup de tendresse.

— Ne dis pas ça. Je te contrôle, mais je ne veux pas le faire. Je ne veux pas que tu sois comme ça. Je ne veux pas que tu tues pour moi. Tu dois arrêter.

— Pourquoi ? intervint une voix glaciale – familière, si familière et si proche, pas un rêve ou juste dans la tête d'Ethan. C'est comme ça que tu envoies un message aux autres meutes pour qu'elles laissent Centrus tranquille. Tu ne comprends pas, Ethan ? Jay et Maximus sont sur le chemin. Cette ville est à toi. À nous. Je peux enfin te rendre tout ce que je t'ai fait perdre.

Ethan se retourna, un poids s'installant dans son estomac alors que, derrière lui, un homme grand et large, vêtu de simples vêtements décontractés et d'une veste beige, sortait d'un couloir du Refuge dont personne ne s'approchait.

Il avait les cheveux bruns, mais il ressemblait beaucoup à Ethan, bien qu'un peu plus âgé, et son visage n'avait pas changé depuis la dernière fois que ce dernier l'avait vu, il y avait presque vingt ans.

— Papa ?

XXII

— *PAPA ?*

Ethan était certain qu'il devait être en train de rêver, car c'était son père, à l'âge dont il se souvenait de lui pour la dernière fois.

Comme Leo auparavant, il n'avait pas d'odeur, aucun moyen pour Ethan de savoir ce qu'il était, mais à ce moment-là, le jeune vampire comprenait pourquoi il n'avait jamais pu blâmer Leo pour ce qui s'était passé.

— C'était toi… dit-il en se retournant pour faire face à son père, qui occupait l'arcade du couloir vide tandis que Bash se tenait hébété derrière lui, Jay et Maximus en garde à sa droite, et Deanna et Bari stupéfaits à sa gauche.

— Tu es mon sire ? Tu as fait ça ? Comment ? Pourquoi ? Je croyais que tu étais…

— Mort ? Pas exactement, dit Gordon Lambert avec la présence calme et douce dont son fils se souvenait depuis son enfance, mélangée à quelque chose d'inquiétant qu'il n'avait jamais ressenti auparavant, pas de la part de son père.

Ce fut alors qu'il se souvint que son père était un Focus et plus puissant qu'un vampire normal.

— Je t'expliquerai, Ethan. Bientôt, dit Gordon avec un mince sourire. Mais d'abord, Bashir et toi devez finir ce que je vous ai demandé.

— Non, répondit Ethan en secouant la tête, s'adossant à Bash, bien qu'il ne soit pas sûr d'y trouver du réconfort alors que son compagnon n'était guère plus qu'une marionnette.

Les spectateurs commençaient à se rassembler, même Theresa et William depuis l'autre pièce, bien que Maximus leur ait grondé de rester en arrière pendant qu'il continuait à garder la porte, et Jay avec.

— Tu n'as pas besoin de leur faire mal, déclara Ethan. Ils ne sont pas sur le chemin. Nous pouvons encore fusionner les meutes, unir Brookdale et Centrus…

— Et les laisser partager le pouvoir que tu as gagné ? répliqua son père, ses yeux brillants d'une lumière dorée sauvage. Si Brookdale met un

197

pied dans cette ville, elle ne sera jamais la nôtre. Mais si nous la contrôlons, je peux rattraper tout notre temps perdu.

— Et maman ? demanda Ethan, sentant les larmes attraper les mots dans sa gorge. Est-elle… ?

Gordon détourna les yeux, les mains serrées sur ses côtés, froid et en colère comme Ethan ne l'avait jamais connu.

— Elle est morte. Je pensais que ce serait mieux si tu restais à l'écart, mais je n'avais pas encore compris comment je pouvais me rattraper envers toi.

— Rattraper quoi envers moi ?

Il y avait un terrible sentiment de naufrage dans la question, car Ethan était encore une fois certain que Leo n'était pas le méchant.

— Tue Jay et Maximus, dit fermement Gordon. Nous revendiquerons notre pouvoir à partir de là, et alors tout sera clair pour toi.

— Non, redit-il. Ce sont des hommes bons, ils ne…

— Tue-les, Ethan.

Les yeux de son père clignotèrent comme avant et un poids se pressa sur les côtés de la tête d'Ethan, comme si elle était tenue entre deux mains puissantes.

Oui… Gordon avait raison, n'est-ce pas ? Jay et Maximus devaient mourir. S'ils disparaissaient, alors aucune autre meute n'oserait se dresser contre eux, et Centrus City serait intouchable.

— Nous pouvons redevenir une famille, mon beau garçon, dit son père en se rapprochant et sortant de l'ombre, et tous les doutes d'Ethan s'évanouirent en un instant. Tu auras un partenaire digne de toi et toute la ville avec lui.

Oui.

— Ethan !

La voix de Bash disait toute sa détresse, mais ce n'était pas lui, c'était Bari. Il n'avait plus d'importance maintenant. Tout ce qui comptait était de s'assurer que Jay et Maximus ne sortent jamais du Refuge.

— Tue Maximus, dit-il en se tournant vers Bash, qui acquiesça avec un sourire obéissant. Je vais tuer Jay.

— Du diable si tu vas le faire, grogna Maximus en se préparant à se défendre contre eux.

C'était vraiment magnifique de voir Bash arracher son manteau et son tee-shirt pour commencer à se transformer, sans prendre la peine d'enlever son pantalon, bien qu'il se soit déchiré et étiré avec sa grande forme argentée.

Maximus essaya de se transformer pour l'égaler, mais il réussit à peine à passer le stade trois, tant Bash était rapide et fort en tant qu'Alpha. C'était une des nombreuses raisons pour lesquelles il était Alpha, un magnifique spécimen qui se jeta sur Maximus, le faisant presque tomber dans l'autre pièce où Theresa tenait William fermement.

Ils avaient peur. Mais… mais tout irait bien. Ethan ferait preuve de pitié envers ceux qui le méritaient, si telle était la volonté de son père.

Il changea de position afin de s'élancer vers Jay, qui restait stupéfait devant le combat de Bash et Maximus, avant de se tourner vers Ethan et de fléchir des griffes en pleine croissance.

— Ethan, arrête !

La voix de Bash à nouveau, mais comme avant, c'était Bari, et quand Ethan se retourna à la sensation des mains de Bari sur ses épaules, il n'éprouva guère de remords à le lancer pour déraper sur le sol et faire reculer tous ceux qui regardaient aussi.

— Bari ! s'écria Deanna en plongeant à côté de l'homme.

Ils étaient occupés maintenant, et Ethan avait une plus grosse bête à affronter.

— Tu ne veux pas faire ça, Ethan, dit Jay dans un demi-grognement, à peine au stade deux, comme s'il voulait parler au lieu de se battre.

Quelle faiblesse.

— Si, je le veux, répondit-il en jetant un coup d'œil à son père et le voyant lui sourire avec fierté.

Bash et Maximus étaient presque à égalité, grognant et se taillant en pièces sur le sol, tandis qu'Ethan s'élançait à une vitesse impossible afin d'approcher Jay avant même qu'il ne puisse penser à se protéger, plantait ses crocs dans le cou de celui-ci.

Jay haleta, ses mains griffues tendues vers le haut afin de déchirer les vêtements d'Ethan, puis s'affaiblissant alors que l'attraction du vampire lui disait de se taire et de se laisser faire, le laissant se vider dans les bras d'Ethan.

— Vous devez venir maintenant !

Ethan entendait Deanna de loin parler dans son téléphone portable pour des renforts, mais aucun renfort ne pourrait l'arrêter quand il avait Bash à ses côtés et son père avec lui.

Ethan n'avait pas besoin d'être sur ses gardes pendant qu'il s'abreuvait de Jay, gardant un œil vigilant sur Bash afin de s'assurer que Maximus ne prenne jamais le dessus.

Bash mordit profondément l'épaule de Maximus, le clouant au sol et manquant de lui porter un coup fatal, mais ce dernier lui donna un coup de tête et s'enfuit, prenant finalement le temps de se transformer en un loup-garou à la fourrure noire alors que Bash se regroupait et le contournait.

Bash allait réussir, Ethan n'en doutait pas, et lorsque des métamorphes courageux et stupides pensaient à intervenir, Gordon embrumait leurs esprits et montait les plus faibles d'entre eux les uns contre les autres.

Jay, suspendu dans les bras d'Ethan, ne se battant plus, était un poids mort maintenant. Le sang de l'Alpha était nourrissant, mais pas aussi satisfaisant que celui de Bash. Quelques minutes de plus et Jay ne serait plus qu'une enveloppe.

Maximus tenta de plonger vers Ethan pour sauver Jay, mais Bash était là pour protéger le vampire et il attrapa l'autre loup à la gorge avec ses griffes, le faisant tomber sur le sol.

— Restez en arrière, dit Deanna, avertissant les métamorphes captivés, dont beaucoup l'entouraient lentement, elle et Bari, sur le sol.

Elle ne se transforma que partiellement, ne voulant manifestement pas les blesser, sa fourrure noire comme celle de Maximus, mais plus fine comme une panthère.

— Ethan, s'il te plaît ! cria Bari, sans prendre la peine de se transformer du tout.

— Stop !

C'était Jesse, dont il pensait qu'elle pourrait devenir sa famille si Preston et Luke acceptaient de l'adopter, qui s'accrochait au mur.

Luke et Preston ! L'un d'entre eux devait être celui que Deanna avait appelé, parce que quelque chose comme un portail s'ouvrit au milieu du Refuge, et soudain, ils en sortirent en volant, suivis par Nell et Siobhan.

Ethan n'aurait jamais cru qu'un métamorphe rat pouvait avoir l'air imposant jusqu'à ce qu'il voie la fourrure noire et lisse de Preston et ses dents de devant méchamment pointues. Luke avait des traits félins comme Deanna, mais avec des rayures orange tabby, ses crocs et ses griffes étaient plus petits, mais toutes aussi féroces.

Siobhan, en revanche, avait des écailles platine sur toute sa peau, assorties à ses cheveux, sa tête s'allongeant lorsqu'elle claquait la mâchoire en signe d'avertissement, ses tatouages semblant avoir été peints sur une toile carrelée.

Pendant ce temps, Nell lançait un dôme translucide autour de Deanna et Bari, les protégeant de tous leurs attaquants, tandis que les autres fonçaient sur Ethan et Bash, passant devant des métamorphes fascinés et recroquevillés.

Seulement, Gordon intervint, aussi rapide qu'Ethan pouvait l'être, il fila devant eux pour attraper Preston et Luke par le cou et les jeter, et ensuite attraper Siobhan par un bras pour la balancer au loin aussi. Elle refusa de le laisser la jeter, alors il se balança, recommença et tira – jusqu'à ce que son bras se déchire au niveau de l'articulation avec un bruit de déchirement écœurant d'écailles et une éclaboussure de sang.

L'estomac d'Ethan tomba. Son père avait-il jamais été aussi cruel ? Il ne pouvait pas l'avoir été. Ethan se souvenait de Gordon comme étant patient et gentil.

Jesse criait, toujours de l'autre côté de la pièce, en gardant les enfants à l'écart, car beaucoup de leurs parents avaient été captivés. Elle ne devrait pas avoir à voir tant de brutalité. Aucun d'entre eux ne le devrait.

— Ne tuez pas mon père, s'il vous plaît !

Un autre cri attira l'attention d'Ethan.

Bash surplombait Maximus au sol, ensanglanté et battu, vaincu, à part le coup mortel qu'il s'apprêtait à asséner sur la gorge du loup-garou.

William arriva le premier.

Il se détacha de Theresa, qui s'était accrochée à lui au milieu du carnage, et plongea sur la poitrine de son père pour bloquer le coup de Bash avec son corps, faisant hurler Theresa alors que son fils acceptait stoïquement son destin, si seulement cela épargnait son père – un père qui regardait l'histoire se répéter, perdant des êtres chers à cause d'un vampire et de ceux qu'il avait asservis.

— Non…

Ethan arrêta de drainer Jay, voyant que l'Alpha était à peine conscient maintenant, mais vivant.

Bash ne s'arrêta pas. William lui barrait la route, et l'Alpha de Centrus pensait qu'il devait tuer Maximus, donc il devait tuer l'enfant, tout ça parce qu'Ethan lui avait dit que c'était ce qu'il voulait.

— *Stop !* s'écria-t-il en se précipitant pour arrêter Bash, comme avant, et saisissant son poignet.

Ce n'était pas ce qu'il voulait. Son père avait tort.

La force du cri d'Ethan coupa tous les autres sons du Refuge, faisant cesser le vacarme. Bash, sous sa forme de loup, retrouva toute sa cohérence, n'étant plus captivé, et bien que plusieurs des autres métamorphes aient été sous le pouvoir de Gordon, ils se figèrent également, secoués par la force de la volonté d'Ethan.

— Ethan, dit Gordon en claquant des doigts comme il le faisait quand il grondait son jeune fils pour l'avoir déçu.

— Non, répondit-il, alors que William étreignait Maximus et que Theresa se précipitait pour les rejoindre.

Jay s'affala sur le sol, luttant pour rester éveillé alors qu'il n'était plus captivé par Ethan, une trace de sang maculant encore son cou. Tant d'autres personnes étaient blessées, saignaient et étaient éparpillées dans le Refuge, des expressions apeurées sur leurs visages – y compris Deanna et Bari, qui ne s'était jamais relevé du sol après qu'Ethan l'avait jeté comme une poupée de chiffon.

— Je ne veux pas ça, dit Ethan à son père, se dressant résolument pour lui faire face. Et je ne comprends pas comment tu peux le vouloir. Le père, dont je me souviens, était un homme bon. Il n'aurait jamais laissé des enfants, ou toute autre personne innocente, être blessés juste pour obtenir ce qu'il voulait. Que t'est-il arrivé ? Qu'est-il arrivé à Maman ? Pourquoi…

— Assez, le coupa Gordon. Après avoir pris le contrôle de la ville…

— Non. Dis-moi maintenant. Explique-moi tout maintenant. Pourquoi… pourquoi as-tu voulu faire de moi un tueur ?

L'étrangeté qu'Ethan voyait dans l'expression de son père se dissipa pour révéler une profonde tristesse qui montrait, au moins, une partie de l'homme dont il se souvenait.

— Ethan, dit Bash derrière lui, en se levant, de nouveau au stade deux, presque au stade un, avec son pantalon pendant autour de sa taille à cause de l'étirement dû à la transformation. Nous devons l'arrêter.

Ethan l'entendit, mais il ne pouvait pas détacher les yeux du visage de son père.

— Dis-moi, papa. Explique-moi. Aide-moi à comprendre sans me transformer en quelque chose que je ne suis pas.

Les autres se pressaient, même les métamorphes civils. Il semblait que Gordon ne pouvait plus les contrôler avec Ethan contre lui. La version unique d'Ethan, à la fois vampire, Focus et Voyant, lui était utile, mais il ne voulait pas voir son père se faire déchiqueter par une foule en colère.

— Papa…

— Bientôt. Je te montrerai. Quand tu auras tout ce que tu as toujours voulu, Ethan, tu pourras me pardonner.

Il y eut un flou de mouvement qu'Ethan n'avait jamais vu de la part de Leo, ne sachant jamais à quoi il ressemblait quand il courait lui-même, et avant que quiconque puisse bondir pour attraper Gordon, celui-ci avait disparu en un éclair.

— Jay ! cria Maximus, se levant d'un bond pour se précipiter vers Jay qui se tenait dans l'embrasure de la porte entre les pièces.

Beaucoup d'autres reculèrent – ou peut-être s'affaissèrent de soulagement que Gordon soit parti – alors qu'Ethan se souvenait que Jay n'était peut-être pas le plus blessé d'entre eux.

— Siobhan ! Oh, merde… Ethan se retourna vers l'endroit où il l'avait vue pour la dernière fois, pour s'arrêter net en voyant un bras tout neuf finir de repousser à sa place à partir de son tee-shirt déchiré.

— Je déteste avoir à faire ça, dit-elle en secouant son bras comme pour confirmer la sensation dans ses doigts, apparemment imperturbable.

— Merci !

Ethan fut surpris par de petits bras l'entourant. William s'accrochait à sa taille dans une étreinte vigoureuse.

— Tu as réussi ! Tu l'as battu, même s'il était ton sire ! Et ton père ?

Le peu de fierté qu'Ethan avait ressenti après avoir vaincu le contrôle de son père sombra dans son estomac – parce que c'était son père.

Comment cela pouvait-il être son père ?

— Oui…

— Ça a dû être dur, commenta l'enfant.

— Ça l'était. Mais j'ai fait ce que je devais faire, dit Ethan en regardant de nouveau Bash qui était maintenant encadré par Bari et Deanna, s'assurant qu'aucun des dommages causés par Maximus en se défendant n'était trop important.

Maximus semblait honnêtement plus mal en point, mais pas autant que Jay.

Luke et Preston avaient récupéré, et Nell se précipita vers Jay pour le soigner du mieux qu'elle pouvait. L'Alpha de Brookdale aurait besoin d'une transfusion, dit-elle, mais il s'en sortirait s'il restait conscient.

Ethan était pris entre l'envie d'aller voir Bash et de lui demander pardon, et l'envie de savoir quand Maximus l'attaquerait enfin pour avoir toujours William collé à lui.

Puis le père de William se tourna vers Ethan, et il affichait une expression de gratitude.

— J'ai cru que j'allais devoir regarder mes proches mourir cette fois-ci au lieu de voir les conséquences, dit-il avec des larmes dans la voix. Mais vous ne l'avez pas laissé vous dominer. Vous les avez sauvés.

Il tendit une main à Ethan pour qu'il la serre, même si le vampire avait presque vidé son Alpha jusqu'à la mort.

Jay regardait avec un sourire fatigué.

Une fois que William eut finalement relâché Ethan, Theresa vola vers lui pour le serrer dans ses bras, et ce fut là qu'il commença à remarquer que les spectateurs ne le regardaient pas avec la même peur qu'avant.

Il fut aussi vigoureusement enlacé par Bari, une fois que les Thornton furent revenus à Jay.

— Je ne sais pas comment tu as fait ça, chéri, mais tu as été incroyable, dit Bari, avant de s'éclipser pour aller voir Jay.

Ce qui laissait Ethan avec nulle part où aller, à part aux côtés de Bash.

— C'était peut-être ça, dit Deanna. La prophétie. Tu l'as battu à cause de ce que Bash et la meute représentent pour toi.

— Ce n'est pas suffisant, rejeta Ethan.

Il ne semblait pas à sa place dans un pantalon déchiré.

Ethan se pencha pour ramasser la chemise et la veste de Bash, mais les boutons avaient sauté de la chemise à col, alors il tendit seulement la veste à ce dernier. Bash l'accepta d'un frôlement chaud de ses doigts.

— C'était tout à fait ça, Ethan. La prophétie a besoin de nous deux pour mettre fin à tout ça. Nous pouvons être prêts, maintenant que nous connaissons le nom de ton sire.

— Bash… commença Ethan en s'éloignant à l'étincelle de leur contact. Je suis vraiment désolé. Je ne me souvenais pas de t'avoir captivé la nuit dernière. Nous avons failli… J'ai failli te faire…

— Tu as gagné, affirma l'Alpha, et ce fut dans cette expression qu'Ethan ressentit du contentement et de l'acceptation, ce qui n'était pas du tout ce que son père lui avait inculqué. Tu as battu ton sire, contre des chances presque impossibles, pour sauver tout le monde. Tu n'as pas à être désolé.

— Et hé… intervint Deanna en frappant le bras d'Ethan. Tu as même réussi à te faire aimer de Maximus.

Le vampire rit, surtout pour s'étonner que personne ne soit effrayé. Ils l'accueillaient toujours comme un membre de leur famille.

Bash se rapprocha pour saisir le côté de la mâchoire d'Ethan, qui se sentait tellement mieux maintenant qu'il était dans son état normal.

— Est-ce que ça va ?

— Je ne sais pas, répondit-il en couvrant la main de Bash avec la sienne. Mais je vais mieux que je ne le pensais.

— Nous traquerons le vampire et nous nous assurerons qu'il n'y a pas eu de dommages durables pour qui que ce soit ici, dit Luke en venant avec Preston.

— J'aiderai aussi, dit Siobhan en les rejoignant.

— Je suis vraiment désolé pour ton bras ! s'exclama Ethan en se tournant vers elle. Ça avait l'air... affreux.

— Plus une nuisance, vraiment. Un truc pratique pour se sortir d'un grappin, répondit-elle en haussant les épaules, avant de grimacer devant son tee-shirt abîmé et la peau fraîche de son bras repoussé. Au moins, je vais pouvoir penser à tous les nouveaux tatouages.

— C'était un truc de malade ! s'écria Jesse, la jeune adolescente s'étant éloignée des enfants, maintenant que tous les adultes avaient retrouvé leurs esprits.

— Je dirais que ce qui était malade, c'était que tu protèges les petits, intervint Luke en rayonnant, enlaçant ses épaules pour un petit câlin. Un futur membre du cercle intime juste ici !

Jesse s'illumina tout aussi brillamment.

— Hé, Preston, dit Ethan, avant que tout le monde puisse commencer à se disperser. As-tu déjà rencontré Jesse ?

XXIII

ETHAN ÉTAIT différent de tous les vampires dont Bash avait entendu parler. Il avait surpassé le contrôle de son sire et s'était même arrêté pour aider à négocier les débuts d'une adoption avant d'en finir avec le Refuge. Il était incroyable.

Cela avait aidé à ce que la moyenne des métamorphes sous l'autorité de Bash regarde Ethan avec admiration, réalisant qu'il était un atout après l'avoir vu se dresser pour leur bien.

Jay irait bien. Il s'était avéré que Bash et Bari étaient tous deux compatibles avec son groupe sanguin, alors, bien sûr, Bari s'était porté volontaire pour être le donneur afin qu'Ethan et son frère puissent retourner à la tanière.

Malgré tous ses succès aujourd'hui, Ethan regardait fixement devant lui, le visage pâle, alors que Leo leur disait finalement toute la vérité.

— C'était ma faute, à la fin. Si j'avais été plus vigilant, j'aurais pu me nourrir avant d'en arriver là. Tu sais à quel point je peux me laisser emporter par mes recherches, dit-il en lançant un sourire sombre à Ethan.

Leo était professeur d'anthropologie, Ethan l'avait dit, et il travaillait souvent à la publication d'articles. La raison pour laquelle il avait choisi l'anthropologie était encore plus logique, maintenant qu'ils savaient qu'il avait plus de cent ans.

— J'ai continué à me dire – demain soir. Je me nourrirai demain. Quand la force de ma faim m'a frappé et que j'ai réalisé à quel point j'étais faible, j'ai su que je devais choisir ma victime avec soin. Cela devait être quelqu'un de robuste, de jeune et d'assez grand pour que, même si j'en prenais trop, il s'en sorte. Mais ça m'a pris des heures pour trouver quelqu'un comme ça qui soit seul. J'ai suivi ton père chez lui. Toutes les lumières étaient éteintes, donc je savais qu'il serait toujours seul une fois à l'intérieur, et que nous serions en sécurité, hors de vue de quiconque nous verrait. J'ai essayé de rester sain d'esprit assez longtemps pour simplement me nourrir de lui, mais j'ai perdu le contrôle. Il serait mort. La seule chose que je pouvais penser à faire était de le transformer. Je ne savais pas qu'il avait une femme et un enfant. Je suis resté avec lui, attendant que la transformation soit terminée et qu'il se réveille pour que je puisse le nourrir davantage. Sinon, les oisillons se réveillent sauvages la première nuit. Puis je vous ai entendus, ta mère et toi, rentrer à la maison. J'étais si stupéfait de vous voir tous les deux que je me suis figé. Je suis resté caché, mais le temps que je me reprenne, vous étiez passés devant moi dans le salon où j'avais laissé ton père. Le timing n'aurait pas pu être pire. Il s'est réveillé... a vu ta mère et...

Bash voulait haïr cet homme, mais il croyait en la culpabilité et la compassion qu'il voyait dans les yeux de Leo, assis sur le lit de la cave, les mains jointes entre ses genoux.

— Le temps que je réalise ce qui se passait, il avait fait tellement de dégâts que je ne pouvais pas la sauver, ni même la transformer. Je t'ai attrapé et j'ai essayé d'utiliser mon pouvoir en tant que son sire pour l'arrêter, mais cela n'a pas fonctionné. J'ai alors compris qu'il était un Focus et qu'il ne pouvait pas être affecté par mon pouvoir. C'est pareil pour toi, Ethan. Tu es assez fort maintenant pour le maîtriser si tu te concentres correctement. Il a repris ses esprits lorsque le sang l'a nourri, il a baissé les yeux et a réalisé ce qu'il avait fait. Tu étais tellement hystérique, juste un garçon, tu refoulais tout, mais à ce moment-là, quand ton père avait les idées claires, il voulait que tu sois aussi loin de lui que possible. Il m'a demandé de te prendre, de te protéger, de ne jamais te laisser savoir ce qui s'était passé, parce qu'il craignait de venir te chercher un jour, toi aussi. Il est facile pour notre espèce de simuler notre mort. Nous n'avons pas de pouls et pouvons rester immobiles pendant des heures. La police n'a jamais posé de questions, et je t'ai recueilli, je t'ai ramené à Glenwood. Mon emprise était suffisante pour que les autorités croient que j'étais de la famille. J'ai laissé à Gordon une boîte postale à laquelle envoyer des lettres, mais c'est tout. Il n'a jamais su où nous étions, et j'ai utilisé les runes pour nous cacher. La dernière fois que je l'ai vu, c'était peu de temps après pour lui apprendre à se cacher lui aussi. Le Chaman de Glenwood a eu la gentillesse de me fournir une deuxième rune de puissance que je lui ai donnée pour qu'il puisse disparaître comme nous l'avions fait. Ce n'est qu'un an plus tard que le ton de ses lettres a commencé à changer lorsqu'il demandait après toi. Je pense que la culpabilité de ce qu'il avait fait l'a rendu fou. La solitude. Ce que j'avais fait de lui. Il a commencé à demander à te voir. Il l'a exigé. Mais je savais qu'il n'était plus le même, que ce n'était pas bien de te rendre à lui, alors j'ai refusé et je t'ai gardé pour moi. Je savais que je ne pourrais pas te protéger éternellement, mais quand tu as été envoyé en prison, j'ai craint le pire, et le pire s'est réalisé. Le pouvoir des runes s'est estompé, et tu as choisi de rentrer chez toi. Ce n'était qu'une question de temps avant qu'il ne te trouve. Je suis désolé, Ethan. Je pensais que tu serais plus heureux si tu ne savais jamais. J'espérais que tu m'écouterais et que tu t'enfuirais sans jamais avoir à entendre la vérité.

Bash, debout à côté de la chaise où était assis Ethan, serra l'épaule de celui-ci avec force. Le loup-garou avait tué son propre père avec plaisir. Pour Ethan, ce n'était pas aussi simple. Ils avaient été une bonne famille, heureuse.

Ce que Leo avait laissé se produire était la raison pour laquelle les vampires étaient méprisés.

— Je ne peux pas croire que c'était papa qui… dit Ethan en fermant les yeux, laissant les larmes s'échapper. Il est allé si loin qu'il pense que c'est comme ça qu'il va se faire pardonner? Il doit y avoir un moyen de l'atteindre.

— Je ne veux pas que ta foi en ton père soit ce qui cause ta perte, dit Bash, perdu au moment où les yeux d'Ethan, d'un vert chatoyant, le regardèrent.

— Mais tu as foi en moi. Je veux juste lui donner une chance…

— Et si ce n'est pas suffisant? S'il essaye encore de tuer des innocents, des gens de notre meute, Jay et Maximus?

Ethan n'avait pas de réponse, mais il se tourna vers Leo en prenant une inspiration afin de se stabiliser.

— Comment le trouvons-nous?

— Il pourrait être n'importe où, mais je ne pense pas que ça soit important. Il viendra à toi ou trouvera un moyen de t'attirer exactement là où il te veut. Je ne peux pas le combattre, Ethan, même en étant son sire. Mais tu le peux. Tu l'as déjà fait. Je n'étais pas sûr que c'était possible, mais tu m'as prouvé le contraire. Alors, fais-le encore. Je ne sais pas si tu peux l'atteindre, mais tu peux le vaincre, surtout avec le pouvoir de Bash qui amplifie le tien.

Quelqu'un frappa à la porte avant qu'aucun d'eux n'ait pu en dire plus. Bash pressa à nouveau l'épaule d'Ethan avant d'aller répondre.

— Qu'est-ce qu'il y a? demanda-t-il en laissant Deanna entrer.

Elle fronçait les sourcils en tenant un téléphone portable contre sa poitrine.

— Je ne suis pas sûre. C'est Rio. Il semble étrange. Il m'a dit de vous trouver – tous les trois – et de le mettre sur haut-parleur.

Bash, Ethan et Leo se regardèrent avec surprise alors qu'elle levait le téléphone en l'air et appuyait sur le bouton haut-parleur.

— Il est temps de rentrer à la maison, Ethan, dit Rio, son ton distant et monocorde. Ce soir. Au moment où le soleil se couche. Retrouve-nous là-bas.

— Nous ? demanda Ethan en se levant, mais la ligne fut coupée.

— Il le tient, dit Deanna en ramenant le téléphone portable sur sa poitrine. Ton père a dû le captiver. Tu crois qu'il sait…

— Que Rio est un Focus ? intervint Bash. Je parie qu'il le sait.

Leo se redressa, une crainte croissante assombrissant son expression. Un vampire Focus, un humain Focus, et vous deux, tous dans la même ville ? Ces prophéties que vous avez mentionnées, c'est ce qu'elles signifient. Ce genre de pouvoir amplifié pourrait captiver tous les habitants de la ville.

Bash sentit un frisson s'emparer de son estomac. Il savait que s'il avait tué Ethan, ce soir-là, au clair de la lune rouge, il aurait pu empêcher tout cela, mais qui savait quelle colère Gordon aurait déchaînée sur Centrus City s'il l'avait fait.

— Je n'ai jamais vu ma mère avoir une vision, dit Ethan en fixant un point au loin. Du moins, je n'ai jamais imaginé qu'elle pourrait en avoir une. Mais je peux presque l'imaginer maintenant, ses yeux, bleu sur noir, brillants, juste avant que nous rentrions à la maison ce jour-là. C'est pour ça que nous nous sommes précipités à l'intérieur. Elle a dû voir…

Il ferma les yeux, et Bash se demanda s'il se souvenait de tout ce que Leo avait décrit.

Ethan rouvrit ses yeux, humides et brillants, et Bash lia leurs mains l'une à l'autre en les serrant fermement.

— Je ne sais pas si j'aurais agi différemment si j'avais su à quel point tu deviendrais puissant, poursuivit Leo. Les runes ne t'ont pas seulement protégé et rendu indétectable pendant toutes ces années, elles ont aussi diminué tes capacités. Celles-ci sont si fortes maintenant que je peux les sentir résonner d'ici, surtout avec vous deux ensemble. Tu es plus puissant que ton père. C'est pourquoi il a besoin de toi. Mais tu devras faire preuve de beaucoup de retenue pour le battre.

— Et autre chose, dit Bash, pensant à la dernière prophétie, alors que l'attention de tous se tournait vers lui. Je pense qu'il est temps de faire appel à l'as dans notre manche et de finir ça.

BASH REGARDA Ethan à côté de lui sur le siège arrière alors que Deanna les conduisait à la maison d'enfance du vampire. C'était là que Gordon voulait qu'ils aillent.

La maison.

— Je ne te dirai pas que tout ira bien, mais je pense que nous pouvons gagner, dit-il en entourant Ethan d'un bras, l'incitant à appuyer sa tête sur son épaule. Sais-tu pourquoi?

— Pourquoi? demanda doucement Ethan.

— Parce que nous avons tous deux prophétisé la même chose – que nous pouvons le battre tant que nous le faisons ensemble.

Ethan se rapprocha de lui.

— Nous étions probablement destinés à être tous les deux Voyant et Focus, en combinant nos parents, mais les circonstances nous ont limités. J'ai peut-être toujours été un peu plus Voyant, et toi un peu plus Focus. Tu as dit que les gens ont commencé à être attirés par toi en prison. Tu sais que ce n'est pas normal pour un policier, n'est-ce pas?

— Expert scientifique, le corrigea Ethan.

— Quand bien même, dit Bash en souriant.

— Je devenais enfin le vrai moi. Et maintenant, ce sentiment est plus fort chaque jour en étant près de toi.

Enfin, Ethan releva la tête, les yeux verts envoûtant Bash comme toujours.

L'Alpha pouvait ressentir ce que tout le monde leur disait, la clarté du pouvoir d'Ethan, le pouvoir supplémentaire.

— Il en sera de même ici, dit-il, alors qu'ils s'arrêtaient devant une maison bleue aux accents de brique, avec une clôture et un porche blancs.

C'était une maison de banlieue parfaite, mais Bash savait que ce n'était pas une image heureuse pour son compagnon, parce qu'il se souvenait maintenant de la dernière fois où il s'était trouvé là.

— Un Focus améliore les gens qui l'entourent, mais si tu te concentres, tu peux choisir qui en bénéficie.

— Papa et moi ensemble, cela nous rendrait naturellement plus forts, encore plus avec Rio, et toi aussi, mais papa gardera son côté de ce pouvoir pour lui afin de garder le contrôle sur moi.

— Exactement. Mais tu n'as pas à lui prêter quoi que ce soit non plus. Et tu m'as moi. Concentre-toi sur nous, sur les autres, améliore-nous seulement, et je sais que tu peux être plus fort que lui.

Ils avaient une caravane derrière eux, avec tous les membres du cercle intime. Même Jay et Maximus avaient insisté pour les rejoindre. Après la transfusion, l'Alpha de Brookdale avait récupéré presque toute sa capacité. Ils étaient une armée pour affronter un vampire et son seul pouvoir d'asservissement, mais ils savaient que chaque personne serait nécessaire.

Bash vérifia son téléphone portable. *Chaque personne*, y compris la dernière qui les rejoindrait là-bas.

— Le salon est le seul endroit assez grand pour une confrontation, dit Ethan, qui n'avait pas encore ouvert la portière pour sortir. Où maman est morte…

— J'aimerais pouvoir te dire que tu n'as pas à te rendre là-bas.

— Ça va, assura Ethan en le regardant, et même si son sourire était tendu, il était toujours à couper le souffle. Es-tu sûr d'être content de m'avoir sauvé cette nuit-là ? Heureux d'avoir cédé quand je ne t'ai pas laissé me repousser, même si j'ai ruiné tous tes plans ?

Bash inclina la tête comme s'il contemplait honnêtement cette question.

— Bari ne se plaint pas là.

Ethan rit.

— Jay non plus, pas vraiment. J'aurais fait un mari terrible.

— Je ne sais pas. Tu as peut-être juste besoin du bon compagnon.

— Est-ce une proposition ?

— Après moins de deux semaines ? dit Ethan en arquant un sourcil sceptique, mais centrant ensuite son regard sur Bash sans rien ajouter d'autre.

Bash saisit le côté de son visage et l'embrassa.

— Je vais accorder une chose à ton père. Au moins, son projet de nous réunir prouve qu'il a bon goût.

Ethan rit à nouveau, parce que rire était parfois la seule chose à faire dans une crise.

Deanna se racla la gorge sur le siège conducteur. Les autres véhicules s'étaient tous arrêtés, certains plus loin dans la rue afin d'attirer moins l'attention des voisins, mais les autres commençaient à se rassembler, laissant Deanna, Bash et Ethan être les derniers à sortir sur le trottoir.

— Qu'en est-il des propriétaires actuels ? demanda Preston, une fois qu'ils étaient tous debout devant la première série de marches menant au porche.

— Leo en est le propriétaire, dit Ethan.

Ils l'avaient libéré du sous-sol, mais il avait choisi de ne pas se joindre à eux, craignant d'être plus un handicap qu'une aide.

— Il suppose que papa est resté ici tout ce temps. Je n'ai même pas pensé à venir ici lorsque je suis arrivé en ville. Je ne pouvais pas imaginer être ici à nouveau.

Luke s'approcha pour serrer l'épaule d'Ethan.

— Nous sommes tous avec toi, dit Bari.

Cela rappela à Bash une partie de la prophétie qu'il avait eue dans la cave la première nuit.

— Trois ont le pouvoir, mais un n'est pas éclairé. Tu n'as peut-être pas montré tes capacités jusqu'à présent, mon frère, mais je dirais que tu es le coup de pouce dont nous avons besoin.

Bari se réjouit de cette idée.

— Nous devrions bouger, dit Deanna, en fléchissant ses mains comme si cela la démangeait de sortir ses griffes. Il a dit au moment où le soleil se couche, et je ne veux pas lui donner une raison de blesser Rio.

Les derniers rayons du soleil avaient, en effet, plongé sous l'horizon. Il leur manquait encore une personne, mais Bash convint qu'il était trop risqué d'attendre.

— Je sais que nous ne pouvons pas laisser mon père gagner, mais s'il vous plaît, je ne veux pas le tuer. Je viens de découvrir qu'il est en vie. En quelque sorte. Je veux…

— Le sauver, termina Bash en douceur.

— C'est mon père, dit-il en se concentrant sur les jumeaux. Et je sais que le vôtre était horrible, mais le mien était incroyable. Dévoué, aimant. Il a dit qu'il faisait tout ça pour moi. J'ai juste besoin de le convaincre que c'est la mauvaise façon de nous réunir. S'il vous plaît.

Personne ne dit rien au début. Bash voulait cette fin pour Ethan, il le désirait vraiment, mais il n'était pas sûr que ce soit possible.

— Je suis d'accord, dit Jay en s'avançant, et Maximus ne protesta pas, bien qu'il semble surpris. Si vous pensez pouvoir l'atteindre, Ethan, nous sommes avec vous.

Bash n'aurait pas pu mieux dire.

Le quartier était calme, presque anormalement, et il en était de même pour la maison lorsqu'ils entrèrent, Ethan en tête. Des lumières douces et chaleureuses éclairaient l'entrée. Ethan se tourna vers le salon, pour sursauter immédiatement, bien que ce ne soit pas une surprise de trouver Gordon près de la cheminée avec Rio en face de lui.

— Rio! s'exclama Deanna en se précipitant en avant, mais s'arrêtant intelligemment aux côtés de Bash. Laissez-le partir! Il ne fait pas partie de ça!

— Non? dit Gordon, sa voix rappelant celle d'Ethan à Bash, mais en plus âgée et avec un côté sinistre. Je ne pensais pas faire partie de votre monde autrefois, mais le fait d'être un Focus explique en partie pourquoi j'étais si incontrôlable que même mon sire était impuissant à m'arrêter. Si je n'ai pas été épargné par la misère, pourquoi devrait-il l'être?

— Papa, dit Ethan, avant que Deanna ne puisse sortir quelque chose de plus tranchant et incitatif, alors que Bari se positionnait de l'autre côté de lui et que les autres se rassemblaient derrière eux. S'il te plaît. Tu n'as pas à faire ça. Je te pardonne. Ce n'était pas ta faute. Ce qui est arrivé à Maman… Leo me l'a dit, mais je ne te déteste pas pour ça. Tu me manques juste. Tu n'as pas besoin de…

— Quel genre de père serais-je, l'interrompit Gordon, en s'écartant de Rio, qui se contentait de regarder devant lui comme une poupée, si je ne te donnais pas le monde, comme je l'ai toujours promis.

— Je ne veux pas…

— Je t'ai enlevé le monde parce que j'ai perdu le contrôle, continua son père en baissant les yeux, et Bash vit ce qu'il imaginait être l'ombre de l'homme que Gordon Lambert avait été. Je peux avoir le contrôle maintenant. Je peux tout contrôler pour que tu n'aies plus jamais à avoir peur, pour que tu puisses avoir un amour à toi, des amis et une ville entière, tout ce que Leo t'a caché pour te garder loin de moi.

Ses yeux brillaient d'un éclatant pouvoir doré alors qu'il regardait à nouveau devant lui, et Rio se balança comme s'il était invoqué.

Bash entendit le craquement révélateur des lames du plancher, bien qu'il n'ait senti personne d'autre lorsqu'ils étaient arrivés.

— Je dois accorder du crédit à Leo. Utiliser une rune pour masquer son odeur et sa présence était une idée louable. Il m'a appris à faire de même. En tant que Focus, je n'avais presque pas besoin de rune d'alimentation, mais avoir un Focus supplémentaire autour de soi est très utile pour projeter ce pouvoir plus loin.

Les craquements continuèrent alors que de chaque entrée visible autour d'eux apparaissaient des métamorphes captivés au stade deux ou trois, comme si Gordon était retourné au Refuge afin de recruter chaque adulte qui s'y trouvait.

— Même sur une maison entière.

XXIV

ETHAN VOYAIT dans son esprit comment tout était sur le point d'éclater en un carnage bien plus important que le bras arraché de Siobhan. Ils étaient trop nombreux, tous des métamorphes, hors de contrôle, dans un espace trop restreint.

— Papa…

Il s'interrompit avec une grimace, sentant à nouveau cette pression, la force de l'attraction de son père essayant de le transformer à sa volonté. C'était douloureux, plus puissant qu'avant avec l'amplification de Rio, mais Ethan était fort, lui aussi.

— Arrête, dit-il en le repoussant, sachant que sa volonté était la seule chose qui empêchait Gordon de prendre le contrôle de Bash et des autres aussi.

— Ethan ! s'écria Bash en le tirant en arrière alors que plusieurs métamorphes s'élançaient vers eux.

Deanna s'approcha en brandissant son poing avec un tel punch qu'elle envoya deux métamorphes s'écraser sur un autre en un seul coup. Elle rugit et passa au stade trois, déchirant la plupart de ses vêtements en devenant une grande et belle panthère sur deux pattes.

Bari se transforma aussi en un magnifique loup-garou argenté, identique à Bash sous cette forme.

Avant que son jumeau puisse se transformer à son tour, Ethan sentit une autre pression de pouvoir de la part de son père et il ferma les yeux pour s'en protéger.

Il empêchait peut-être ses amis de devenir des marionnettes, mais ils n'étaient pas assez nombreux pour s'attaquer à toutes les personnes captivées, pas quand il vit encore plus de métamorphes arriver sur eux en regardant par-dessus son épaule.

Siobhan sprinta afin de retenir les ennemis qui dévalaient les escaliers. Ethan l'avait déjà vue au stade deux auparavant, mais ils se transformaient tous pour devenir plus grands, Siobhan compris, devenant un raptor humanoïde avec des écailles de platine et d'or.

Preston et Luke formaient un mur contre les ennemis arrivant de la cuisine. Ils étaient plus petits que les autres, mais Luke était un chat-garou vicieux avec ses rayures de tigre orange, et Preston était un métamorphe rat férocement rapide, dont les dents semblaient plus redoutables que celles de n'importe qui d'autre. Jay et Maximus luttaient pour maintenir la porte d'entrée fermée contre encore plus d'ennemis, bien que leurs formes de loups à poil brun soient plus grandes que celles de Bash ou de Bari.

Le pire fut quand Nell, près du mur du fond du foyer, essaya de lancer un sort, ses mains s'illuminant de runes, mais la porte de ce qui était autrefois le bureau de Gordon s'ouvrit, et elle fut presque happée par des mains bondissantes comme dans une scène de *la Nuit des Morts-Vivants*.

— S'il te plaît! dit Ethan en tournant son attention vers son père.

Il pouvait sentir le doux pinceau de fourrure qui poussait sur les bras de Bash qui s'accrochait à lui comme s'il avait peur de rejoindre Deanna et Bari et d'être retourné contre eux comme auparavant.

— Tu ne peux pas compenser la perte de contrôle en me contrôlant!

Un lézard avec beaucoup trop de rangées de dents perça la ligne que Deanna et Bari essayaient de tenir, et Bash dut lâcher Ethan afin de pouvoir se déplacer.

Ethan détestait son sentiment d'impuissance, alors que Bash se transformait en un clin d'œil, abîmant ses vêtements comme la plupart des autres, et attrapait le lézard bondissant par la gorge pour le jeter dans un coin. Ethan ressentait le besoin de se battre, mais toutes ces personnes étaient innocentes. Il ne voulait pas les blesser.

— Nous devons neutraliser Rio! rugit Bash, sa voix différente venant d'une gueule, mais discernable.

— Ne lui fais pas de mal! le supplia Deanna.

— Rio survivra à une commotion cérébrale! Nous ne survivrons pas à ça! répondit-il, agressé par deux métamorphes félins, alors que Deanna et Bari étaient trop occupés à en affronter trois ou quatre autres à la fois. Ethan devait agir.

Il s'élança en avant, et il attrapa les deux chats par leurs vêtements et les frappa aussi brutalement, mais aussi prudemment qu'il le pouvait, trouvant un équilibre qui les assommait sans causer trop de dégâts.

Gordon n'était pas stupide. Il restait derrière Rio avec une rangée devant eux pour tenir la ligne pendant que d'autres attaquaient. C'était constant, mais si Ethan ne balançait pas trop fort, il était capable d'en éliminer plusieurs à la fois sans dommage durable.

— Ceci est stupide. *Rends-toi*, lança son père par-dessus le vacarme, et Ethan sentit à nouveau cette pression.

Il ne pouvait pas les laisser faire du mal à son père, pensa-t-il soudain, et il s'élança pour attraper le délinquant le plus proche.

Bash.

Non... *Bari*.

Ethan le tenait par la gorge, serrant trop fort. Bari s'étouffait et s'agrippait à lui, ses yeux de loup brillants s'éteignant...

Non. Ethan se libéra du contrôle de son père, relâchant le loup-garou avec une grimace de honte. Bari poussa un soupir de soulagement avant de se retourner pour frapper son prochain agresseur.

Comme tous les autres, Ethan pouvait le faire, il le devait.

Le nombre de métamorphes affluant diminuait, à l'exception de la ligne qui gardait Rio et Gordon, mais lorsqu'Ethan jeta un nouveau coup d'œil au reste de la meute, il vit qu'ils luttaient.

Le pouvoir d'Ethan les aidait à garder le contrôle, mais aucun d'entre eux ne voulait blesser ces gens. Ils n'étaient pas des ennemis, mais des esclaves, des pions, et il était beaucoup plus difficile de se battre lorsqu'on se retenait.

Siobhan s'en sortait du mieux qu'elle pouvait, créant un goulot d'étranglement au niveau de l'escalier pour éviter d'être encerclée, mais ses forces s'amenuisaient face à une telle poussée de corps. Elle semblait sur le point d'être balancée en arrière, projetée en bas des marches, mais l'apparition soudaine d'une douzaine de rats entre ses jambes la sauva.

— Il était temps ! grogna Siobhan.

— C'est un quartier sympa ! hurla Preston pour s'expliquer.

Luke était à ses côtés pour appeler ses rats, mais leur présence ne pouvait pas tout faire.

Puis Jay claqua la porte d'entrée avec un cri de réussite et bondit en avant pour se lancer sur ceux qui se rapprochaient de Preston et Luke, laissant Maximus garder la porte fermée.

Ethan l'avait maîtrisé très facilement auparavant, mais Jay était incroyable contre sa propre espèce, chargeant à travers une colonne d'attaquants et les faisant tomber à terre tout en empêchant plusieurs de passer.

Il restait Nell, qui ne pouvait pas aider beaucoup, puisqu'elle avait dû s'envelopper dans un bouclier chatoyant pour ne pas être déchirée par les métamorphes qui se jetaient continuellement sur elle.

Elle était plus un soutien qu'une attaquante.

Comme Ethan était supposé l'être.

Il regarda le chaos en cours autour de lui, et essaya avec toute la concentration dont il disposait de donner du pouvoir à ses amis, les incitant à être plus forts qu'ils ne l'avaient jamais été. Puis il chercha la puissance qu'il ressentait chez Bash et l'écho plus faible chez Bari, et il canalisa cette force supplémentaire vers ce qu'il amplifiait déjà. Il avait besoin des autres pour créer une brèche vers Gordon et Rio et tout cela pourrait être terminé.

Preston attira son attention avec une courbure de ses lèvres, comme pour dire qu'il ressentait le pouvoir qu'Ethan lui donnait, et il commença à invoquer une boule d'éclairs, comme ce jour-là dans la tanière, à part que celle-ci devenait de plus en plus grande comme une tempête vivante et pulsée, crépitant à travers la pièce.

Nell le vit aussi et elle relâcha sa bulle bouclier assez longtemps pour chanter quelque chose qui fit s'allumer des runes le long d'un de ses bras – puis le long d'un des bras de Preston, renforçant ainsi son sort.

— Baissez-vous, cria Ethan, mais Bash et ses proches étaient trop occupés pour l'écouter.

Alors que Preston libérait sa vague d'éclairs, Ethan utilisa sa vitesse pour tirer chacun des autres hors du chemin jusqu'à ce qu'ils soient regroupés au centre de la pièce, laissant le sort du Magister éclater avec une impulsion impressionnante qui fit tomber tout le monde dans la pièce.

Y compris Rio, qui vola vers Gordon et le plaqua contre la cheminée.

Ethan se précipita vers eux avant que quiconque puisse se rétablir, par-dessus les métamorphes à terre pour atteindre Rio. Il attrapa les côtés de son visage pour forcer sa volonté entre Rio et Gordon.

— *Stop.*

Rio cligna des yeux sous l'emprise d'Ethan.

— Ethan ? Qu'est-ce que…

— Non, rugit Gordon, et Ethan pensa qu'il allait saisir Rio, mais son père le dépassa trop vite pour qu'il puisse l'arrêter, et souleva Bash du sol.

— C'est votre faute ! cria-t-il, l'Alpha se balançant comme s'il ne pesait rien dans les mains du vampire, même dans sa forme monstrueuse. J'avais tort. Si vous étiez le bon, tout serait déjà terminé. Vous n'avez jamais été digne de mon fils.

— Papa !

Tout s'arrêta comme si quelqu'un avait appuyé sur le bouton Pause. Gordon aussi, mais comme s'il ne savait pas pourquoi sa prise n'était soudainement pas aussi forte qu'elle devrait l'être.

Était-ce Ethan gagnant la bataille de la volonté ? Mais non, la maison était immobile, le combat s'était arrêté, et la porte d'entrée avait dû s'ouvrir à nouveau, car *Robert Hedin* entrait dans le salon, aussi calme que possible, passant à travers les autres jusqu'à ce qu'il se tienne à côté de Gordon et tapote son épaule.

— Hé, mec, détendez-vous, dit-il, comme s'il voulait juste un verre.

Complètement à l'opposé de cette pression sur son crâne, Ethan sentit une vague de libération et de liberté se propager à partir du point de contact de la main de Robert. Rio était libre, et tout le monde l'était aussi, même ceux qui commençaient à revenir à leurs formes humaines comme s'ils étaient vidés de tout pouvoir mystique.

Bash se dégagea de l'emprise de Gordon, toussant et inspirant profondément, dans ses vêtements en lambeaux, tandis que le vampire restait stupéfié, regardant son bras suspendu, puis Robert.

— Un Null, murmura-t-il, comme si son esprit s'était éclairci pour le moment aussi.

— Pour information, dit Robert en se tournant vers Bash, je n'étais pas si en retard. Vous avez commencé sans moi.

— Non, dit Gordon en secouant la tête, les crocs toujours descendus.

Il gifla Robert, qui recula, puis il se retourna pour regarder Ethan.

— Tu ne comprends pas. Tout ça, c'était pour toi.

— Non, papa, répondit-il, avançant dans la foule silencieuse. Tu ne comprends pas. Mais j'espère que tu le pourras un jour.

Il serra son poing avec une détermination implacable, puis il recula sa main et frappa son père à la mâchoire suffisamment fort pour le faire tomber.

ETHAN N'AVAIT pas seulement dû demander la permission à Bash, mais à toute la meute, à Jay et Maximus en tant que voisins, et à tous les métamorphes captivés qui s'étaient réveillés avec des expressions horrifiées une fois leur maître inconscient.

La plupart d'entre eux voulaient Gordon mort, mais Ethan avait plaidé, supplié pour qu'ils comprennent et aient pitié, et avait juré qu'il serait le seul responsable de ce qui se passerait ensuite.

— Si jamais il y a le moindre doute, le moindre danger, plus jamais ça, je le tuerai moi-même.

Pour l'instant, Gordon occupait le lit du sous-sol que Leo avait libéré, et qu'Ethan avait occupé à l'origine. C'était une cellule, mais avec un bureau, tous les livres que son père pouvait désirer, tout ce qu'il pouvait demander, et plus tard, quand viendrait le moment de se nourrir, Robert serait présent et Ethan aussi, afin de s'assurer que Gordon ne captiverait plus jamais personne.

Avec ce dernier en captivité, Nell avait pu corriger les runes qu'elle avait placées sur Ethan pour le protéger de Leo afin d'empêcher son vrai sire de l'influencer. Ethan croyait qu'il pouvait résister à son père de sa propre volonté, mais cela le réconfortait, néanmoins.

Nell s'était également assurée que Gordon reste inconscient toute la nuit. Ethan finirait par l'affronter, mais il se perdit dans l'agitation de la maison lorsqu'il se réveilla le lendemain matin.

Bash l'avait laissé faire la grasse matinée, chose qu'Ethan ne pensait plus pouvoir faire, étant un vampire, mais il en avait eu besoin, car il se sentait frais et dispos, même s'il était toujours gêné par le poids dans son estomac.

Il trouva Bash avec Leo lorsqu'il entra dans la cuisine. L'Alpha leur fit rapidement un signe de tête et s'excusa.

— Retournes-tu à Glenwood ? demanda Ethan.

— L'Alpha là-bas promet de continuer à me donner l'asile maintenant que cette affaire est résolue.

— Oh.

Ethan détourna le regard. Son oncle lui avait toujours menti, l'avait empêché d'avoir des relations durables en dehors d'eux deux pendant des années, mais il avait fait tout cela en essayant de le sauver de tout ce qui s'était passé ces deux dernières semaines.

— J'espère que tu pourras me pardonner un jour, dit Leo, sans essayer de toucher Ethan ou de faire autre chose que lui dire au revoir, comme tu essayes de pardonner à ton père.

— J'aimerais que tu me rendes visite de temps en temps, dit Ethan lorsque l'autre vampire se tourna pour partir. Je peux aussi venir te voir à Glenwood. Et appeler. J'essaye de repartir de zéro avec papa, mais je le veux aussi pour nous.

Il avait si peu de famille depuis son enfance, il ne voulait perdre aucun de ses pères.

C'était étrange, pensa-t-il, lorsque Leo lui sourit, qu'il n'ait jamais remarqué auparavant à quel point l'homme n'avait pas vieilli depuis leur rencontre.

— J'aimerais ça. Mais je dois te poser une question. Es-tu sûr de faire le bon choix avec ton père ? Il est puissant et dangereux. Il aurait pu tuer d'innombrables personnes et prendre le contrôle de toute la ville.

— Pourquoi n'as-tu jamais essayé de le tuer ? demanda Ethan au lieu de répondre tout de suite.

— Il est mon enfant, en quelque sorte, ma responsabilité. Tout comme toi, Ethan.

Finalement, c'était la seule réponse qui comptait.

— Et il est toujours mon père. Je dois croire que je peux l'atteindre. Il a vécu à Centrus tout ce temps, et ils n'ont jamais su qu'il y avait un vampire ici. Il a dû se nourrir sans tuer personne… même si ce n'était que pour gagner du temps. Il vaut la peine de croire en lui.

— Je suis vraiment désolé, Ethan. Pour tout.

— Je sais.

— C'est ma faute. Tu as le droit de me blâmer plus que lui.

— Il ne s'agit pas de reproches, Oncle Leo. La guérison est tout ce qui compte, assura Ethan en s'avançant, se sentant plus confiant dans leur position l'un envers l'autre, et ils s'étreignirent, soulevant un des nombreux poids de ses épaules.

Jay et les Thornton partaient aussi, pour retourner à Brookdale. Ils étaient à Centrus City depuis des semaines et devaient rentrer chez eux. Ils firent leurs adieux au salon une fois qu'Ethan eut raccompagné Leo à la porte, tout le monde étant beaucoup plus cordial qu'avant que celui-ci n'entre dans leurs vies, ce qui signifiait qu'il n'avait pas trop gâché les choses.

Theresa et Nell discutaient, deux humaines résidentes dans une maison pleine de monstres, tout en comprenant que parfois, les vrais monstres n'étaient pas ceux auxquels on s'attendait.

— Ethan ! s'écria William en volant vers lui pour se plaquer contre ses jambes avec un câlin. Merci.

— Pour quoi cette fois ?

— Tout. Je pense que je peux encore réussir mon projet aussi. Maintenant, je peux avoir une section sur la façon dont les événements traumatiques rendent encore plus difficiles pour les gens de se souvenir.

Ça fera une bonne conclusion pour la foire aux sciences. C'est la semaine prochaine, alors… peut-être que tu peux venir ?

Ethan était étonné par ce gamin, qui réussissait toujours à transformer quelque chose de terrible en quelque chose de bien.

— J'aimerais bien.

— Bash et toi pouvez venir tous les deux, dit Theresa en les rejoignant. Il faut maintenir la diplomatie en vie une fois que nous serons rentrés, n'est-ce pas ?

— À propos de ça, dit Bari de façon quelque peu énigmatique.

D'autres personnes s'étaient aussi rapprochées – Bari, Bash, Maximus et Jay – la maison était positivement vivante et optimiste, même avec le nouveau pensionnaire au sous-sol.

— J'ai parlé avec Jay avant que nous nous séparions hier soir, et étant donné la situation sans précédent avec les vampires, les Voyants et les Nulls, oh là là, je ferais peut-être mieux de jouer le rôle d'ambassadeur pendant quelques mois. Voir ce que Brookdale a à offrir.

— Et ton travail au musée ? demanda Bash, suspicieux.

— Il y a des musées à Brookdale.

Ethan ne réussit pas à cacher son sourire en coin, d'autant plus que Bash n'avait pas l'air convaincu, et que Maximus levait les yeux au ciel.

— C'est extraordinaire que cette ville héberge un Null et un Focus, ainsi qu'un Alpha et un vampire ayant pour parents un Voyant et un Focus, chacun étant capable d'exploiter les deux pouvoirs. Vous êtes une ville avec laquelle il faut garder des liens étroits.

— Même sans mariage.

— Je vous l'ai dit, Bashir, je n'ai pas besoin de ce genre de lien pour vouloir aider mon prochain. Tout ce qui s'est passé ici va provoquer des remous dans les autres villes, mais je me porte garant de vous. Je suis sûr que Kate le fera aussi. Les émissaires n'ont qu'à vous rencontrer, Ethan et vous ; et je doute qu'ils soient capables de résister à ce que l'on ressent à vos côtés.

— Vraiment ?

Jay sourit un peu sombrement, mais finit par l'admettre.

— C'est vrai. Bien que…

Il jeta un coup d'œil à ses pieds comme un homme beaucoup plus jeune luttant contre le rougissement.

— Si vous préférez des garanties supplémentaires, il existe un précédent pour les mariages passant aux membres du cercle intime ou… à un membre de la famille de l'Alpha. Si l'une des villes rechigne à tout cela…

— Il existe un précédent pour ça ? demanda Bash sournoisement.

— Bien sûr ! intervint Bari. Tu ne fais jamais attention à l'histoire lorsqu'elle ne t'arrange pas, mon frère.

— Es-tu volontaire, mon frère ?

— Qu'est-ce qui t'a donné cette idée ? répliqua Bari en partageant un bref sourire avec Jay. Je vais simplement être ambassadeur en ces temps imprévisibles. Tout ce qui arrive peut se passer d'étiquettes. Pour l'instant.

Jay était définitivement en train de rougir.

Deanna brisa leur congrégation pour prendre Bash et Bari, et Maximus s'avança pour serrer la main d'Ethan sans en dire plus, bien que ce geste à lui seul soit tellement parlant. Après une rapide accolade de Theresa et une autre de William, ils se dirigèrent vers la porte pour attendre Jay dehors.

Ethan supposa que celui-ci attendait simplement Bari, mais il resta à côté de lui et lui tendit également la main.

— Euh, je…

— Pas besoin d'en dire plus, Ethan. Certaines choses se passent comme elles le devaient, dit Jay, incitant le vampire à accepter sa main avec joie. En plus, Bari et moi avons beaucoup plus en commun.

Ethan rit. Il s'en doutait.

— En plus, il est *super* sexy, non ?

— Super sexy, accorda Jay, et ils rirent, souriant et se séparant comme des amis.

Resté seul, Ethan regarda autour de lui tous ceux qui étaient encore dans le salon ou juste dehors dans les couloirs. Il y avait, bien sûr, Bash et Deanna qui taquinaient Bari sur le fait qu'il avait déjà fait ses bagages pour sa nouvelle aventure, un groupe que Jay rejoignit bientôt pour faire ses derniers adieux.

Il y avait Nell, qui revenait après avoir vu les Thornton – Ethan pensait que Theresa et elle avaient peut-être échangé leurs numéros afin de rester en contact en tant que rare race d'humains de meute. Elle rejoignit Preston sur le canapé, qui montrait quelques bases de magie à Jesse. Celle-ci n'avait pas encore officiellement emménagé, mais elle était là depuis le petit déjeuner, apprenant à connaître le cercle et la tanière.

Siobhan était assise près du sol comme elle le préférait, expliquant à Jesse qu'elle pouvait apprendre de tout le monde si elle le souhaitait, s'initier au combat, à la magie, à la furtivité, peut-être même trouver un jour une place comme membre du cercle.

— Je prévois de laisser ma place de Gardienne à une remplaçante géniale lorsque je prendrai ma retraite, dit-elle en étirant ses jambes.

Deanna arriva derrière Ethan, s'arrêtant pour tapoter son épaule.

— Fais-moi savoir si tu veux sauter ton service à la boutique plus tard.

— Non, je… je pense que j'ai besoin d'une pause après tout ce temps passé avec mon père.

— Tout ce dont tu as besoin, sangsue, dit-elle.

Tout le monde était ainsi ici, même si un peu rude sur les bords, acceptant, collectif. Même Rio était présent ce matin. Il n'avait pas su qu'il était un Focus, mais il savait tout maintenant. Ils avaient essayé de l'aider à s'intégrer, étant donné que se réveiller dans la maison d'enfance d'Ethan au milieu de tout ce chaos avait été un choc. Pourtant, il semblait bien s'acclimater.

Luke et lui étaient actuellement en pleine discussion amicale, bien que passionnée, qui tournait, Ethan en était certain, autour des Pokémon, et qui avait été probablement inspirée par le tatouage Bulbizarre.

— Chéri, dit Bari en le faisant sursauter, soudainement juste à côté de Deanna.

Ethan accepta l'étreinte de Bari avec enthousiasme.

— Maintenant, tu n'as qu'à dire le mot si tu as besoin que je revienne, et je prendrai le premier train depuis Brookdale.

— Ça ira. Je pense qu'il n'y aura que papa et moi et beaucoup de discussions pendant un moment.

— Quand même. Tu m'appelles pour me dire comment tu vas.

— Je le ferai. Et toi aussi. Je veux tout savoir sur ton… poste d'ambassadeur, dit Ethan en riant, et Bari laissa échapper un rire malicieux et insouciant.

— Ce sera quelques mois intéressants au début, je pense. Pour nous tous, dit-il en arquant un sourcil vers Ethan, puis se tournant vers Deanna avec à peu près la même expression.

— Tour de tables de commérages hebdomadaire ? suggéra-t-elle sans prendre la peine de cacher sa façon de regarder Rio. Sans Bash. Il sera juste un frein.

Ils convinrent que c'était un rendez-vous.

— Maintenant, viens, dit-elle en attrapant le bras d'Ethan, une fois que Bari était allé dire au revoir aux autres. Tu dois m'aider à installer Rio. Il est aussi de la famille maintenant.

Ethan n'avait jamais pensé qu'il aurait autant de famille. Cela l'aigrit un instant, puisque le seul membre de sa famille de chair et de sang était prisonnier en bas, mais il refusa de laisser cela ruiner tout le bien qu'il avait autour de lui.

Surtout lorsqu'il jeta un coup d'œil dans le couloir et que ses yeux rencontrèrent ceux de Bash qui ne semblait pas se soucier de comment tout cela avait tourné.

Plus tard, alors que tout était calme et qu'Ethan avait assuré qu'il était d'accord pour rendre visite à Gordon seul, il descendit retrouver son père réveillé sur le bord du lit et s'assit sur la chaise en face de lui.

— Salut, papa.

— Ethan, dit-il en tendant la main vers lui, mais son fils secoua la tête, levant sa main gentiment afin que Gordon reste assis, images miroirs à cet instant comme si du verre les séparait.

— Pas encore. Pas avant un certain temps. Nous irons doucement. Mais tu vas m'écouter.

ÉPILOGUE

PEUT-ÊTRE, SI Ethan y réfléchissait bien, qu'il aimait à nouveau Halloween comme quand il était petit, mais il devait attendre l'année prochaine pour en être sûr.

La prophétie, au moins, ne s'était pas du tout déroulée comme il l'avait prévu, et il en était reconnaissant.

— Es-tu sûr que tu ne veux pas le voir avant ?

— Plus que sûr, Ethan. Je te fais confiance.

Ethan fredonna son approbation, termina de placer le papier du pochoir afin de transférer le dessin sur la peau de Bash. Il ne restait plus qu'à tracer les lignes, puis à colorier l'image à l'encre, ce que l'Alpha de Centrus City n'avait jamais expérimenté, mais il n'avait pas peur des aiguilles.

Il ne savait pas ce que son compagnon allait encrer, il avait simplement demandé que ce soit sur son épaule gauche, seulement aussi grand que l'étendue de la cicatrice, et que ce soit quelque chose pour se souvenir des dernières semaines alors qu'ils commençaient enfin à avancer.

C'était un nouveau départ pour eux deux.

Bash ne siffla même pas lorsque l'aiguille toucha sa peau pour la première fois. C'était douloureux, mais c'était parfois presque insensible de tracer sur le tissu cicatriciel, c'était même agréable à certains endroits comme si on grattait une profonde démangeaison.

— Que faisons-nous après ça ? demanda Ethan, à voix basse, pendant qu'il travaillait, bien qu'il n'y ait personne pour les déranger. Siobhan et Deanna avaient depuis longtemps fermé leurs portes pour la nuit, les laissant à l'arrière de la boutique.

— Tu as dit que tu avais quelque chose à me montrer.

— J'ai quelque chose. Une promesse à tenir. Cela a pris un peu plus de temps que prévu, mais nous avons eu beaucoup à faire pour organiser les choses avec Brookdale, gérer la meute…

— Nous occuper de mon père.

— Comme je te l'ai dit, Ethan, je te fais confiance. Il n'est pas un fardeau, et toi non plus.

Il se pourrait que cela change un jour en ce qui concernait Gordon, mais Bash espérait que non. Il espérait qu'Ethan avait raison et qu'il atteindrait son père un jour.

Baraka Bain avait mérité sa fin. Gordon Lambert pourrait peut-être en mériter une meilleure.

Une heure s'écoula au travers d'une conversation tranquille avant qu'Ethan n'annonce qu'il avait terminé.

— Prêt à le voir ?

— Ton travail est toujours spectaculaire. Je ne suis pas une toile digne de ce nom.

— Tu es la plus belle toile que je puisse demander, affirma Ethan en déposant un baiser sur le haut de l'épaule de son compagnon, bien au-dessus du début de sa peau en voie de guérison. J'espère que tu l'aimeras.

Il aida Bash à quitter la table avec un sourire éblouissant et ses yeux verts scintillants, et le conduisit vers les miroirs en longueur contre le mur afin que Bash puisse regarder ce qui avait été mémorisé sur son omoplate.

Comme dans une aquarelle, diverses nuances de nuages gris se séparaient pour révéler une lune rouge montante dans un ciel étoilé, avec une écriture magnifique en bas qui disait :

Au Clair de Lune Rouge.

— C'est parfait, dit Bash, émerveillé par la façon dont les nuages semblaient assez réels pour bouger. Il avait vu ce qu'il pensait être des visions de son propre passé dans les croquis d'Ethan la première fois qu'il les avait vus, mais finalement, c'était quelque chose qu'ils avaient vécu ensemble et qu'Ethan avait immortalisé – des mots avec lesquels Bash avait vécu et qu'il avait réussi à ne pas ruiner.

— Je sais que tu vas guérir tout de suite, mais je veux quand même le couvrir avant que tu remettes ta chemise.

Il s'exécuta, puis aida Bash à s'habiller, bien qu'il ait dit qu'il allait bien.

— Vas-tu me dire ce que tu as à me montrer, maintenant ?

Bash considéra son amant, se pencha un peu plus dans son espace.

— Non, dit-il en bécotant doucement ses lèvres. Mais tu le sauras bien assez tôt.

— Devons-nous appeler Deanna pour qu'elle vienne nous chercher ?

— Notre destination est accessible à pied.

— C'est drôle, pensa Bash, une fois qu'ils furent dehors à marcher dans la rue – c'était la pleine lune ce soir, ce qui signifiait qu'il s'était passé un mois depuis Halloween. C'était comme une éternité, mais aussi comme si c'était la semaine dernière.

Ethan s'agitait, mais ils n'avaient qu'à traverser la rue dans la direction opposée au magasin de fleurs. Bash ouvrit la porte avec une clé qui les conduisit dans un bâtiment avec des rangées de portes donnant sur une variété de bureaux. Tout au fond à droite, se trouvait une nouvelle porte avec une vitre toute neuve et un nom soigneusement gravé.

— Enquêtes Lambert ? dit Ethan dans un souffle. Tu… c'est pour moi ?

— Le maire Hedin a obtenu ta licence, mais j'ai pensé que tu avais besoin d'un endroit à toi, plus qu'une simple pièce à la tanière. Tu peux garder ton travail de tatoueur si tu veux.

— Je le veux. J'aime le travail là-bas. Mais ceci…

L'expression d'Ethan s'illumina d'une joie franche.

— C'est à toi. Je suis sûr qu'il y aura beaucoup de mystères à résoudre, moins pénibles que les tiens.

Bash tendit une autre clé, et cette fois-ci, il la donna à Ethan.

Ethan l'utilisa pour entrer dans le bureau avec un large sourire. Il n'avait rien d'extravagant, mais contenait un bureau, un fauteuil, des étagères, des classeurs, toutes les garnitures habituelles. Même une plante offerte par Nell pour porter chance.

Bash le regarda tout tracer avec des doigts curieux. Un détective dans la meute serait bon pour la ville, mais ce n'était pas la pensée dominante dans l'esprit du loup-garou. Ethan était heureux et cela rendait Bash étonnamment content aussi.

— Qu'est-ce que c'est ? demanda Ethan, en remarquant un dossier bien rangé qui attendait déjà sur son bureau.

— Jette un coup d'œil, dit Bash. Il y a quelqu'un de nouveau en ville qui, je pense, devrait être surveillé.

Ethan ouvrit le dossier avec un air interrogatif, et il ne lui fallut qu'une seconde pour reconnaître le nom.

— Decker…

En effet, l'homme qu'Ethan avait tenté, sans succès, de mettre en prison pour avoir tué son fils avait déménagé à Centrus City.

— Déjà occupé à des pratiques néfastes selon les agents de Siobhan, bien que difficile à prouver, alors j'ai pensé que tu voudrais aider à l'amener devant la justice de la bonne manière cette fois.

228

C'était le dernier chapitre du passé d'Ethan, après tout, et il méritait de pouvoir le clore, tout comme il fermait le dossier, le reposait sur son bureau, et regardait Bash avec une gratitude larmoyante.

— Merci.

— Tout le plaisir est pour moi. Des impressions sur l'avenir? demanda Bash, alors qu'Ethan faisait le tour du bureau et qu'ils s'y appuyaient, côte à côte.

— Pourquoi? Tu n'as pas eu de prophéties, n'est-ce pas?

— Rien de formel.

— Moi non plus. Je n'arrive pas à penser à des impressions particulières. Et toi?

— Juste l'intuition que l'avenir sera agréable, dit-il en glissant ses mains autour de la taille d'Ethan et le tirant à lui. Et mes intuitions ne sont jamais fausses.

— Tu sais, j'ai un peu faim, fredonna Ethan.

— C'est à peu près la même période de la semaine, n'est-ce pas? Je suppose que je pourrais te laisser y goûter.

Bash se rapprocha, inclinant sa tête pour donner à Ethan une vue claire de la longueur de son cou.

— Ou bien cherches-tu à baptiser ce tout nouveau bureau d'une manière quelque peu différente?

Ethan lui rendit son sourire et les fit tourner, plaçant Bash contre le bureau et le hissant sur le dessus.

— Toutes ces réponses, dit-il, en embrassant Bash une fois, deux fois, puis en s'attardant, les lèvres toujours souriantes lorsqu'elles n'étaient pas connectées.

Pendant ce temps, le clair de lune les éclairait à travers la fenêtre, brillant et doré, comme les yeux d'Ethan lorsqu'ils brillaient de puissance.

Encore mieux que le clair de lune rouge.

AMANDA MEUWISSEN est une auteure bisexuelle qui se consacre principalement à la romance M/M. Elle est titulaire d'une licence en écriture créative de l'Université St Olaf, et est une consommatrice avide de fiction à travers le cinéma, la prose et les jeux vidéo. Auteure du best-seller LGBT Fantasy, Coming Up For Air, de la trilogie de romance paranormale, The Incubus Saga, et de plusieurs autres titres parus chez divers éditeurs, Amanda participe régulièrement à des conventions locales de comics pour s'amuser et rencontrer des fans, où on la voit souvent déguisée en l'un de ses personnages de fiction préférés. Elle vit à Minneapolis, Minnesota, avec son mari, John, et leur chat Helga, et vous pouvez la trouver sur www.amandameuwissen.com.

Par AMANDA MEUWISSEN

DREAMSPUN DESIRES
Un modèle d'escort

PROPHÉTIES DU CLAIR DE LUNE
Au clair de lune rouge

Publié par DREAMSPINNER PRESS
www.dreamspinner-fr.com

DREAMSPUN
DESIRES

UN MODÈLE D'ESCORT

Amanda Meuwissen

Quelle est la valeur de l'amour?

Quelle est la valeur de l'amour ?

Le timide informaticien Owen Quinn est brillant en matière d'analyse prédictive, mais ne sait rien de l'amour. Heureusement, une nouvelle carrière lui permet de repartir à zéro à des centaines de kilomètres de l'ex qu'il préférerait oublier. Mais cette opportunité pourrait être gâchée par des problèmes qu'il ne sait pas résoudre. En vérité, il est très mauvais pour faire le premier pas et il aimerait qu'une relation ne tourne pas seulement autour du sexe.

Cal Mercer travaille pour le service d'escorts Nick of Time. Il sélectionne ses clients et n'a jamais accepté un client régulier recherchant de la compagnie par-delà la relation sexuelle, mais le bon client peut-il le faire changer d'avis ? De vrais sentiments peuvent-ils se développer alors que de l'argent change de mains ? Owen et Cal pourraient reconnaître leurs vrais sentiments… si leurs passés n'interfèrent pas.

www.dreamspinner-fr.com

Pour les meilleures
histoires d'amour
entre hommes, visitez

www.dreamspinner-fr.com

www.ingramcontent.com/pod-product-compliance
Lightning Source LLC
Chambersburg PA
CBHW031220260626

47169CB00007B/2124